FANTASTIC ORIENTAL HEROES

설봉 新무협 판타지 소설

십검애사 4

설봉 新무협 판타지 소설

초판 1쇄 찍은 날 § 2012년 5월 21일
초판 1쇄 펴낸 날 § 2012년 5월 29일

지은이 § 설봉
펴낸이 § 서경석

편집부장 § 권태완
편집책임 § 주소영
디자인 § 이혜정

펴낸곳 § 도서출판 청어람
등록번호 § 제1081-1-89호
등록일자 § 1999. 5. 31
어람번호 § 제2-2226호

주소 § 경기도 부천시 원미구 심곡2동 163-2 서경B/D 3F (우) 420-822
전화 § 032-656-4452 팩스 § 032-656-4453
http://www.chungeoram.com
E-mail § chungeoram@chungeoram.com

十劍哀史

섬검애사

FANTASTIC ORIENTAL HEROES

설봉 新무협 판타지 소설

4

악행패로(惡行敗露)
악행이 발각되다

도서출판 청어람

目次

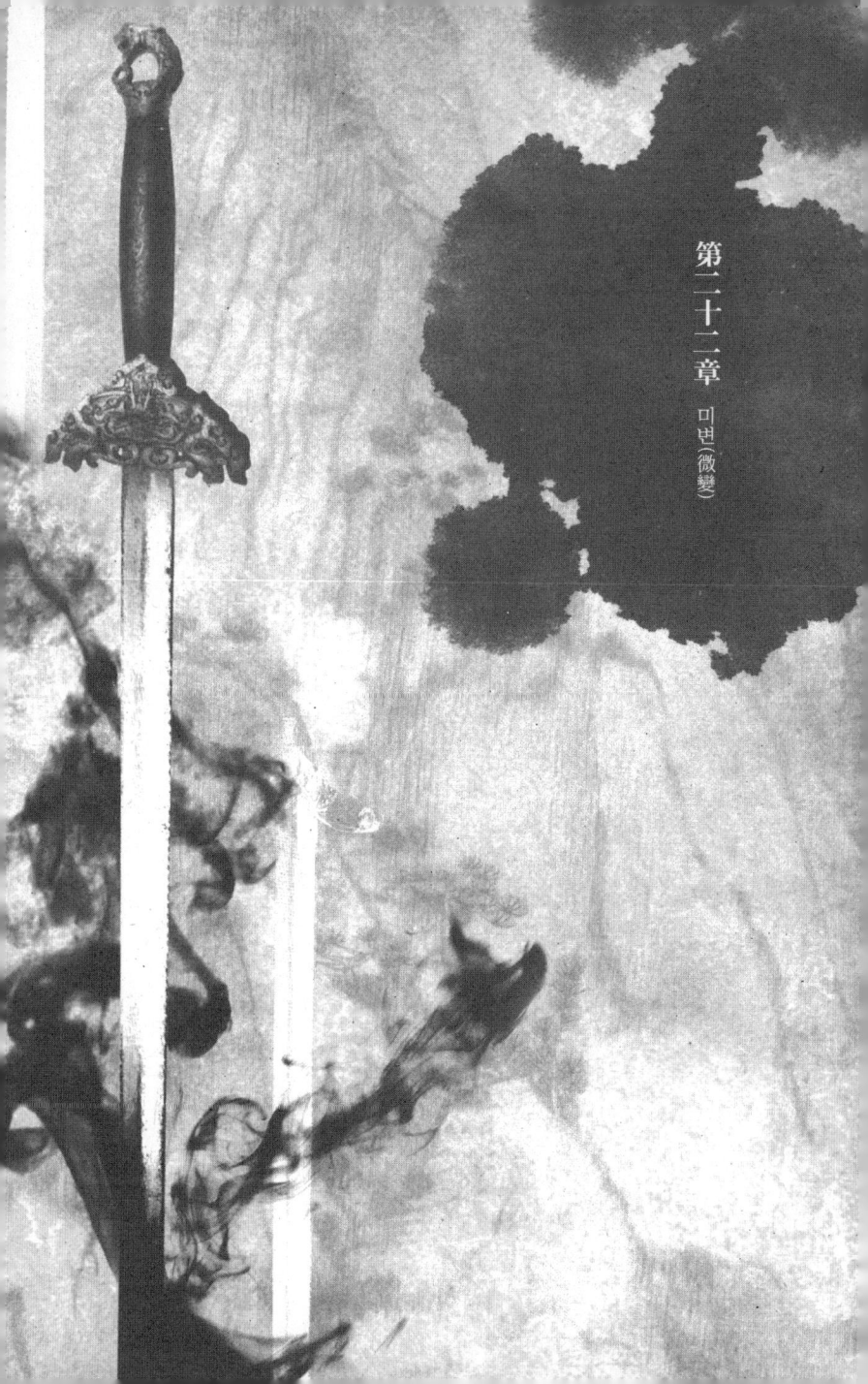

第二十二章 미변(微變)

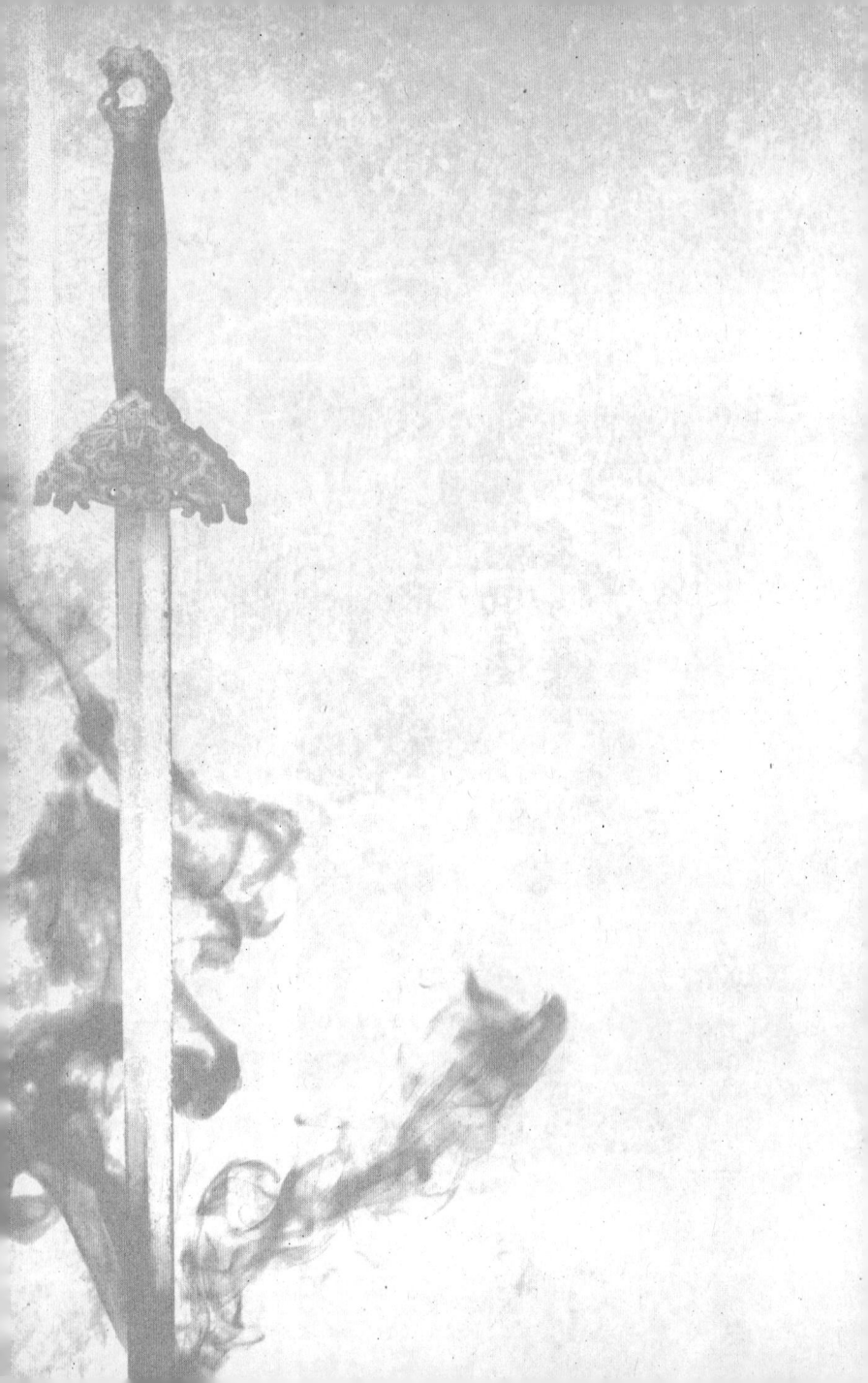

1

쏴아아아!

폭포에서 물이 떨어진다.

폭포 아래에 발달한 웅덩이는 상당히 많은 물을 받아들인다. 그리고 거의 미미할 정도로 흘려보낸다.

떨어져 내리는 물은 훨씬 많다. 흘러나가는 물은 거의 없다.

같은 양의 물이 떨어지고 흘러나가지만, 인간의 눈에는 떨어지는 물이 훨씬 많아 보인다.

"들어오는 것은 거세고, 나가는 것은 조용하다. 태어날 때는 시끄럽고, 죽을 때는 조용하다. 일어나는 것은 양(陽)이고, 스러지는 것은 음(陰)이다. 양은 양이고, 음은 음이다. 둘을 억지로 섞으려고 하지 마라. 그저 일어나고 스러지는 것을 보라.

폭포에 물이 떨어지고 흘러나가는 것을 보라. 그 이상 무엇을 하려고 하지 마라."

머릿속이 울린다.

누가 한 말인지 모르겠는데…… 너무도 뚜렷하게 들려온다.

"안이 텅 빈 그릇이라도 입구가 막혀 있으면 물을 담을 수 없다."

'무슨 말이야? 그런 걸 모르는 사람도 있나?'

"입구가 뚫려 있어도 안이 가득 차 있으면 물을 담을 수 없다."

'안다니까! 그런 말은 길에서 노는 어린아이에게나 말하는 게 좋을걸. 다 큰 어른에게 할 말은 아니잖아?'

"그릇에 무엇인가를 담으려면 입구도 열려 있어야 하고, 안도 비어 있어야 한다."

'할 말이 없으면 잠이나 자든가. 세상천지에 모든 사람이 다 아는 말을 가지고 혼자만 아는 듯이 말하는 건 솔직히 꼴사납잖아? 적당한 선에서 그치는 게 좋아.'

두 번 말하면 입이 아플 정도로 당연한 말.

어린아이부터 백 세를 넘긴 노인까지, 생각할 줄 아는 사람이라면 모두가 아는 사실.

"가지려거든 비워라."

텅!

울림이 일어난다.

그렇다. 모두가 아는 사실이다. 하지만 쉽지 않다. 비워야 다시 채울 수 있다는 것을 알면서도 가지고 있는 것을 내놓는 다는 건 거의 불가능하다.

돈? 돈은 그래도 많이 내놓는 편이다.

많이 베풀다 보면 많이 들어온다. 사실, 많이 베푸는 사람을 보면 들어오는 것에는 일절 신경 쓰지 않는다. 하지만 어떻게든 많이 들어온다.

물질적인 것은 들어오고 나가는 것이 명확하게 보이기 때문에 그래도 내놓겠다는 용기를 가질 수 있다.

지식? 이건 내놓기 어렵다. 돈보다 더 어렵다.

일종의 학파(學派)라거나 류(類)라고 불리는 것들은 지식의 총체(總體)다. 지식이 단편적으로 굳어진 현상이다. 지식의 틀을 풀어버리면 더 광대한 지식이 흘러들 텐데, 버리기가 쉽지 않다.

무인은 더 말할 게 없다.

무엇을 비운단 말인가. 내공을 버릴까, 초식을 버릴까.

아무것도 버릴 게 없다.

지금까지 쌓은 것을 버리는 순간, 아무것도 없는 백지가 되어버린다.

버릴 수가 없다. 어떻게든 꽉 쥐고 있어야 한다. 평생 수련한 적공(積功)을 모두 버리면 무엇이 남겠는가. 무엇으로 싸우겠는가. 목숨은 어떻게 지키겠는가.

어린아이부터 백 세에 이르는 노인까지 모두가 아는 사실이 실제로는 전혀 이루어지지 않고 있다.

알기는 모두 안다. 하지만 얻기 위해서 버리는 사람은 아무도 없다.

가진 걸 버리고 나면 맑고 깨끗해진다.

좋은 것이든 나쁜 것이든 말끔히 쓸어버리고 나면 깨끗해지는 것은 사실이다.

'텅 빔' 속에서 더러움을 찾기는 힘들다.

육신이 맑고 깨끗해질 때, 영혼은 편안함을 느낀다.

일상의 번뇌와 근심이 모조리 사라지고 '텅 빔' 속에 홀로 놓이니, 마치 어미의 뱃속처럼 편안하다.

'편안해⋯⋯.'

정말 편안하다.

죽음은 편안하지 않다. 삶은 더욱 괴롭다.

'텅 빔' 속에서 찾은 평화는 곧 깨졌다.

투툭! 툭! 투투툭!

실밥이 뜯어진다.

근육질의 사내가 치수 작은 옷을 입었을 때처럼, 단전을 둘러싼 실밥이 뜯어져 나간다.

툭! 투툭! 툭!

한 올, 한 올 실밥이 뜯어지면서 단전 안에 갇혔던 진기가 물밀 듯이 밀고 나왔다.

모든 것을 다 버렸으나, 봉인된 진기는 남아 있었다.

삶을 포기한다는 심정으로 원정까지 모두 소진시켰는데…… 숨 한 모금 들이쉴 만한 힘조차 남아 있지 않은데…… 육신이 그런 지경에 이를 때까지도 꿈쩍하지 않던 진기가 쏟아져 나온다.

콰아아아아!

거센 진기는 뜯어진 실밥을 밀쳐 내며 막무가내로 흘러나왔다.

메마른 농토에 비가 내린다.

바짝 말라 버린 사막에 거센 폭우가 들이친다. 풀이 자라고, 나무가 생명을 꽃피운다.

진기는 생명수가 되어서 사지백해로 흘러들었다.

'봉인! 봉인이 풀리고 있다!'

루주는 천금 같은 기회를 놓치고 싶지 않았다. 아니, 이런 기회를 놓칠 만큼 우둔하지 않다.

'회음침정(會陰沈精), 백회개광(百會開光)…….'

막무가내로 쏟아져 내린 진기를 조율하여 질서 있는 생명의 힘으로 가다듬었다.

쏴아아아!

전신을 휘돈 진기가 다시 단전으로 돌아와 뱀처럼 똬리를 꼰다. 그리고 다시 봉인 풀린 진기와 합쳐져서 전신 경맥을 휘돈다.

예전에는 느껴보지 못했던 힘이 느껴진다.

오래전에 잃어버렸던 힘이 다시 되살아난다.

'봉인을 완전히 뜯어버려야 해!'

천재일우(千載一遇), 살아생전에 두 번 다시 찾아오지 않을 천금 같은 기회를 절대로, 절대로 놓쳐서는 안 된다.

갇혀 있던 진기가 뜯긴 봉인 사이로 모습을 드러내자마자 낚아챘다. 그리고 곧바로 자신의 진기와 융합시켰다. 원래 자신의 것이었던 것을 새삼 다시 합친다.

'됐어! 됐어! 이거야!'

그는 자신이 죽음에서 벗어났다는 사실을 인식하지 못했다. 방금 전까지만 해도 죽음의 골짜기에서 허우적거렸다는 사실을 깨닫지 못했다.

그에게는 다시 살아난 것보다도 봉인이 풀렸다는 사실이 더 중요했다. 더 기뻤다. 아니, 이것이야말로 새 생명이다. 부활이다. 영혼의 회생이다.

그는 느닷없이 찾아온 행운이 믿어지지 않았다. 진기를 회수하는 일만 아니라면 당장에라도 눈을 뜨고 볼이라도 꼬집어 보고 싶은 심정이다.

봉인이 풀린 진기는 어디로 가지 않는다.

지금 당장은 산만하게 흩어진다고 해도, 마침내는 단전으로 운집할 것이다.

하지만 그때까지 기다릴 수 없다. 아니, 급하게 회수하지 않으면 마치 공기 중에 흩어져 버릴 것만 같아서 미룰 수가 없다. 쏟아져 나오는 대로 회수하면 되는데 뭐 하러 미루나.

쏴아아아아!

진기는 실밥을 뜯어내며 흘러내렸다.

'의중기해(意中氣海) 산음자진(散陰自盡)……'

의중을 기해에 두면, 어지러운 그늘이 스스로 사라지나니.

운기하고, 운기하고, 또 운기하고…… 대주천, 대주천, 대주천…… 그에게 세상의 시간은 존재하지 않았다. 세상의 시간은 흐르고 있겠지만, 그에게는 시간과 공간이 존재하지 않았다.

쒜엑! 쒜엑!

파공음이 울리며 두 여인이 내려섰다.

취취와 흠화, 그녀들은 호가와 운농선생을 안전한 곳에 옮겨 놓는 즉시 되돌아왔다. 그런데,

"앗! 효령!"

취취가 죽어 있는 효령을 발견하고 소리를 빽 질렀다.

"유리! 유리!"

피를 흘리며 쓰러져 있는 유리도 찾아냈다.

"효령아! 유리야!"

취취가 발악하듯 두 여인의 이름을 불러대며 쓰러진 여인들에게 쫓아갔다.

그녀는 축 늘어진 효령을 부둥켜안았다. 오열은 효령을 안기 전부터 시작되었다.

"이게 어떻게 된 거야! 누가! 어떤 놈 짓이야!"

효령은 대답하지 않았다. 대답할 수가 없었다.

취취는 효령을 끌어안고 질질 땅을 기면서 유리에게 다가갔다.

"유리! 유리! 일어나! 일어나! 이렇게 누워 있으면 안 되잖아! 여긴 땅이잖아! 더럽잖아! 넌 더러운 거 싫어하잖아! 일어나!"

취취는 유리까지 끌어안고 통곡을 토해냈다.

두 여인의 죽음은 살필 필요가 없었다.

효령은 이마 한가운데 비수가 꽂혔다.

어떻게 살 수 있는가. 어떻게 숨이 붙어 있을 수 있는가.

흘러나온 피가 검게 변색되었고, 체온이 싸늘하고, 생기가 엿보이지 않고…… 다 부질없다.

유리의 죽음도 확실하다.

그녀도 효령처럼 이마에 비수를 박고 있는데, 그보다 앞서서 목을 꿰뚫렸다.

유리는 목에 박힌 비수를 손으로 콱 쥐고 있다.

그 손에서 아직도 힘이 느껴진다. 부릅뜬 눈, 벌어진 입에서 죽음의 고통이 절절히 감지된다.

"일어나. 일어나. 일어나란 말이야!"

취취는 슬픈 감정을 주체하지 못하고 펑펑 울었다.

흠화도 부르르 치를 떨었다.

어떤 놈이 감히 팽가의 땅에서 비연사도를 건드린단 말인가.

루주의 목숨이 위태롭다는 인식은 했지만, 효령과 유리까지 죽일 줄은 미처 몰랐다.

그녀는 취취처럼 소리 내어 울지 않았다. 두 볼 위로 흘러내리는 진한 눈물도 옷소매로 쓱 문질러 닦았다.

놈은 효령과 유리를 일수에 죽였다.

그녀들의 주검을 보니 반항도 못해본 것 같다. 날아오는 비수를 보기는 했는데…… 피하지 못했다.

그렇다면 자신들 역시 마찬가지 입장이다.

효령과 유리는 죽음의 사자를 만났고, 자신들은 만나지 않은 차이밖에 없다. 지금이라도 죽음의 사자가 나타나면 피하고 말고 할 틈도 없이 같은 처지가 된다.

울고만 있을 틈이 없다.

아니, 상황은 종료되었다.

시신 두 구.

나무에 등을 기대고 잠자듯 죽어 있는 루주, 그리고 머리가 사라져 버린 시신 한 구.

한눈에 모든 상황이 읽힌다.

"그만 울어."

"계집애야 넌 어쩜……."

"그만 울어!"

그녀는 소리를 빽 질렀다.

그래도 취취는 울음을 그치시 않았다. 흠화는 쳐다보지도 않고 두 여인을 꼭 끌어안은 채 오열했다. 어깨를 파르르 떨면서, 안색이 하얗게 질려서 울고 또 울었다.

흠화는 또 다른 주검, 루주를 봤다.

그는 감나무에 등을 기대고 앉아서 하늘을 올려다보는 모습으로 죽었다. 두 팔은 손바닥이 하늘로 향한 채 허벅지 위에 올려 있다. 다리는 쭉 뻗고…… 편한 모습이다. 모든 힘을 다 놓아버린, 세상에서 가장 편한 모습이다.

얼굴 표정에도 고통의 그늘이 없다.

죽은 게 아니라 곤히 잠을 잔다.

싸우다가 죽은 모습이 아니라 선승이 조용한 암자에서 입적을 맞이한 듯한 모습이다.

그는 그녀들이 떠나기 전까지만 해도 움직이지 못했다.

아무리 좋게 생각해도 강적과 싸운다는 것은 상상조차 할 수 없는 일이었다.

단장독을 이겨내기 위해서 내장을 돌처럼 굳힌다?

말은 편하게 할 수 있다. 하지만 창자가 딱딱하게 굳어질 때의 고통은 창자가 가닥가닥 끊어지는 고통에 못지않다. 그보다 훨씬 심했으면 심했지 못하지는 않다.

병석에 누워 있는 모습을 보면서 '저 모습이 마지막이겠군' 하는 생각을 했다.

어차피 죽을 몸, 주변 사람들을 위해서 살신성인의 자세로 자신을 희생하는 거야.

그런데 루주가 일어섰다.

효령과 유리가 반항조차 못해본 강적을 죽였다. 일어서지도 못하던 환자가 어떻게 절정고수를 죽였을까? 그는 상처가 없다. 자세히 살펴본 것은 아니지만, 외상이 없다는 점만은 확실하다. 적어도 병기에 맞아서 피를 흘린 흔적은 없다.

루주는 양파 같은 인물이다.

다 안 듯하다가도 껍질을 벗겨내면 또 다른 면모가 나타난다.

흠화는 그를 내버려 두고, 머리 없는 시신에게 다가섰다.

효령과 유리를 죽인 흉수!

흉수의 머리는 화약을 꽂고 터트려 버린 것처럼 완전히 산산조각나서 흔적조차 찾을 수 없다.

혈파검은 육신 안에서만 폭발을 일으키는데…… 진기를 제대로 조절하지 못했다.

'혈파검!'

죽은 자가 어떤 수법에 당했는지는 쉽게 짐작된다.

루주가 쓰러져 있다. 머리 잃은 시신 주변에 자루만 남은 목검 두 자루가 던져져 있다.

보나 마나 루주가 혈파검을 쓴 흔적이다.

'너…… 누구냐!'

흠화는 시신을 살폈다.

혈파검이 옆구리를 뚫고 들어간 후, 뱃속에서 터졌다. 또 한 자루는 머리를 친 후, 작렬했다.

두 검 모두 진기 조절은 실패했다. 일신에 진력이 쏟아부어졌다. 그리고 그 결과, 현재의 시신이 만들어졌다.

머리는 산산조각났다. 흔적도 없이 흩어져 버렸다. 마당에 널려 있는 핏자국, 뼛조각들이 바로 사내의 머리다. 오장육부 또한 천참만륙(千斬萬戮)되어서 잘려진 목으로 핏물과 함께 흘러내린다.

눈 뜨고 보기 어려운 참상이다.

자루만 남은 목검은 시신 곁에만 있는 게 아니다. 텅 빈 마당에 두 자루가 더 떨어져 있다.

흠화는 검 자루 주변을 쓸어보았다.

검편이나 도편은 보이지 않는다. 대신 얼마 남지 않은 쇳가루가 만져진다.

혈파검은 상대의 병기를 조각낸다.

한데 이건 거기서 한 걸음 더 나아가 가루로 분쇄하는 지경에 이르렀다.

'두 자루……'

목검 두 자루가 의미하는 것은 상대의 병기도 두 자루라는 뜻이다.

쌍검을 쓰는 자일까? 쌍도를 쓰는 자일까? 아니다. 머리 잃은 시신이 쓰는 병기는 비수다. 시신이 효령과 유리를 죽였고, 그자를 루주가 죽였다.

"으음!"

흠화는 신음을 흘리며 사내의 품을 뒤졌다.

사내가 누구인지 알아내야 한다. 어떤 놈이 감히 효령과 유리를 죽였는지 알아야 한다.

하지만 사내의 품속은 깨끗했다.

비수 네 자루가 더 발견되었을 뿐, 사내를 짐작케 할 만한 물건은 전혀 보이지 않았다.

사내는 하다못해 동전 한 닢 지니지 않았다.

이곳에 올 때, 작심하고 주머니를 텅 비운 듯하다.

하필이면…… 하필이면 혈파검이 머리를 부숴 버렸으니…….

그제야 흠화는 털썩 주저앉았다. 그리고 효령과 유리의 주검을 보면서 피눈물을 주르륵 쏟아냈다.

효령! 유리!

비단을 째는 듯한 울음소리가 깊은 정적을 뒤흔들었다.

'아……!'

진한 아쉬움이 물밀듯 밀려왔다.

울음소리는 비통한 감정의 표현이지만, 한편으로는 정적을 단숨에 날려 버린 흉기이기도 하다.

그의 정적은 깨어졌다.

줄줄 풀려 나가던 봉인이 단숨에 꿰매졌다.

아직 본신진기의 절반도 채 풀어내지 못했는데…… 언제 또 다시 풀릴지 모를 어둠의 골짜기로 깊이 숨어버렸다.

봉인은 흔적도 없이 사라졌다.

언제 어니에 무엇이 있었냐는 듯이 흔적도 남기시 않고 펑! 사라져 버렸다.

'아쉽다…… 시간이 반 각만 더 있었어도…….'

검치의 봉인은 인간이 풀 수 없는 것으로 알려져 있다.

그 말은 맞다. 봉인을 당한 후, 온갖 노력을 기울여 봤지만, 실밥 한 톨 뜯어내지 못했다.

모든 걸 다 버린 후…… 죽음을 받아들인 후…… 봉인은 그 제야 실체를 드러냈다.

하면 또다시 죽음에 직면하면 되지 않겠나.

그럴 수도 있고, 아닐 수도 있다.

죽음 속에서 다시 살아난다는 게 말처럼 쉽다면 몇 번이라 도 시도해 볼 것이다. 하지만 천에 하나, 만에 하나라도 죽음이 실체로 굳어지면…… 그냥 죽는다.

죽음을 걸고 시험해 볼 수는 없다.

스으으웃!

그는 진기를 거뒀다.

단전이 충만하다. 언제 이런 힘이 깃들어 있었냐 싶을 정도 로 단단한 힘이 넘친다. 이런 힘이라면 이검뿐만 아니라 삼검 도 너끈히 펼쳐 낼 수 있을 것 같다.

'아쉽지만… 그래, 이 선에서…….'

그는 진기를 추스른 후, 눈을 떴다.

루주의 소생은 홈화와 취취를 얼어붙게 만들었다.

그녀들은 친우를 잃은 슬픔도 잠시 망각했다. 눈을 동그랗 게 뜨고 믿을 수 없다는 눈길로 생채기 하나 없는 건장한 사내를 뚫어지게 쳐다보았다.

루주가 말했다.

"이자는 칠촌음화다."

"치, 칠촌음화!"

"음! 칠촌음화!"

두 여인의 안색이 급변했다.

죽어 있는 사내가 칠촌음화라면 효령과 유리의 죽음이 이해
된다.

칠촌음화의 비도술은 전설이다.

비도가 손을 떠나면 도깨비불이 된다. 하나에서 여럿으로,
방향은 제멋대로…… 변화는 막측하고, 속도는 섬광이다.

칠촌음화의 비도술을 목격한 자는 없다. 사파의 인물들이
으레 그렇듯이, 칠촌음화도 비기가 노출되는 것을 꺼려해서
목격자를 남겨두지 않는다.

죽은 자…… 이자가 칠촌음화다.

루주가 또 말했다.

"효령이 이자를 알아보더군. 유리도 한눈에 알아봤고. 이숙
이라고 하던가?"

두 여인이 거의 동시에 소리쳤다.

"뭐라고요!"

2

덜그럭! 덜그럭! 덜그럭⋯⋯!

황소가 수레를 이끌고 느릿느릿 걸어온다.

원래 황소걸음은 느리다. 바쁘게 돌아가는 세상을 비웃기라도 하는 듯 늘 조용하고 한가로워 보인다.

팽가 무인들은 길가에 늘어서서 느리게 걸어오는 황소를 쳐다봤다. 황소가 끌고 오는 수레를 쳐다봤다.

다리가 절단된 자!

그는 포승에 묶여서 수레 한가운데 앉아 있다.

"후후후!"

팽가 무인들이 그를 쳐다보며 웃었다.

살기가 깃든, 잔혹한 마음이 잔뜩 배인, 일말의 동정도 기대할 수 없는 죽음의 눈빛들이다.

그는 마혈이 제압되었는지 고개조차 돌리지 못했다.

수레 뒤에는 더러운 거적때기에 둘둘 말린 시신도 놓여 있다.

팽가 무인들의 살기는 거적때기에도 꽂혔다.

죽었는가? 이대로 죽을 수 없다. 다시 살아나라. 살점을 한 점씩 도려내야만 직성이 풀리겠다. 너무 편히 죽었다. 이런 죽음은 인정할 수 없으니 되살아나라!

덜그럭! 덜그럭! 덜그럭⋯⋯!

무심한 황소는 난마처럼 얽어드는 살기 속으로 뚜벅뚜벅 걸어 들어왔다.

거적때기가 풀리며 이미 부패하기 시작한 시신이 마당 한가운데 던져졌다.

팽가 무인이 시신을 앞뒤로 뒤집어보며 구석구석을 살폈다. 그가 말했다.

"맞습니다. 혈파검에 죽었습니다."

그 말이 떨어지자 곳곳에서 탄식이 울려 나왔다.

"이런!"

"망신도 이런 망신이…… 허!"

팽가 무인들은 흑마겸을 죽인 자가 천요루주라는 데 당혹했다.

엄밀히 말해서 팽가와 천요루주는 아무런 관계도 아니다. 그와 사소한 다툼이 있기는 했다. 하지만 그 일은 가주가 공식적으로 사면 방편을 함으로써 그 누구도 거론할 수 없는 일이 되었다.

비공식적으로…… 그는 여전히 팽가의 적이다.

팽가사로가 직접 그를 전담하고 있다.

무공을 향상시키는 도구로 쓰기 위해서 생사를 결정하지 않고 있을 뿐, 이미 죽은 목숨이나 다를 바 없다.

한데 그런 자에게 팽가의 숙적이 죽었다.

겉으로는 고마움을 표시할 일이지만, 속으로는 이만한 치욕도 없을 것이다.

도대체 팽가 무인들은 뭘 하고 있었나!

팽가연이 백살겸을 사로잡아 왔으니 그나마 다행이다. 그런 일마저 없었다면 하늘을 쳐다볼 낯이 없었을 게다.

팽가연이 백살겸을 잡았다.

천요루주가 흑마겸을 죽였다.

그리고 보면 쌍겸구악의 무공이 생각보다 약한가?

쌍겸구악의 몰락을 당연하게 받아들이는 사람은 많지 않았다. 아니, 거의 대부분 고개를 갸웃거렸다.

천요루주가 흑마겸을 죽인 일은 납득할 수 있다.

그는 검치의 제자. 검치의 절기를 이어받았다.

팽가연과 비연사도를 꺾었고, 철혈적성도의 달인인 팽효기와는 동수를 이뤘다.

그는 나날이 강해지고 있다.

도저히 말이 안 되는 결과를 이끌어낸다.

그러니 이번에 또 '도저히 납득할 수 없는 일'을 만들어냈다고 해도 이해해야 한다.

하지만 팽가연이 백살겸을 꺾은 일은 정말로 이해되지 않는다.

그녀의 무공이 어느 정도인지는 팽가 무인들 모두가 알고 있다. 알아도 너무 잘 안다.

팽가연은 백살겸을 제압할 수 없다.

어떻게 그녀가 백살겸을 제압했을까? 어떻게 다리를 잘라냈으며, 생포까지 하게 된 것일까?

백살겸의 무공이 생각보다 훨씬 약하지 않고서야. 하지만 이런 생각은 오래가지 않았다.

쌍겸구악의 전설은 사실이다.

그들이 팽가의 포위망을 뚫고 도주할 때…… 아무도 그들을 쫓지 못했다. 팽가 무인들 중 상당수가 쌍겸구악의 경신술을 따라잡지 못했다.

만약 포위망이 팽가촌이 아니라 다른 곳에서 펼쳐졌다면…… 어쩌면 쌍겸구악은 피하지 않고 맞받아쳤을 수도 있다.

쌍겸구악의 무공은 탁월하다.

팽가 무인들 중에서 쌍겸구악을 상대할 수 있는 사람은 열 손가락도 꼽지 못한다.

팽가연이 그런 자의 다리를 잘라냈다.

팽가연의 무공이 형편없다는 뜻은 아니다. 물론 그녀의 무공도 탁월했다. 하지만 팽가촌에서 절정고수 열 명을 거론한다면, 그녀의 이름이 거론될 공산은 전무하다.

가주가 건재하다. 팽가오로가 있고, 팽가오도가 있다. 팽효기와 팽효문 같은 경우는 팽가오도에 거론되지 않지만, 팽가오도보다 못하다고 생각하는 사람은 한 명도 없다.

팽가 고수 속에 팽가연이 끼어들 자리는 없다.

더군다나 그녀는 얼마 전, 천요루주에게 패한 전력이 있다. 팽가촌 자체 분석으로는 천요루주가 손속에 사정을 담지 않았다면 즉사했을 것이라는 평이다.

팽가연이 단 며칠 만에 거인이 되는 영약을 복용하지 않은 이상, 그녀가 백살겸을 잡는다는 건 꿈에서도 불가능한 일이다.

몇 사람…… 팽가오로를 비롯한 몇 사람만이 이번 일을 당연하게 받아들이다.

그녀는 혼원벽력도를 깨우쳤다.

팽가 제일의 도공을 깨우쳤다.

이 깨우침은 단순하지 않다. 본인의 노력 여하에 따라서는 천하무적이 되고도 남는다는 뜻이다. 그러니 그까짓 백살겸쯤 잡았다고 뭐가 그리 대단한가.

그녀를 정확하게 알고 있는 사람과 며칠 전의 그녀만 아는 사람은 이렇게 달랐다.

흑마겸의 검시가 끝나자, 모든 이목은 백살겸에게 집중되었다.

팽가주가 말했다.

"풀어라."

백살겸 곁에 시립해 있던 무인은 명령이 떨어지기 무섭게 점혈을 풀었다.

탁! 타탁! 탁!

손가락으로 혈도를 두들기는 소리가 경쾌하게 울렸다.

꿈틀!

백살겸이 마치 짓밟힌 벌레처럼 꿈틀거렸다.

얼핏 봐도 백살겸의 상태는 썩 좋지 못했다.

안색이 백지장처럼 하얄 뿐만 아니라 붉고 검은 반점이 부스럼처럼 오돌토돌 돋아 있다.

경맥에 이상이 생겼다는 징후다.

백살겸이 점혈 상태로 이송되었다는 점을 감안하면, 어찌된 연유인지 짐작할 수 있다.

첫째, 점혈 수법이 악독했다.

혈을 짚기만 해도 충분한데, 거의 파혈(破穴)하다시피 내리찍었다.

백살겸이라는 마두를 고이 모셔갈 리 없지 않은가. 그의 혈도가 망가지든 파괴되든 상관할 것도 없다. 어차피 백살겸은 이 세상 사람이 아니라고 봐야 한다.

둘째, 점혈 시간이 너무 오래 지났다.

백살겸은 느린 황소에 실려 왔다. 하북팽가를 건드리면 이렇게 된다고 알리기라도 하듯이 만인 앞에 조롱거리가 되어 실려 왔다.

그러다 보니 시간이 꽤 많이 흘렀다.

진기가 흐름을 멈췄다. 피의 순환도 제대로 이루어지지 않았다.

호흡만 유지할 뿐, 시신이나 다름없는 처지다.

오랜 시간 동안 그런 상태로 짓눌려 있었으니 몸 상태가 정상일 리 없다.

"쿡!"

백살겸은 신음인지 비명인지 모를 소리를 토해내고는 기를 쓰며 몸을 일으켜 세웠다. 죽어도 개처럼 죽을 수는 없다는 오기가 물씬 풍겨 나오는 행동이다.

꾸물 꾸물 꾸물.

그는 벌레처럼 꾸물거리며 일어나 앉았다.

"흐! 흐흐흐!"

백살겸은 주위에 늘어선 사람들을 보았다. 그리고 옅은 미소를 지으면서 웃음을 흘렸다.

팽가주가 정면에, 팽가오로가 좌우에 늘어서 있다. 그들 외에는 점혈을 풀어준 수발 무인이 더 있을 뿐이다. 언뜻 봐도 가주의 집인 듯한 곳에는 한적함이 흐른다.

하지만 사람이 이들만 있는 건 아니다.

담장 너머로 수많은 눈들이 번뜩인다. 팽가 무인은 모조리 기어 나온 듯, 담장 위에 사람 머리로 만든 울타리가 생겼다.

"흐흐흐!"

백살겸은 웃기만 했다.

자신의 운명을 예감한 듯, 죽음을 느낀 듯…… 한쪽 곁에 짐짝처럼 버려져 있는 흑마겸의 시신에는 눈길도 주지 않았다. 그리고 두 눈에 힘을 주고 팽가주만 쳐다봤다.

팽가주가 말했다.

"우리 팽가는 인의(仁義)를 저버린 적이 없다."

팽가주의 음성이 몹시 무거웠다.

담담하게 들리기도 하고, 침울하게 들리기도 하고…… 지극히 낮고 두꺼운 음성이라서 종잡기가 힘들지만, 강한 분기(憤氣)만은 여실히 느껴졌다.

"흐흐흐!"

백살겸은 자조하듯 웃었다.

팽가주가 이어서 말했다.

"백살겸, 아쉽게도 오늘만은 인의라는 글자를 잊어야겠다. 아주 혹독한 조처가 취해질 것이다. 견뎌도 좋고 견디지 않아도 좋다. 그것까지 고려하지는 않겠다. 다만 우리의 의문점을 모두 해소시켜 주기 전에는 죽을 수조차 없을 것이다."

그렇다. 백살겸의 점혈은 완전히 풀린 게 아니다. 옆에 시립해 있는 무인은 팽가연의 점혈을 풀어주었지만, 그와 동시에 또 다른 제재도 가했다.

마혈은 풀렸지만…… 기해혈에 침이 꽂혔다.

운기를 할 수가 없다. 진기를 일으킬 수 없다. 사지가 납덩이라도 달아놓은 듯 무거워서 조금만 움직여도 숨이 찬다.

침 한 방에 이토록 무기력할 수는 없는데, 무슨 일이 생긴 것일까?

아마도 침에 진기를 녹여내는 특수한 약물을 묻혀놓은 것 같다.

한순간에 사지는 움직일 수 있지만, 힘을 쓰지 못하는 무기력한 폐인이 되고 말았다.

"흐흐흐!"

백살겸은 웃었다.

잠시 후, 백살겸의 모습은 팽가촌에서 사라졌다.

쌍겸구악을 구경하기 위해 우르르 몰려들었던 팽가 무인들도 모두 돌아갔다.

팽가오로는 흑마겸의 시신을 꼼꼼히 살폈다.

"검치의 혈파겸. 흐음! 손을 쓰려면 빨리 쓰고, 아니면 물러서는 게 좋겠네."

팽가일로가 사로에게 말했다.

사로의 눈썹이 꿈틀거렸다.

루주는 좋은 공부 재료다. 팽효기의 무공을 진일보시켜 줄 획기적인 도약판이다.

모든 과정이 예상대로 착착 진행되고 있다.

팽효기는 불철주야 무공수련에 매진한다. 밥을 먹을 때도, 잠을 잘 때도 몸과 마음은 오직 검치의 십검만 노려본다.

조금만…… 조금만 더 시간을 주면 철혈적성도를 대성할 수 있다. 의심할 여지가 전혀 없다. 손자의 앞날이 너무도 확실하게, 손에 잡힐 듯 환히 보인다.

루주는 손자에게 제거된다.

그런 마당에 숙적의 입장에 서야 할 팽가연이 루주와 손을 맞췄다. 다른 일도 아니고 쌍겸구악을 때려잡는 일이다. 그런 일에 적으로 분류된 자의 일조를 받았다.

팽가의 입장이 곤란하게 됐다.

그를 이대로 놔두면 적으로 분류할 수조차 없게 된다. 암살은 가능하겠지만, 그런 행동에서는 어떠한 대의명분도 찾을 수 없다.

하기는…… 회자수를 이용해서 제거하려고 한 것이나, 자신이 나서서 암암리에 제거하려는 것에도 대의명분 따위는 존재하지 않았지만 말이다.

어차피 지금도 루주를 죽이는 데는 명분이 없다.

가주께서 용서한 자를 뒤에서 암살한다는 건 정도문파가 행할 수 없는 치졸한 짓이다.

그럼에도 불구하고 그를 죽이려고 했던 것은 그가 정당한 이유로 용서받은 게 아니라 쥐새끼처럼 검치삼령을 들먹여서 빠져나갔기 때문이다.

그가 가모에게 행한 짓은 고스란히 남아 있다.

너무 시간을 끈 것일까?

'죽이려면 빨리 결정해야 돼.'

이런 생각이 사로의 머릿속을 스치자 눈썹을 꿈틀거리지 않을 수 없었다.

"시신을 보면 이검이 절정이야. 모험하지 말고, 하려면 자네가 직접 하는 게 좋지 않나 싶어."

삼로가 말했다.

"아무튼, 결정을 빨리해야겠어요. 이거야 원 언제 무슨 일이 터질지 모르니."

오로가 남의 일처럼 중얼거렸다.

분명히 한 수 후퇴했다.

예전에는 루주를 죽인다는 데 이견이 없었다. 그는 팽가의 위신을 손상시킨 자로, 반드시 죽여야 할 대상이었다. 그것도 사로를 직접 거명할 만큼 필사(必死)의 의지기 굳셌다.

지금은 모두들 물러서고 있다.

그가 팽가연과 함께 쌍겸구악을 척살한 일에서 심상치 않은 분위기를 감지한 탓이다.

예전에도 루주를 죽일 명분은 없었지만, 지금은 더욱 없다. 계속 그를 죽이고자 한다면 비밀을 철저하게 지켜야 한다. 들쥐나 산새조차 엿볼 수 없는 곳에서 감쪽같이 처리해야 한다.

기회는 한 번뿐이다. 그것도 빨리 처리해야 한다.

"알겠습니다. 조만간 입장 정리를 하죠."

사로가 침중하게 말했다.

저벅! 저벅! 저벅!

팽가주는 뒷마당을 지나 후원으로 들어섰다.

이 시각, 백살겸은 지하 고문실로 끌려가고 있을 것이다. 또 안마당에서는 팽가오로가 흑마겸의 시신을 살펴보고 있으리라.

팽가주의 마음은 무척 무거웠다.

가산의 혈족들이 몰살된 후, 그들이 내놓던 백계(百計)가 뚝 끊겼다. 세상을 지켜보던 눈과 귀가 꽉 틀어막혔다. 아무 예견력(豫見力)도 없이 단순히 눈에 보이는 현상만 가지고 시시비비를 판단해야 하는 어려운 지경에 처했다.

쌍겸구악이 혈족을 죽였다.

팽가연과 천요루주가 쌍겸구악을 제압했다.

눈에 보이는 현상은 간단하다. 하지만 그 속에 깃든 자잘한 말들이 전혀 들리지 않는다. 예전에는 행동에 깃든 저의를 낱낱이 알아들을 수 있었는데, 지금은 아무것도 못 본다.

"으음!"

팽가주는 답답한 신음을 흘리면서 후원을 걸었다.

파팟! 팟!

눈길과 눈길이 마주쳤다.

팽가주는 후원 나무 그늘에 앉아 있는 딸을 봤다.

백살겸을 잡아오기까지 한 장한 딸은 백살겸이 압송되는 모습도 보지 않았다. 어떤 뜻이 담겨 있는지는 모르겠지만, 아침부터 후원으로 걸어와 저렇게 앉아 있다.

팽가주는 그녀에게 걸어갔다.

"여기서 뭐하는 게야?"

"저 여자를 감시하고 있어요."

'저 여자?'

팽가주는 딸의 음성에서 강한 적의를 느꼈다. 그것도 다른 사람이 아닌 의모에게.

팽가연은 물에서 갓 건져낸 숭어처럼 팔딱이는 성격이지만, 의모만큼은 친모처럼 잘 따랐다. 다른 사람은 그녀를 통제할 수 없었지만, 의모의 말이라면 깜빡 죽었다.

그랬는데 이제는 '저 여자'라는 말을 썼다. 모녀 사이에 커다란 파란이 일었다는 뜻이다. 더군다나 '감시?'라는 말까지 썼다. 딸이 어미를 감시하다니. 도대체 이게 무슨 일이란 말인가.

"무슨 일이냐?"

팽가주가 침중하게 물었다.

팽가연은 대답하지 않았다. 아무 소리도 하지 않았다. 빨갛게 충혈된 눈으로 더욱 부릅뜰 뿐이다.

'무슨 일이 있군.'

팽가연이 이토록 격렬하게 좋지 않은 감정을 쏟아낸 적은 없다. 아무 말도 하지 않고, 눈도 마주치지 않지만 느낌만으로도 알 수 있다.

하지만 마음속에 있는 말을 꺼내놓을 것 같지는 않다. 말로 할 것 같았으면 벌써 말했을 게다.

팽가주는 그녀의 어깨를 위로하듯이 툭툭 친 후, 안으로 발길을 옮겼다.

*　　　*　　　*

가모는 쌍겸구악과 연관이 있다.

이것만은 분명하다.

납치되었던 주설언과 월아의 입을 통해서 추악한 행적이 고스란히 드러났다.

쌍겸구악이 가산의 일족들을 죽였다.

다른 곳도 아니고 바로 팽가촌에서 처참한 살육이 일어났다. 그리고 그 중심에 가모가 있다.

도저히 용서하지 못한다. 용서할 수 없다.

그런데 가모를 용서하지 않으려면 오라버니 또한 용서할 수 없게 된다.

오라버니는 이번 일에 깊숙이 개입했다. 용서하기에는 너무도 엄청난 일을 저질렀다.

용서!

그 말이 쉽지 않다.

그녀가 알고 있는 사실을 전면에 드러낼 경우, 팽가촌에는 혈족이 혈족을 베는 처참한 상황이 벌어진다.

자신이 직접 오라버니를 죽여야 하는 상황이 될지도 모른다.

아무리 생각을 고쳐 잡아도 오라버니의 죽음은 피하지 못할 것 같다. 그러기에는 너무 깊숙이 빠져들었다. 하지만 최대한 명예를 지키면서 죽게 하고 싶다.

하지만 그것도 여의치 않을 것 같다.

지금 상황은 너무 절망적이어서 어떠한 희망도 엿보이지 않는다.

그 대신, 모든 일이 암흑 속에 가려져 버릴 공산은 높다. 백살겸만 사라져 버리면 그만이다. 그러면 누가 어떤 식으로 가모와 오라버니의 과거를 말할 수 있을 것인가.

월아와 주설언의 증언은 아무런 힘도 발휘하지 못한다.

천요루주와 호가의 증언 또한 악의적인 모함으로밖에 비치지 않는다.

가모는 영악한 여자다.

다른 사람들은 다 속아도 이제 자신만은 속지 않는다.

그녀는 이런 맹점을 알고 있기 때문에 자신이 모든 것을 알아버린 지금도 여전히 당당할 수 있는 것이다.

가모와 자신의 싸움은 이미 시작되었다.

이제 백살겸이 고문실로 끌려 들어갔다.

그가 아무리 뼈대가 억센 마인이라고 할지라도 모든 일을 토설하는 건 시간문제다.

고문실, 그곳은 인간 세상에 펼쳐진 유일한 지옥이다.

가모도 그런 사실을 알고 있다. 그렇기 때문에 반드시 움직인다. 이것만은 확신한다. 자신의 더러운 밑천이 드러나기 전에 입막음을 하려고 할 게 분명하다.

움직이지 못하게 만들어야 한다.

어떠한 행동도 하지 못하게 만들어야 한다.

가모가 움직이면 가모도 살고 오라비도 산다. 가모가 움직이지 못하면 오라비가 죽는다. 가모의 생사는 어떻게 되든 상관하지 않는다. 오직 오라비의 죽음만이 슬프다.

그래도 가모가 움직이지 못하게 막아야 한다.

오라비가 죽는 한이 있어도 구천을 떠돌고 있을 혈족의 영령(英靈)을 위로해 줘야 한다.

팽가연은 눈을 부릅떴다.

"호호호!"

가모의 웃음소리가 방문 밖으로 새어 나온다.

그녀가 밖에서 지키고 있는 것을 알고 있으니 일부러 소리내어 웃는지도 모른다.

─그래, 지키고 있어. 사냥개처럼 코를 쿵쿵거리면서 잘 지키고 있어. 그래 봤자 별수 없을 거야. 넌 여전히 어린아이에 불과해. 호호호! 어린 게 건방지게 어딜……

가모의 비웃음이 웃음소리를 타고 전달된다.

'놓치지 않아! 놓칠 수 없어! 백살겸이 모든 사실을 토설하면 끝이야. 어디…… 그때 보겠어. 네가 어떤 표정을 짓는지.'

가모를 사랑했다. 친어미처럼 포근했다. 있는 정 없는 정 모두 쏟아부었다.

그랬기에 느닷없는 표변이 더욱 큰 충격으로 다가왔는지도 모른다.

'놓치지 않아! 꼭 네 꼬리를 잡고 말겠어!'

3

팽효뢰는 부산한 바깥 동정에 촉각을 곤두세웠다.

쌍겸구악은 제 앞가림 정도는 충분히 할 수 있는 마인들이었다. 그럴 만한 무공, 경륜, 배짱이 있었다. 더군다나 그들은 드러난 사람들이 아니라 음지에서 숨어 사는 사람들이다.

그런 자들이 한 명은 죽고 한 명은 잡혀 왔다.

이건 마른하늘에서 날벼락이 떨어진 것보다 너 큰 충격이다.

둘 다 죽었다고 하면 충격은 있을지언정 가슴을 졸이는 일
은 없었을 게다.

한데 생포라니!

'미친놈!'

그는 욕부터 나왔다.

명색이 마두라는 놈이 살 곳과 죽을 곳의 판단조차 못한단
말인가. 자기들이 저지른 일이 있는데, 하북팽가에 사로잡혀
와서 뭘 어쩌자는 것인가. 사로잡힌다는 판단이 서면, 혀라도
깨물어서 죽어야 마땅하지 않은가.

백살겸은 죽는다.

그가 알고 있는 바를 이실직고해도 죽고, 말하지 않고 침묵
만 지켜도 죽는다.

어쨌든 죽는다.

그 정도의 판단력은 있지 않은가.

용서를 베풀 위인이 아닌 바에야, 손속인들 부드러울까. 육
신에 가해지는 뭇매는 상당히 고통스러울 게다. 붉게 달아오
른 인두로 살을 지질 때에서 인정사정없으리라.

차라리 빨리 죽는 것보다 못하다.

그런데 왜 살아왔나!

여기서 놈이 취할 행동은 딱 하나뿐이다.

자신이 아는 바를 줄줄 풀어놓는 것.

죽을 바에는 혼자 죽지 않겠다. 이번 일에 연관된 놈들은 모
두 저승으로 끌고 가겠다. 그중에는 가모도 있고, 가주의 적자

라는 팽효뢰도 있다.

자! 마음껏 해봐라! 그들까지 함께 죽여봐라! 이놈들, 네놈들이 어떤 짓을 하고 있는지 아는가! 네놈들이 성녀처럼 떠받드는 가모를 네놈들 손으로 죽이는 짓이다. 가주의 아들놈이라는 작자가 이번 사건의 한복판에 있다. 마음대로 해봐라, 이놈들아!

백살겸의 능글맞은 웃음소리가 귓전에 울리는 듯하다.

백살겸을 제거해야 한다.

그렇다고 당장 움직인다는 것은 불가능하다. 지하 밀실은 가주의 승낙이 없는 한, 그 어떤 사람도 임의로 들어설 수 없다. 설혹 가모라 할지라도, 팽가오로라고 할지라도…….

백살겸에게 다가서려면 가주의 허락을 얻어야 한다.

'제길!'

그는 답답했다.

밀실 출입을 허락받기 위해서 들이댈 만한 핑계가 마땅치 않다. 또 적당한 핑계를 댄다고 해도 이미 늦다. 아버지와 만나고, 허락을 얻어내고, 그리고 밀실로 들어서기까지는 아무리 빨라도 두 시진은 족히 걸릴 것이다.

그동안 고문이 진행된다.

쇠로 만든 인간이라도 입을 열지 않고는 견딜 수 없는 혹독한 고문이 자행된다.

"제길!"

그의 입에서 분노가 튀어나왔다.

굽이굽이 굽이진 계단만 육백여 개, 지하 이십 장 깊이에 은밀한 밀실이 존재한다.

들어서는 순간부터 짙은 곰팡내와 종류를 알 수 없는 악취가 두렵게 밀려든다.

밀실은 죄를 짓지 않은 자도 어깨를 움츠릴 정도로 귀기스럽다. 하물며 죄를 추궁당하는 입장에서는 지옥에 들어선 것과 같은 공포를 안겨준다.

"큭! 큭큭!"

백살겸은 키득키득 웃었다.

죽음의 문턱을 장난처럼 넘어온 그들이다. 고문 같은 것이 눈에 들어올 리 없다.

"웃어? 너 이 새끼, 네가 지금 어떤 사정인지 모르는 모양이구나. 대가리가 그렇게 안 돌아가? 안 돌아가느냐고! 새끼야!"

쉑! 따악! 퍽퍽! 퍽퍽퍽!

다짜고짜 몽둥이가 날아들었다.

머리, 팔, 등…… 전신을 가리지 않고 난타했다.

잠깐 사이에 머리가 깨져서 피가 주르륵 흘러내렸다. 등짝은 뼈가 부러진 듯 얼얼하고, 잘못 맞은 손가락은 퉁퉁 부어올랐다.

"후우!"

한바탕 매타작을 한 무인이 가지 스스로 마음을 진정시키려는 듯 긴 호흡을 뿜어냈다.

그래, 이러다 이놈 죽지. 내가 할 일은 이놈을 죽이는 게 아니라 알고자 하는 바를 캐내는 거지. 그래, 그만하자. 하지만 이놈이 허튼소리를 하면 당장 때려죽일 거야. 그럴 수 있어.

무인의 의도가 말없는 가운데 전달되었다.

"끄응!"

백살겸은 신음을 토하며 일어나 앉았다.

그는 여전히 웃었다. 웃음소리를 흘리지는 않았지만, 얼굴 전체가 웃음으로 가득했다.

하고 싶은 대로 해봐!

백살겸의 의사도 무인에게 전달되었다.

"웃어? 여전히 웃는다 이거지? 그러니까 너 이 새끼…… 해보자 이거지? 좋아. 누가 이기나 해보자고! 이 새끼, 의자에 묶어."

두 사내가 달려들어 백살겸을 의자에 앉혔다. 그리고 굵은 밧줄로 꽁꽁 묶었다.

방금 매타작을 한 무인은 철침 박힌 몽둥이를 골라잡고 있었다.

팽효뢰는 담벼락에 몸을 바싹 붙이고 지하 밀실 입구를 뚫어지게 쳐다봤다.

밀실을 감시하는 사람은 없다.

팽가촌 전체, 팽가촌 주민 모두가 감시의 눈초리이기 때문에 특별히 밀실만 감시할 필요가 없다.

팽가촌 무인들에게 가주의 말은 신명(神命)이다.

가주가 '출입금지'라고 말하면, 곧바로 마음 깊이 각인된다. 의심 같은 건 전혀 없다. 마치 생각이 전혀 없는 사람들처럼 온전히 떠받들기만 한다.

백살겸이 밀실로 끌려들어 간 지금, 팽가촌으로 들어서는 낯선 사람들은 모두 감시의 대상이다. 혹여 그들이 밀실 쪽으로 발걸음을 옮기기라도 하면 곧바로 제지당한다.

하지만 팽가 무인이 팽가 무인을 감시할 필요는 없다.

팽가 무인들의 이목은 모두 바깥쪽으로만 쏠려 있다. 안으로 향한 눈길은 없다.

그럼에도 주의를 기울인다.

팽효뢰 역시 아버님의 천명을 거역하는 건 상당한 죄의식을 불러일으킨다.

자신은 지금 절대로 저질러서는 안 되는 일을 저지르려고 한다.

아버님을 기망하고, 혈족들을 기망하고, 자신의 양심마저 기망하는 일을 하고자 한다.

밀실 안에 누가 있는지 안다.

팽가촌에서 고문을 주도할 수 있는 사람이라면 독심(毒心)으로 정평이 난 팽효사(彭曉思) 형제들일 것이다.

그들 사형제는 부모가 눈앞에서 죽어도 눈물조차 흘리지 않을 것이다. 자신들의 팔다리를 생으로 떼어내도 실실거리며 웃어댈 독종 중의 독종들이다.

인정에 휘둘리지 않고, 정의에 연연하지 않고, 도의 같은 것은 검은 장막으로 덮어버리고 오로지 원하는 대답을 얻어내기 위해서 몽둥이를 휘두를 수 있는 사람들.

　'이판사판!'

　그는 주먹을 불끈 움켜쥐었다. 그리고 뒤도 안 돌아보고 신형을 쏘아냈다.

　쒜에엑!

　"그래도 명색이 백살겸이라면 비명은 지르지 마라. 백살겸이라는 놈이 쨱쨱 지저귀는 꼴은 만천하에 웃음거리니까. 아! 아직 자존심이 살아 있지? 내가 괜한 말을 했군. 그럼 슬슬……"

　휘이익!

　무인이 철침 박힌 몽둥이를 힘껏 휘둘렀다.

　퍽! 퍼어억!

　둔탁한 울림과 잔잔한 여운이 함께 울렸다.

　철침 박힌 몽둥이는 백살겸의 가슴을 후려쳤다. 그리고 살점을 쭉 찢으면서 훑어 내렸다.

　"크으윽!"

　백살겸은 비명을 토해냈다.

　그의 가슴에는 사나운 맹수가 할퀸 것 같은 손톱자국이 뚜렷하게 새겨졌다.

　핏방울이 확 튀었다.

살을 찢고 혈관을 뜯어낸 강침 몽둥이가 붉은 핏물을 주르
륵 흘리며 쳐들렸다.

"비명 지르지 말라니까. 창피하지도 않아? 네놈은 백살겸이
다. 백살겸. 백살겸이라는 놈이 돼지처럼 비명이나 꿱꿱 질러
대고…… 흐흐! 이런 날이 올 줄은 몰랐겠지? 개새끼!"

쐐엑! 퍼억!

몽둥이가 살 속에 깊이 파묻혔다. 찰떡에 파묻힐 때처럼 살
을 밀고 들어갔다. 그리고 살을 한 움큼 묻힌 후, 쩍! 소리를 내
면서 떨어져 나왔다.

"끄으으으윽!"

백살겸은 비명을 숨기지 않았다.

아픔이, 고통이 처절하게 느껴진다. 뱃속에서부터 흘러나와
온몸을 쥐어짜는 비명이 작은 밀실 안에 휘몰아친다.

"흐흐흐! 이제 시작인데 엄살은…… 맞다가 혹 생각나면 말
해라. 도대체 무슨 생각에서 팽가를 건드렸는지. 무슨 생각으
로 그 많은 사람들을 죽였는지 말이다. 이 개새끼야!"

쐐엑! 철썩! 쩌억!

사람을 때리는 소리라고는 믿을 수 없는 소리.

"끄으으으으윽!"

백살겸의 비명 소리가 고통의 절정을 여실히 보여주었다.
그때,

퍽!

강침 몽둥이를 들고 있는 사내의 뒤에서 단단한 땅이, 흙들

이 폭발이라도 하듯이 튀어 올랐다.

무인이 뒤를 돌아봤다.

부악!

땅이 쩍 벌어지며 시커먼 동공이 생겼다. 그리고 그 속에서 작달막한 사내가 툭 튀어나왔다.

머리에는 딱 달라붙는 투구를 쓰고, 전신은 철갑으로 뒤덮었는데, 마치 생선 비늘처럼 작은 조각들이 촘촘히 엮여 있었다.

밀실에 있던 팽가 무인 네 명은 즉시 쳐나갔다.

상대가 누구인지 모른다. 하지만 밀실을 뚫고 들어선 자라면 무조건 공격하고 볼 일이다. 아니, 이건 판단의 문제가 아니다. 본능적으로 행동을 하게 된다.

쉐엑! 쉐에엑!

강침 몽둥이를 든 사내가 다짜고짜 손에 든 몽둥이로 공격을 펼쳤다. 허리에는 보도를 차고 있지만, 칼을 뽑아 들 만한 시간조차도 없을 만큼 급박했다.

"크읏!"

괴인이 신음인지 비웃음인지 모를 소리를 흘렸다.

팟!

일순, 괴인의 모습이 눈앞에서 사라졌다.

'위험!'

팽효사는 즉각 위기를 감지했다.

눈앞에서 상대를 놓쳤다. 아무도 없는 빈방에서 귀신을 보

앉을 때처럼 온몸에 싸늘한 전율이 흐른다. 그 순간,

쑤욱!

아랫배에서 섬뜩한 파육음이 울렸다.

그가 불에 데인 듯한 통증을 느끼며 아랫배를 내려다보
자…… 보인다! 살을 찢고 지나가는 개미핥기의 발톱, 조도(爪
刀)…… 손가락에 끼어놓은 칼날…….

"케엑!"

"크윽!"

"악!"

세 마디 짧은 단말마도 들렸다.

그 소리가 세 동생의 비명이라는 건 뒤돌아보지 않아도 안
다.

'빨라…… 제길!'

그는 복부를 움켜잡고 툭 무릎을 꿇었다.

생각 같아서는 몸을 돌려 공격을 하고 싶은데, 몸이 말을 듣
지 않았다.

"잠깐! 그 새끼는 내가 좀 볼일이 있어."

뒤통수로 백살겸의 음성이 들렸다.

'제길!'

또 한 번 암울한 생각이 들었다.

전세가 역전되었다. 괴인이 어떻게 팽가 밀실을 알았고, 지
하 땅굴을 팠는지 이해할 수 없지만, 어쨌든 현실로 나타났다.
그리고 그는 자신들 사형제가 상대할 수 없을 정도로 강하다.

죽음은 정해졌다.

남은 것은 백살겸에게 보복을 당하면서 죽느냐, 이대로 곱게 죽느냐 하는 선택뿐이다.

'후읍!'

진기를 한 바퀴 휘돌린 후, 심맥(心脈)으로 몰아쳤다.

꽝!

하늘도, 땅도… 세상 모두가…… 눈에 보이는 것, 보이지 않는 것 모두가 무너졌다.

"신세 졌다."

"크크크! 꼴좋다."

"뚫린 주둥이라고 힘부로 나불거리지 마라. 죽는 수가 있어."

"그런 말을 하긴 아직 이르지 않아? 네놈…… 떼어놓고 가는 수가 있어. 크크크! 어떻게 되나 한번 볼까?"

"길이나 뚫어."

"크크크! 조심해서 따라와라. 굴은 좁고, 흙은 무르다. 자칫하면 흙더미 속에 파묻힌다 이 말이야. 크크크! 한마디로 생매장당한다는 건데…… 크큭! 난 분명히 천마소(天魔笑)를 듣고 달려왔다. 흙더미가 무너져서 죽는 건 내 문제가 아냐. 네놈 잘못이지. 크크크! 그럼 네놈 운을 시험해 볼까?"

땅을 뚫고 튀어나온 괴인은 다시 땅속으로 뛰어들었다.

"후우! 하필이면 저놈이……."

백살겸은 진기를 휘돌려서 급히 원기를 회복시켰다.

팽가연은 아직 강호 경험이 미숙하다. 자신 같은 마인을 상대할 때는 무조건 죽이는 것이 능사다. 목숨만 부지하면 곧바로 살길을 찾기 때문이다.

그런 면에서는 천요루주도 다를 바 없다.

그들은 마인의 허상만 짐작할 뿐, 실제로 그들이 어떤 일을 할 수 있는지 알지 못한다.

팽가촌 무인들은 어떤가?

적어도 팽가주나 팽가오로는 마인들의 수작을 짐작했어야 한다.

어떤 미친놈이 순순히 끌려오겠는가. 어떤 정신 나간 놈이 죽을 자리인 줄 빤히 알면서 잠시나마, 아주 잠깐 더 살겠다고 아등바등 거리겠는가.

정도인만 칼날 위에 목숨을 내놓고 사는 게 아니다.

팽가촌은 너무 오랫동안 평화를 구가했다.

건드리는 사람이 너무 없으니까 싸움에서 벌어질 수 있는 팍팍한 긴장감을 잃어버렸다.

백살겸은 괴인을 쫓아서 밀실 땅굴 속으로 신형을 쏘아냈다.

기분이 좋지 않다.

마기(魔氣)는 선기(禪氣)를 자극한다. 선기도 마기를 자극한다. 양극단의 기운은 서로를 자극하고, 견제한다.

팽가일로는 운기를 풀었다.

그러자 께름칙하던 느낌이 썰물처럼 사라졌다. 세상은 밝고, 공기는 맑다. 공기 속에 파묻힌 꽃향기까지 느껴지니 그야말로 심신이 아주 편하다.

'이건!'

그는 즉시 운기를 이끌었다.

파아아아아!

강렬한 느낌이 선기를 뒤흔든다.

무엇인지 종류를 알 수 없는 느낌이 온몸을 휘어 감는다. 정신을 산란케 하고, 선주(禪柱)를 뒤흔든다. 운기를 하면 할수록 미지의 힘도 커진다.

'마기!'

팽가일로는 즉시 산란한 마음의 정체를 눈치챘다.

팽가촌에 마기가 스며든다. 그것도 운기하는 것만으로 느낄 수 있을 정도로 강렬한 마기다.

'이런!'

갑자기 둔기로 뒤통수를 얻어맞은 것 같은 충격이 느껴졌다.

쌍겸구악에게는 천마소라는 비장의 절기가 있다.

내공이 제압된 상태에서도 원기(元氣)를 이용하여 펼치는 죽음의 질공.

원기 손실이 극심해서 한 번 펼칠 때마다 수명이 십 년씩 감소한다는 우스갯소리도 있지만…… 십 리 밖에 있는 동료에게 소식을 전할 수 있는 공부!

백살겸이 천마소를 흘렸다면…… 그리고 천마소를 접한 마인이 팽가촌에 스며들었다면…… 아니다! 이건 가정이 아니라 사실이다. 천마소를 흘렸고, 마인이 스며들었다.

운기 중에 마기를 느꼈다?

이미 마인이 행동을 개시했다. 팽가촌에 스며든 지 한참 지났다. 아마도 벌써 사단이 벌어졌을 게다.

"안 돼!"

그는 버럭 소리를 지르면서 벌떡 일어섰다. 그리고 촌각도 지체치 않고 신형을 쏘아냈다.

"엇!"

밀실로 들어선 팽효뢰는 깜짝 놀랐다.

시신 네 구!

땅바닥에 뻥 뚫려 있는 구멍!

팽효뢰는 시신을 살펴볼 생각도 하지 못했다. 그럴 만한 정신적인 여유가 없었다.

"백살겸! 백살겸!"

자신도 모르게 튀어나온 말이다.

그는 주위를 두리번거리면서 백살겸을 찾았다.

땅에 구멍이 뚫려 있으니 그가 탈출했다는 건 어렵지 않게 짐작할 수 있었다. 하지만 그래도 혹시나 하는 심정을 떨쳐 버릴 수 없다. 백살겸이 잡혔다는 압박감은 정상적인 이성을 짓눌렀다.

그는 아무도 없는 줄 빤히 짐작하면서도 구석구석까지 살폈다.

'없어!'

뭐가 어떻게 된 일일까?

그는 살피지 않았다. 뚫려 있는 구멍도 쳐다보지 않았다. 무작정 신형부터 뽑아냈다.

쉬이익!

계단을 밟아 올라가면서 심장이 터지는 것 같은 불안감을 느꼈다.

'괜히 왔어. 안 와도 되는데…… 누가 봤으면…… 나가다 들키면…… 제길!'

다행스럽게도 육백여 계단을 밟아 올라가는 동안 들어서는 사람은 없었다.

그는 문을 밀치고 나서기 전에 바깥 동정부터 살폈다.

아무도 없다. 자신이 들어설 때처럼 텅 빈 공간에 찬바람만 휑하니 몰아친다.

'됐어!'

살그머니 문을 밀치고 나왔다. 도둑고양이처럼 사뿐사뿐 주위를 살피면서 걸었다.

심장은 아직도 두근거린다. 끓는 물처럼 부글거린다. 하지만 백살겸이 사라졌다는 안도감이 전신을 나른하게 만든다. 무엇보다도 밀실을 왜 들어갔는지 해명하지 않아도 되니 다행이다.

　그는 자신의 등 뒤로 팽가일로의 시선이 꽂히고 있음을 알지 못했다. 전혀 짐작하지 못했다.

第二十三章 가도좋다

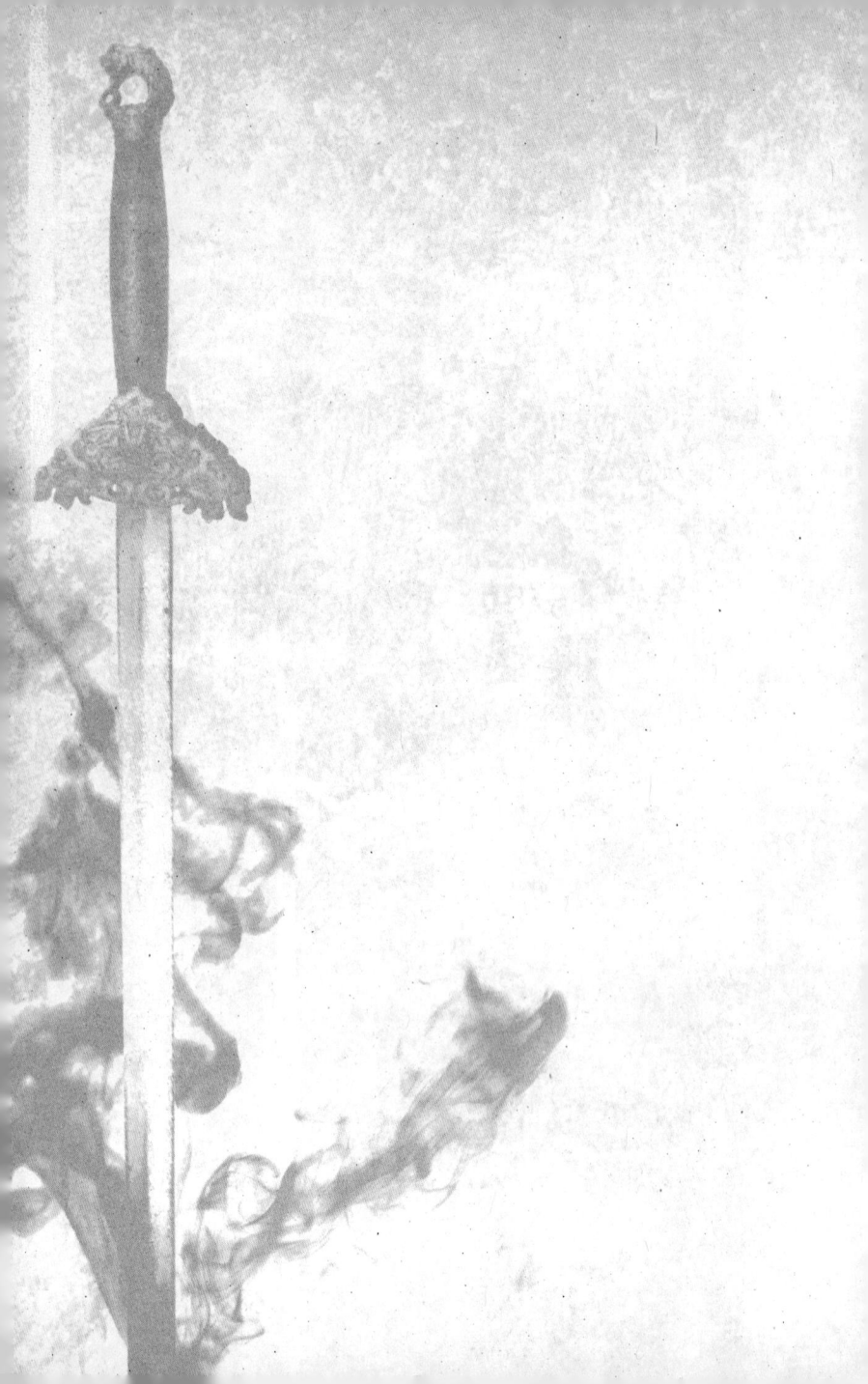

1

목검 한 자루, 목검 두 자루, 목검 세 자루…… 목검 열 자루
가 제자리에 꽂혔다.

진기가 사라지고 새로운 진기가 형성되었다.

그릇에 담겨 있던 물이 빠져나가고 다른 물이 채워진 것이
아니다. 먼저 있던 그릇이 깨어져 버리고 완전히 새로운 형태
의 그릇이 탄생했다.

전보다 훨씬 강력해진 힘.

이검의 변화와 속도를 한눈에 꿰뚫어볼 수 있는 안목.

분명히 이검의 경지는 넘어섰다.

삼검을 펼칠 수도 있고, 사검을 선개할 수도 있다. 잘하면
오검까지도 가능할 수 있다.

자신은 어느 상태일까?

궁금하지 않다. 펼칠 때가 되면 펼친다. 육검은 펼칠 수 없나? 펼칠 수 없다. 그럼 됐다. 펼치지 않으면 된다. 오검은? 사검은? 굳이 궁금할 것이 무엇인가. 자신이 펼칠 수 있는 한도 내에서 최선을 다하면 그만이다.

육검이든 칠검이든 십검 아래인 것만은 분명하고, 십검을 펼치지 못하는 한, 경지를 따질 필요도 없다.

루주는 목검을 다 챙기고 일어섰다.

그동안 취취와 흠화는 두 여인의 시신을 수습했다.

칠촌음화의 시신은 건드리지 않았다. 목불인견(目不忍見), 처참함이 극에 달하지만 현 상태 그대로 보존했다.

"먼저 가봐야겠소. 팽가 무인들과 웃으면서 만날 사이도 아니고."

"그러세요."

흠화는 말리지 않았다.

루주를 막을 명분이 없다. 아니, 명분이 있다 한들 막을 수 없다.

지금 루주는 예전의 루주와 많이 달라졌다.

먼저 눈에서 광채가 난다. 흔히 신광(神光)이 어린다고 하는데 꼭 그런 것처럼 느껴진다. 몸은 유연해졌다. 사람 몸이 한순간에 유연해질 수는 없는 것이니, 보는 사람의 마음이 위축된 것이리라.

압박감!

싸움을 걸 수 없는 강자와 대면한 느낌이다.

하룻밤 사이에 달라져도 굉장히 달라졌다.

그가 월아를 마차에 태우고 팽가촌에 방문했을 때는 평범한 파락호에 지나지 않았다. 강인한 기질은 가지고 있었지만, 무공으로 제압하지 못할 상대는 아니었다.

그는 싸우면서 커갔다.

몇 번의 싸움을 거치는 동안 이제는 가주나 원로에게서 느낄 수 있는 여유로움마저 풍긴다.

사람이 이토록 빠른 시일 내에 괄목상대한다면 이를 악물고 무공 수련에 매진하는 사람은 뭐가 된단 말인가. 그들은 천치바보라도 된단 말인가.

루주는 꿈에서조차 생각할 수 없었던 비약적인 발전을 온몸으로 보여주고 있다.

역시 검치의 제자는 아무나 되는 게 아닌가.

"천요루로 가실 거예요?"

취취가 물었다.

보내주기는 하지만 행동반경은 알고 있어야 한다는 속내가 읽혔다. 취취는 그런 걸 감출 정도로 여우가 못 된다.

"모두들 거기로 갔으니까."

루주는 옅은 미소를 흘리면서 말했다.

그녀들에게 일별을 던지고 휘적휘적 걸었다.

죽음을 각오했던 길이지만 요행히 목숨을 부지했다. 뿐만 아니라 육신이 생명을 잃어갈 즈음, 두 번째 기적이나 다름없는 깨달음을 얻었다.

그 깨달음은 그를 한층 강하게 만들었다.

강해진 힘으로 할 수 있는 건 많다.

가장 먼저 무엇을 할까?

어미와 담판 짓는 것은 좋은 행동이 아니다.

어미는 꼬리가 아홉 개 달린 구미호다. 꼬리 하나가 발각되면 도마뱀처럼 냉큼 떼어내고 잠적해 버린다. 지금과 같은 상황이라면 잠적까지는 하지 않을 게다. 팽가촌에서 어떻게든 버텨내려고 할 게고, 또 버틸 수 있다.

팽가연과 어미의 싸움은 시작되었다.

어미의 면면을 알고 있는 여전사와 꼬리 아홉 달린 구미호 간의 싸움이다.

승산은 어미 쪽에 더 많다.

어미는 백전노장이다. 수많은 간계(奸計) 속에서 담금질을 하면서 살아왔다.

하지만 팽가연…… 그녀의 눈빛이 좋다.

그녀의 눈은 정직하다. 쉽게 꺾이지도 않을 성격이다. 더군다나 행동하는데도 망설임이 없다.

좋은 싸움이 될 게다.

자신도 한가할 틈은 없다. 지금쯤 어미는 칠촌음화가 죽었다는 사실을 알았을 게다. 자신을 제거하라고 보냈는데, 오히려 죽음을 당하고 말았다.

그렇다고 포기할 사람이 아니다. 무엇인가 다른 수를 두어올 게 뻔하다.

어미와의 싸움은 언제나 불공정하다.

그녀는 늘 공격자의 입장이고 자신은 늘 방어를 해야 한다. 항상 그렇다. 눈에 띄기만 하면 그런 일이 반복된다. 어미에게는 자신을 죽일 독심이 있지만, 자신에게는 없기 때문이다. 차마 그렇게까지는 하지 못하기 때문이다.

옛날에도 그랬고, 지금도 그런 식으로 흘러간다.

그럼에도 불구하고 어미 앞에 나타나지 않을 수 없었다. 단 한 번만이라도 비통하게 죽은 아비를 생각하라고. 옛 기억을 되살리라고. 그게 아비의 바람이었을 것 같아서 말이다. 하기는 죽은 자가 무슨 바람이 있겠느냐마는…….

어미는 검치의 무공을 노린다.

어미뿐만이 아니다. 검치의 무공을 탐내는 자는 중원 천하에 널려 있다. 너무나도 강한 무공이고, 절대적인 무공이기 때문에 일초반식이라도 배우고자 하는 자들이 줄을 섰다.

그런 마당인데 욕심 많은 어미야 말해서 무엇하나.

그것도 다른 사람도 아니고 자신이 배 아파서 낳은 친자식이 검치의 무공을 수련했다는데 이만한 먹잇감이 어디 또 있겠나. 당장 눈앞에 나타나서 핏줄에 호소하지 않는 게 이상할 지경이다.

그렇다. 그건 분명히 이상하디.

어미는 검치의 무공을 노리는 자들 중에서 가장 여건이 좋다.

솔직히 모자간이라고 해도 서로가 목숨을 노리는 마당에 그만한 정리가 있을 리 없지만, 그래도 말이나마 나눌 수 있다는 점에서 다른 자들보다는 훨씬 낫다.

그런데도 어미는 나타나지 않았다.

다시 말해서 팽가촌에 검치의 무공보다 훨씬 가치 있는 그 어떤 것이 있다는 뜻이다.

칠촌음화의 행동만 봐도 그렇다.

어미는 칠촌음화에게 자신을 죽이라고 명하지 않았을 게다. 검치의 무공을 빼앗아라. 생포해라. 무슨 일이 있어도 목숨만은 살려놔야 한다. 그래야 검치의 무공을 얻는다.

어미는 욕심을 버릴 여인이 아니다.

그런데 칠촌음화는 살수를 전개했다. 검치의 무공을 묻기는 했지만 형식에 불과했고, 즉각 살수를 전개했다.

칠촌음화에게는 자신이 사는 것보다 죽는 게 낫다는 뜻이다. 즉, 검치의 무공보다 어미가 팽가촌에 머물러서 십여 년이나 잠복한 이유를 해결하는 게 훨씬 중요하다는 뜻이다.

그렇다면…… 자신도 눈길을 놓을 수 없다.

어미가 팽가촌에서 무엇을 하는지 계속 지켜볼 심산이다. 팽가연이 어련히 알아서 잘하겠느냐마는…… 그래도 어미인 만큼 자신 역시 지켜볼 것이다.

'후후! 참 묘한 사이야. 정말 친자식인가 의심될 때도 있다니까. 후후! 참 독한 사람이고……'

하늘을 올려다보는 눈길에 슬픔이 가득했다.

　　　　　*　　　*　　　*

덜컹!

뒷문이 은밀히 열렸다.

"뒤따르는 사람은?"

"없어."

"확실해?"

"누굴 바보로 아나. 아, 몇 번이나 확인해 봤어."

그제야 문을 열어준 사내가 옆으로 물러섰다.

사내 두 명은 들것을 들고 재빨리 들어섰다.

들것에는 축 늘어진 시신이 놓여 있었다.

"어디로 놔?"

"안에 들여놔. 관 하나 들여다 놨어."

"어휴! 원한을 품고 죽은 시신이 되어서 그런가 엄청 무거워."

두 사내는 힘들어하면서 시신을 옮겼다.

"시신을 가져왔습니다."

예상했던 보고가 올라왔다.

홍독사는 놀라지 않았다. 당연한 거다. 반색하지도 않았다. 그럴 필요가 없는 일이나. 내신 머릿속으로는 주판알이 맹렬하게 튀겨졌다. 어느 쪽 수지타산이 좋은가.

"시신을 건드리지 말고… 그대로…… 가져온 그대로 넣어
놔."

머릿속으로 주판알을 퉁기면서 무심히 한 말이다.

"그렇게 했습니다."

"소문나지 않게 행동조심, 입조심……."

"여부가 있겠습니까."

수하는 말귀를 착착 알아듣는다.

아마도 홍독사가 지금 어떤 계산을 하고 있는 지까지 눈치
채고 있을 게다.

월아의 시신은 좋은 협상거리가 된다.

월아가 운 나쁘게 지나가는 놈에게 맞아 죽은 것이라면 아
무런 가치도 없겠지만…… 놈은 팽가촌의 이숙에게 죽었다.
이숙이 날린 비도에 목이 뚫려 죽었다.

자, 이제 셈해보자. 이 일이 어느 쪽에 불리할까?

월아를 죽인 이숙은 천요루주에게 죽었다.

세상은 모두 이 일을 모르고 있지만, 그는 발 빠르게 움직인
덕분에 누구보다도 빨리 알아챘다.

이숙은 효령과 유리도 죽였다.

분명히 팽가촌의 적, 배신자가 되었다.

솔직히 이숙이 왜 그런 짓을 했는지는 지금도 모르겠다. 멀
쩡하던 사람이 갑자기 늑대의 탈을 뒤집어쓰고 흉악한 인간으
로 변신한 느낌이다.

어떤 사연이 있기는 하겠지만…….

이숙이 팽가촌의 중심부에 칼을 꽂았다. 효령과 유리를 죽인 것은 바로 팽가연의 심장에 칼을 꽂은 것이나 다름없다. 팽가연과 비연사도의 정리를 생각하면 당장 복수를 해도 부족함이 없다.

그런데 이숙의 이런 행동은 천요루주에게도 적으로 작용한다.

월아는 루주의 여인이다. 천요루에서 웃음을 팔았던 모든 기녀가 그의 여인이다.

월아는 그런 기녀들 중에서도 특히 총애를 받았다.

천요루주가 마음이 있었다는 게 아니다. 그와 생사를 같이하고 있는 호가의 짝사랑이 그녀에게 향하고 있다.

이숙은 호가의 짝사랑을 죽였다.

이숙은 명실공히 팽가촌과 천요루주의 공동 석이 되었다.

이 일은 다시 말해서…… 이숙이 제삼의 세력이라는 뜻이다.

제삼자…… 그들은 천요루주 쪽도 아니고, 팽가촌 쪽도 아니다. 천요루주를 죽이려고 하면서, 팽가촌에도 등을 돌렸다. 아니, 양쪽을 모두 건드렸다.

'엉뚱한 놈들이 나타났어.'

홍독사는 생각을 정리하지 못했다.

도대체 무슨 일이 벌어지고 있는가? 모든 사건에는 사건이 일어날 만한 요인이 있는 법인데, 이번 일의 요인은 무엇인가? 이숙의 이런 행동이 누구에게 득이 되는가?

고심을 거듭해 봐도 감이 잡히지 않는다.

정말로, 정말로 무슨 일인가 벌어지고 있는데…… 아주 큰 일, 세상을 뒤집어 버릴 만한 큰일이 태동하고 있는데…… 쓰디쓴 주먹 세계에서 살아온 경험으로 미루어볼 때 아주 큰 폭풍이 다가오고 있다는 걸 본능적으로 직감할 수 있는데…… 도대체 그게 무엇인가?

가장 좋은 방법은 이 모든 일에서 비켜서 있는 것이다.

땅속 깊이 파묻혀 있는 돌멩이는 폭풍이 휘몰아치든 말든 상관하지 않는다.

그러나 그것도 최선은 아니다.

재수없는 놈은 무슨 짓을 해도 뒤통수를 얻어맞는다. 휘몰아치는 폭풍이 땅까지 뒤집어 버리는 용권풍(龍捲風)이라면 땅밑이 아니라 이 세상 밖에 있어도 휘말리고 만다.

더욱이 자신처럼 주먹과는 떼려야 뗄 수 없는 입장에서는 필연코 부딪쳐야 할 사단쯤으로 생각하는 게 속 편하다.

어떻게 한다?

일단 여인의 시신은 천요루주에게 돌려준다. 최고급 관에 넣어서 정중히 건네준다.

천요루주, 그 새끼가 검치의 제자란다.

단숨에 밀고 들어와서 피떡을 만들 때만 해도 '뭐 이런 놈이 다 있어?' 했지만 놈이 검치의 제자라면 죽지 않은 걸 천만다행으로 생각해야 한다.

검치의 제자를 상대할 필요가 없다.

여인…… 월아는 목에 비수가 틀어박혀 있다.

이 부분은 팽가촌에서 확인해야 한다. 그래야 천요루주만 두둔했다는 원망을 듣지 않는다.

시신을 건네주는 것과 검시(檢屍)를 동시에 하게 만든다.

'내가 할 수 있는 건 이것뿐…… 그다음이 중요해. 정신 바짝 차리지 않으면…… 죽어.'

* * *

호가는 눈만 끔뻑거렸다.

몸을 운신하지 못하기 때문에 특별한 움직임을 보일 수도 없지만…… 감정마저도 바짝 메말라 버린 듯 일점의 동요조차 보이지 않았다.

"이놈이, 월아가 죽었단다."

맹삼력이 말했다.

"그래."

여전히 담담한 반응이다.

"이놈아, 월아가 죽었다고!"

"그래……"

맹삼력은 더 말하지 않았다.

담담한 음성 속에서 진한 아픔을 느낀다. 처절하게 찢어져 나가는 심장의 울음을 듣는다.

다른 사람은 이해할 수 없을지 모른다.

같은 기루에 몸을 담고 있으면서도 말 한 번 제대로 나눠보지 않았다. 멀리서 지켜보고, 연모했으며, 가슴 아파했다. 두 사람이 통정한 것도 아니고, 일방적인 마음뿐이다. 또…… 상대는 기녀다. 돈에 웃음을 파는 기녀…….

훌훌 털어버리고 웃으면 그만 아닌가.

원래 기녀와는 사랑이란 그런 것이다. 가볍게 술 한 잔에 담갔다가 흘려보내면 끝이다.

그런데 호가는 그렇지 못하다.

여자를 모르는 것도 아니고, 기녀와의 사랑이 어떤 것이라는 것도 잘 아는 놈인데…… 월아에게만은 목숨도 던질 정도로 깊은 사랑을 준다.

그런 그가 평범하게 대답한다.

아무런 상관이 없는 남의 가정사를 듣는 듯, 한 귀로 듣고 한 귀로 흘려버린다.

"홍독사가 시신…… 월아를 데려온 모양인데. 어떻게 할래? 가서 볼래? 데려가 줘?"

"왜?"

"뭐! 왜? 왜라니? 무슨 말이 그래?"

"양지바른 곳에 잘 묻어줘."

"안 볼 거야?"

"볼 이유가 없잖아."

"……!"

맹삼력은 할 말을 잃었다.

상심(傷心)한 사람을 숱하게 보아왔지만 이런 반응은 처음이다.

'이놈이 도대체 무슨 생각을……'

맹삼력은 고개를 절레절레 흔들며 물러나왔다.

월아가 죽었다는 말을 듣고도 태연하다. 홍독사가 시신을 보관하고 있다는 말을 듣고도 담담하다. 눈물을 흘려도 모자랄 판인데…… 그러고도 남을 위인인데…….

방문을 닫고 밖으로 나오던 맹삼력은 멈칫 섰다.

사내!

낯익은 사내가 방문 밖에 서 있었다.

"멀쩡하네?"

"응."

"이숙을 죽였다고? 말 들었어."

"칠촌음하."

"그렇지. 칠촌음화지. 그런데 저놈 아무래도 이상하다. 제정신이 아닌 것 같아."

맹삼력이 염려스러운 듯 호가가 누워 있는 방을 쳐다보며 말했다.

"들었어."

"그…… 래?"

맹삼력은 놀라서 반문했다.

들다니? 그럼 오래전부터 와 있었다는 말이지 않은가. 그런데도 자신은 인기척을 간지하지 못했다. 천요루주의 내공이 자신보다 월등히 앞섰다는 뜻이다.

천요루주가 칠촌음화를 죽였다는 말은 들었다. 그때 느낌은 '그런 몸으로 상당한 거물을 쓰러트렸구나. 역시 놈! 불가능한 상황에서 끊임없이 활로를 찾는 놈!' 하는 정도에 불과했다.

지금은 완전히 다르다. 괄목상대할 만큼 성장해서 돌아왔다. 단 하루, 하루 사이에!

천요루주가 말했다.

"월아를 찾지 마라."

"뭐?"

"저놈이 직접 찾도록. 저놈…… 우리가 월아를 손대는 거 원치 않을 거야."

"그래도 월아를 남에게 맡긴다는 건……."

"설언이는?"

"후원에."

"오늘은 푹 쉬자. 방해하지 마."

천요루주가 휘적휘적 걸어갔다.

*   *   *

팽가촌에서는 아무도 오지 않았다.

"연락도 없었어?"

홍독사가 눈을 희번덕거리며 물었다.

"없었습니다."

"아무도…… 안 와? 이숙이 여자를 죽였다는데?"

"네."

"하!"

홍독사는 입을 쩍 벌렸다.

이숙이 사람을 죽였다는데 팽가촌 무인들이 검시를 하러 오지 않는다? 이건 뭔가?

팽가촌에서는 이숙을 인정하지 않는다. 그렇기에 아무도 검시하려고 오지 않는다. 이숙과 연관된 어떠한 일도 팽가촌과는 상관없다는 뜻이다.

이건 반대로도 해석할 수 있다.

이숙이 어떤 짓을 했는지 너무 잘 안다. 인정한다. 그래서 연관을 맺지 않으려고 한다.

'흐흐흐! 내가 소문내지 못할 거라는 건 알고 있고…… 뭐야? 너희가 알아서 조용히 덮어라. 이거야? 분명한 건 이게 잘못 소문나면 내 모가지가 뎅겅 한다는 것이고…….'

이래서 수하들 모두가 월아의 시신을 건드리지 말자고 했다. 그냥 내버려 두면 관에서 처리하든 팽가촌에서 처리하든 천요루주가 거두든 누군가는 손댈 것이라고 조언했다.

그 말이 맞다. 하지만 폭풍의 중심으로 들어가려면 무슨 건더기든 손으로 움켜잡아야 하는 것이다.

홍독사가 말했다.

"루주 쪽 사람은 언제 온대?"

"그게……."

수하가 머리를 긁적거렸다.

"또 왜?"

"그쪽도…… 그냥 장례 잘 지내라고."

"뭐야!"

"나중에 찾을 테니 양지바른 곳에 정성을 다해서 묻어주란 말은 남겼는데……."

"흐흐흐! 그럼 그렇지."

홍독사는 득의의 미소를 지었다.

역시 월아는 사건의 한복판에 있다.

천요루주 쪽에서 당장 달려오지 못하는 데는 분명히 그만한 이유가 있으리라.

얼핏 삼파전이 예상된다.

팽가촌이 있다. 천요루주가 있다. 그리고 또…….

또 한 세력은 월아의 목을 꿰뚫은 도흔과 연관이 깊다.

월아를 죽인 수법이 무엇인지만 알 수 있어도 배후를 캐내는 게 훨씬 쉬울 텐데…… 보아하니 천요루주 쪽은 또 한 세력을 짐작하는 듯한데…….

'제길! 언젠간 알겠지.'

홍독사를 고개를 저으며 소리쳤다.

"야! 그년 따뜻한 곳에 묻어줘라. 우리가 정성껏 묻었다는 표시 팍팍 내고. 알았어!"

또르륵!

호박색 맑은 술이 상큼한 향기를 풍기며 작은 술잔에 채워진다.

슉!

루주는 술잔이 채워지기 무섭게 들이켰다.

"천천히 드세요."

주설언은 걱정스러운 눈빛을 보냈다.

루주는 말없이 술잔을 내려놓았다.

'따라.'

무언중에 뜻이 전달된다.

침묵은 무겁다. 감히 거역할 마음이 생기지 않을 정도로 강력한 뜻을 품고 있다.

슉! 또르륵!

주설언은 어쩔 수 없이 주담자를 들어서 술을 따랐다.

벌써 두 주담자째.

술 석 잔이면 황소도 나가떨어진다는 육순주(六旬酒)를 벌써 스무여 잔째 들이켜고 있다.

슉! 벌컥!

또 한 잔의 술이 단숨에 비워졌다.

천요루주는 기루의 주인이면서도 술을 좋아하지 않는다. 술이 약한 편은 아닌데, 자주 즐기지 않는다. 어쩌다가 술을 마실 기회가 생겨도 고주망태가 되도록 취한 모습을 본 적이 없다.

아니, 있다.

루주는 자주 취한다. 인사불성이 되어서 사람을 알아보지 못할 정도가 될 때까지 마시고 또 마시는 못된 습관이 있다.

그녀는 루주의 못된 습벽을 아는 유일한 사람이다.

그녀와 있을 때, 그녀와 함께할 때, 그리고 그녀가 따라주는 술에 취한다.

오늘도 그럴 모양이다.

또르륵!

스물세 잔째 술이 따라졌다.

월아가 죽었다.

무림의 싸움이란 상당히 지저분하다. 적대 위치에 있는 당사자만 노리는 법이 없다. 적이라고 생각되면 주변 모두를 가지치기하듯이 쳐내버린다.

월아가 그런 식의 싸움으로 희생되었다.

그녀는 비밀을 알고 있었다.

쌍겸구악이 저지른 일, 팽효뢰가 저지른 일, 그리고 어미가 얽힌 일…… 그 많은 일을 알고 있는데 무사하기를 바란다면 그야말로 도둑놈 심보일 게다.

그렇다. 모두가 다 아는 사실인데…… 그런 사실을 간과했다.

월아가 의원을 떠날 때, 그녀를 만류한 사람이 없었다. 모두들 편안하게 고향 땅을 밟을 것이라고 생각했다. 정말로 더 이상의 위험은 없을 것이라고 생각했다.

목숨을 위협하던 흑마겹이 죽고 백살겹이 생포되었다.

모든 사실을 알아낸 팽가연이 분심(忿心)을 억누르지 못하고 단숨에 팽가촌으로 달려갔다.

이런 마당이니 적어도 월아에 대한 안전만은 염려하지 않아도 마땅하지 않은가.

그런데 죽었다. 아니, 죽는 게 당연하다. 위험이 한 치도 감소하지 않았는데, 어디서 안전을 구한단 말인가.

이 모든 것을 몰랐던 게 아니다. 조금만 생각해도 짐작이 된다. 한데 월아가 떠나는 순간에는 잠시 망각했다.

움직일 수 없는 몸으로 강적을 맞이해야 한다는 압박감이 합리적인 사고를 불가능하게 만들었다. 쌍겹구악을 부너트렸다는 호승심이 이성을 흐려놓았다.

살아 있는 사람들 모두 월아의 죽음에 책임이 있다.

'어미!'

루주는 동그란 술잔에서 어미의 얼굴을 봤다.

어미는 웃는다. 활짝 웃는다. 저승에서 갓 튀어나온 듯 아주 요악한 웃음을 흘리고 있다.

네까짓 게!

어미의 비웃음이 마음을 적신다.

술을 마신다. 술잔을 비운다. 어미의 웃음을 마시고, 어미의 비웃음을 비운다.

어미가 아니었다면 아직도 살아 있을 월아.

슬프다. 아주 슬픈 날이다.

주설언은 탁자 위에 머리를 처박고 쓰러져 버린 루주를 안 쓰러운 눈길로 쳐다봤다.

주담자를 네 병이나 비웠다.

지금까지 보아온 중에 가장 많이 마셨다. 아니, 이 정도면 마신 게 아니라 들이부은 것이다.

주설언은 루주의 심중을 헤아린다.

처음에는 루주가 왜 그토록 취하려고 하는지 이유를 알지 못했지만, 취중에 바람처럼 흘린 한마디…… '월아'라는 말을 듣는 순간 루주의 마음을 단숨에 꿰뚫었다.

루주는 강한 사내가 못 된다.

싸움을 잘하는 사내가 될 수 있을지는 모른다. 하지만 독심(毒心)과는 거리가 멀다. 아주 멀다.

루주는 약해야 할 사람에게는 한없이 약하다.

"휴우!"

그녀는 가는 한숨을 내쉬었다.

오늘은 술로 달랬지만, 내일은 마음으로 삭일 것이다. 죽은 월아에 대한 죄책감, 호가에 대한 미안함이 늘 마음 한켠을 어둡게 만들 것이다.

그녀는 무너진 루주를 안아 일으켰다.

약한 여인이 건장한 사내를 안아 일으키는 게 쉬운 일은 아니지만, 이런 일쯤은 이골이 난 터인지라 그리 어렵지 않다.

겨드랑이 사이로 어깨를 들이밀고 장작을 들어 올리듯 힘껏 떠민다. 그러면 꼼짝도 하지 않을 것 같던 루주의 몸이 신기하게도 둥실 떠오른다.

그를 안아 일으키는 건 어렵지 않다. 오히려 몇 걸음 안 되는 침상까지 가는 길이 훨씬 어렵다. 그때는 작은 동체에 루주의 전 체중이 실리기 때문에 온 힘을 다 쏟아야 한다.

루주를 침상에 뉜 후에도 할 일이 있다.

그녀는 습관처럼 보석함을 열었다.

그곳에는 언제든 사용할 수 있게끔 도톰한 가죽 주머니 다섯 개가 들어 있다.

첫 번째 것을 열어서 침상 주변에 흩뿌린다. 두 번째 것을 열어서 방 안에 골고루 뿌리고, 세 번째 것을 열어서 창문 틈이나 방문 앞에 뿌린다.

이 세 가지의 가죽 주머니에는 가벼운 독분(毒粉)이 들어 있다.

서로가 극성의 성질을 지녔기 때문에 한 가지 해독약으로는 방비할 수 없다. 또한, 성질이 극악해서 웬만한 침입자쯤은 단숨에 제압해 버린다.

중독을 피할 길이 전혀 없는 것은 아니다.

그녀가 만든 안주를 먹거나, 해가 뜰 때까지 기다리면 된다. 그녀가 뿌린 독분들은 따스한 햇살을 받으면 서릿발처럼 증발해 버리기 때문이다.

그녀는 무공을 모른다. 그래도 루주를 보호해야 한다. 루주는 자신을 믿고 만취했다. 마음 편하게 술을 마셨다.

언제 기회가 되면 도대체 어떻게 그럴 수 있는지 물어보긴 해야 할 것 같다.

루주는 적이 많다. 홍독사도 적이었다. 온갖 파락호들이 그를 노렸다. 원한 관계만 있는 게 아니다. 루주가 가진 위치나 금전을 노린 자들도 많다.

사방이 적인데 도대체 어떤 배포로 무공 한 푼 쓸 수 없는 기녀 앞에서 대취할 수 있는 것인가.

그녀가 독분을 준비하는 건 그래도 혹여 있을지 모를 급습에 대비한 고육지책(苦肉之策)이다.

사실 그녀는 자신이 뿌린 독분의 성능조차 제대로 알지 못한다.

언젠가 호가에게 고민을 말한 적이 있고, 호가가 웃으면서 약방문 몇 개를 써주었는데…… 의원들 말로는 장난삼아 쓸 수 있는 가벼운 독이라는 설명을 들었다.

호가가 독을 다룰 줄 모르는 그녀를 생각해서 일부러 가벼운 독분을 만들어 준 듯하다.

어쨌든 그녀는 다섯 가지의 독분을 항시 준비한다. 그리고 루주가 만취한 날이면 의식을 치르듯 방 안에 골고루 뿌린다.

네 번째와 다섯 번째 주머니는 품에 넣고 잔다.

그것은 방 안에 뿌려놓는 게 아니라 침입자에게 던질 요량으로 구비해 놓은 것이다.

효능? 기대효과? 물론 알지 못한다.

그저 만일의 경우에 망설이지 말고 던지라는 말을 들었으니 품에 넣고 잔다.

그녀는 세 개의 독분을 꼼꼼히 뿌렸다.

침상 주변에 뿌리는 것, 방에 고루 펼쳐서 뿌리는 것, 그리고 창틈에 뿌리는 것…… 모두 구분이 있다. 아무 주머니나 막 뿌리는 게 아니다.

그녀는 무심히 독분을 뿌린 후, 나머지 두 개의 독주머니는 품에 찔러 넣었다.

지금까지 침입자가 있다거나 어떤 사단이 벌어진 적은 없었다. 하지만 루주가 움직일 수 없는 상태이니 만일의 경우는 항시 내비해야 한다.

"됐어."

그녀는 방 안을 쓱 돌아보며 만족했다.

*　　　*　　　*

스읏!

앞서 가던 수두(首頭)가 오른손을 번쩍 쳐들었다. 그러자 뒤따르던 사내들이 거짓말처럼 제자리에 멈춰 섰다.

수두는 손으로 두 명을 지목했디.

지목을 받은 두 명의 사내가 미끄러지듯 기와를 스치며 달려갔다.

스읏! 스읏!

그들은 처마 끝에 이르자, 앞으로 꼬꾸라지듯 쓰러졌다.

처마 밑으로 굴러떨어진 건 아니다. 두 발의 발등을 기와에 얹고 박쥐처럼 거꾸로 매달렸다.

잠시 후, 그들이 다시 돌아왔다.

"추몽혈사분(追夢血死粉)입니다."

"놀랄 일도 아니군. 호가는 청성파 인물이야. 코 밑에 당문이 있으니 그만한 독쯤은 다룰 수 있겠지. 해독단은?"

"없습니다."

뒤에 멈춰서 있던 무리들 중 한 사내가 말했다.

"흠!"

수두가 깊은 침음을 흘렸다.

잠시 정적이 흘렀다.

세상은 쥐 죽은 듯 조용하다. 전각 지붕 위에는 십여 명의 사내들이 뭉쳐 있지만, 숨소리조차도 들리지 않는다.

"돌아간다."

수두가 결정을 내렸다.

"겨우 추몽혈사분입니다. 한두 명만 죽으면 됩니다."

즉시 반대의 소리가 울렸다.

또다시 침묵이 흘렀다.

한 번의 이의제기는 얼마든지 용인된다. 신이 아닌 이상 실수란 언제나 있게 마련이고, 수장(首長)이라 한들 실수를 피해가긴 어렵기 때문이다.

숙고, 숙고!

수두는 반대의 소리를 깊이있게 숙고했다. 그리고 결정을
내렸다.

"돌아간다."

큼직한 전각에는 아직도 불이 밝혀져 있다.

세상이 온통 어둠으로 뒤덮여 있는 깊은 밤인지라, 전각에
서 흘러나오는 불빛은 한층 더 밝게 느껴진다.

"이유를 설명해 주십시오."

반대를 말했던 자가 물었다.

"굳이 들어가려는 이유는 뭔가?"

"직감입니다."

"호기라고 판단한 건가?"

"맞습니다."

사내에게서 강한 신념이 피어났다.

살수에게는 직감이라는 게 있다. 객관적으로 상황이 살펴보
면 도저히 틈이 없다. 하지만 직감상 살인을 하기에는 이번만
큼 좋은 기회가 없다는 느낌이 들 때가 있다.

지금이 그런 때다.

루주는 술을 마셨다.

육순주의 강렬한 주향이 십 리 밖에까지 퍼져 나갔다.

술 냄새가 어떻게 십 리 밖까지 퍼져 나가느냐고? 맞다. 평

범한 자들은 도저히 맡을 수 없는 냄새다. 하지만 고도로 훈련된 그들의 후각까지 속일 수는 없다.

루주는 술에 취해서 곯아떨어졌다.

루주를 그림자처럼 따르던 호가와 맹삼력의 호위도 보이지 않는다. 호가는 움직일 수 없는 처지고, 맹삼력도 월아가 죽었다는 슬픔에 젖어서 술잔을 기울인다.

살인을 하기에 지금처럼 좋은 기회는 없다.

장애물은 오직 하나, 추몽혈사분.

그나마 다행인 점은 추몽혈사분이 독분을 건드린 자에게는 성질을 부린다는 점이다.

한마디로 문을 여는 자만 당한다.

자칫 문틈을 밟는 자도 당할 수 있다.

하나 이런 식으로 당하는 건 많아야 두세 명에 불과하다. 두세 명의 죽음만 감수하면 된다. 동료의 시신을 밟고 건너뛰면 단숨에 요절을 낼 수 있다.

죽는 자들 속에 자신이 섞이는 건 차후의 문제다.

그들은 항시 죽음 앞에서는 추첨을 한다. 그러니 누가 선택을 받을지는 전혀 알 수 없다. 죽음을 제안한 자가 선택되더라도 기꺼이 감수할 수 있다.

그들은 자신의 죽음은 아랑곳하지 않는다. 오직 이루고자 하는 목표에만 집중한다.

지금의 목표는 루주의 살행이다.

지금 반드시 들이쳐야 하는 이유는 또 있다.

루주는 검치의 제자다.

귀살왕이 별다른 힘도 못 써보고 당해 버린 검의 귀신!

정면으로 들이쳤을 때, 불가불 희생이 나올 수밖에 없지 않은가. 그때는 두세 명의 죽음으로는 끝나지 않는다는 걸 누구보다도 잘 알지 않는가.

자, 왜 그만뒀는가! 이유를 말하라!

말하는 자의 항변에는 정당한 이유가 있다.

"추몽혈사분 뒤에는 망지독(網地毒)이 있다."

"훗!"

강력하게 항의하던 사내의 입에서 헛바람이 튀어나왔다.

수두가 말했다.

"망지독 뒤에는 혈선과액(血腺果液)도 뿌려져 있다."

"……"

"알았나? 추몽혈사분, 망지독, 혈선과액은 항시 같이 움직인다. 하나씩 떨어져 있을 때는 장난 같은 독분이지만 같이 뭉쳐 있을 때는 괴물도 때려잡을 수 있는 중독(重毒)이 된다."

"몰랐습니다."

수두는 수하의 실수를 추궁하지 않았다. 공부를 더 하라는 말도 하지 않았다. 그냥 지금의 상황을 이해하고 받아들이면 그것이 최선의 공부다.

살수는 공부를 따로 할 필요가 없다.

처처살심(處處殺心)!

세상 모든 것에서 죽음을 찾을 줄 알아야 한다.

사내들은 잠시 생각했다.

추몽혈사분, 망지독, 혈선과액…… 이 세 가지 독분을 뚫고 들어가려면 적어도 십여 명 이상이 목숨을 잃는다. 해독약을 준비하면 아무도 죽을 필요가 없는데, 조급히 뛰어들면 살천루 병조(丙組) 전원이 몰살한다.

그쯤으로 죽음이 그친다면 그래도 한 번 시도해 볼 수 있다.

놈이 검치의 제자이고, 검치의 십검을 고스란히 물려받았다면…… 그렇다면…… 어쩌면 그를 죽일 기회란 영원히 오지 않을 수도 있다. 살천루의 체면을 되살리기는커녕 오히려 살천루가 큰 화를 입을 수도 있다.

상대가 검치라면 그렇다는 말이다.

죽음은 세 독분으로 끝나지 않는다.

─삼독(三毒)은 오독(五毒) 아래 있다.

일명 추명오독(追命五毒)을 일컫는 말이다.

루주를 보호하고 있는 삼독은 추명오독 중 세 가지에 불과하다. 그 뒤에 남아 있는 흑산(黑散)과 절명(絶命)은 산목숨을 용납지 않을 정도로 치명적이다.

들어갔다면 몰살이다.

한 걸음 물러서서 차분히 기다려야 할 때다. 해독약을 준비하기 전에는 한 걸음도 들어설 수 없다.

그럼에도 불구하고 수두가 숙고를 한 것은 혹시나 있을 지도 모를 가능성을 찾기 위해서였다.

들어가면 사내가 말한 한두 명보다는 훨씬 많은 사람이 죽는다. 어쩌면 정말로 몰살당할지도 모른다. 그런 각오를 하고 들어간다면 어떨까? 루주를 죽일 수 있나? 죽일 수 있다는 가능성이 조금만 있어도 시도해 볼 수 있는데……

그들에게 죽음 따위는 고려의 대상이 아니다. 열 명이 죽든, 스무 명이 죽든 루주만 죽일 수 있다면 시도한다. 반대로 아무런 손실이 없다고 해도 기대하는 바를 얻을 수 없다면 한 걸음조차 움직이지 않는다.

모든 움직임의 초점은 목표를 제거할 수 있느냐에 모아진다.

그 결과, 물러났다.

"배웠습니다."

사내가 머리를 숙였다.

수두가 말했다.

"준비해라."

한 사내가 그에 대해 즉시 화답했다.

"이틀 걸립니다. 모레까지는 준비됩니다."

수두는 고개를 끄덕였다.

추명오독은 절대독이다. 그런 민큼 실천루는 오래전부터 추명오독에 대한 준비를 해왔다. 추명오독뿐만이 아니다. 독은 물론이고 무공, 진법, 심계에 이르기까지 강하다는 것, 지독하다는 것은 모두 연구해 왔다.

그에 대처할 수 있어야 죽일 수 있다.

추명오독은 명성이 자자하다. 그런 만큼 살수문파치고 대처 방법을 모색하지 않은 문파가 없을 게다.

모레, 모레면 해독단이 준비된다.

하지만…… 지금과 같은 기회는 두 번 다시 찾기 어려울 게다.

살수의 직감은 정확하다.

지금 아니면 곤란하다고 느낄 때가 흔한 게 아니다. 그런 기회는 정말 찾기 힘들다. 그렇기 때문에 모두가 몰살당하는 한이 있어도 들어가서 쳐야 할 때가 아닌가 하고 고심했던 게다.

이제 기회는 사라졌다.

루주가 언제 또 고주망태가 되어서 쓰러질까. 호가가 사지를 운신하지 못하고 병석에 누워 있으며, 맹삼력이 다른 곳에 신경을 팔 때가 또 언제 올까.

그런 기회를 또 기대한다는 건 정말 도둑놈 심보다.

그렇다. 그런 기회는 두 번 다시 오지 않는다. 다만…… 그와 흡사하게 상황을 만들 수는 있다. 그리고 살수의 직감상 그 기회는 바로 코앞에 있다.

주설언!

그녀를 잡으면 루주를 잡을 기회가 생긴다. 그녀 이외에 다른 곳에서 돌파구를 찾는 것은 어리석다. 가장 편하고 쉽고, 확실한 길이 있는데 무엇하러 어려운 길로 빙 돌아가는가.

수두가 손가락으로 한 사내를 가리켰다.

"잡아와!"

이심전심(以心傳心), 한마디면 알아듣는다. 굳이 부연설명을 하지 않아도 말뜻을 헤아린다. 살수라면 그 정도의 생각쯤은 하고 있어야 한다.

"옛!"

그들은 불 켜진 전각을 노려봤다.

3

술은 정신을 혼몽케 한다. 하지만 특정한 목적을 지닌 사람에게는 순도가 높은 술도 맹물처럼 민숭민숭할 때가 있다.

스스스스! 사사삿! 스웃! 스웃!

천장에서 온갖 잡쥐들이 들끓는다.

'역시!'

위험은 월아에게서 끝나지 않았다. 위험은 아직도 여전히 지속되고 있다. 아무도 의식하지 못하는 사이에 슬그머니 다가와 주설언까지 덮쳐 버렸다.

주설언은 추명오독을 사용한다.

이런 사실은 오래전부터 알고 있었다.

추명오독은 청성파의 천멸독경(天滅毒經)에 기재될 정도로 가공할 독이다. 하지만 독분의 재료는 뜻밖에도 일반 시중에서 쉽게 구할 수 있는 것들이다. 배합비법만 알면 누구라도 절정 독인으로 탈바꿈할 수 있다.

주설언은 그런 사실을 모른다. 그에게 약을 지어주는 의원들도 그런 부분에는 무신경하다.

기녀는 온갖 기기묘묘한 약들을 쓴다. 정력에 좋다거나, 피부에 좋다거나, 한 잔만 마셔도 정신을 잃는 취망산(醉忘散), 무인들을 전문적으로 노리는 산공독(散功毒)까지 온갖 방편을 의뢰한다.

그렇기 때문에 기녀와 소통하는 의원들은 거의 대부분 약을 만들어주고 은자를 챙기기에 바쁘다. 자신이 어떤 약을 만드는지 알 필요도 없고, 알고 싶어 하지도 않는다.

그들이 추명오독을 가지고 논다는 사실이 알려지면 아마도 너무 놀라서 솜털까지 곤두설 게다.

그 추명오독이 잡쥐들을 물리쳤다.

하지만 이건 좋은 현상이 결코 아니다. 잡쥐들이 추명오독의 존재를 알아챘다. 그럼 어찌하겠는가. 조만간 해독단을 준비해서 다시 들이칠 게다. 아니, 그전에 추명오독으로 장난질을 치고 있는 주설언부터 처리하려고 할 게다.

그렇다고 잡쥐들을 들이칠 수는 없다.

저들이 누구인지, 어떤 목적으로 자신을 노리는지 알아야 한다.

만약 저들이 어미와 관련있는 자들이라면 더 좋다. 그때는 어미가 팽가촌에 숨어든 이유까지 캐낼 수 있을지도 모른다. 거기까지 밝혀낼 수 없다고 해도, 최소한 어미의 배후에 누가 있는지는 알아낼 수 있을 게다.

그는 눈을 감은 채 밤새도록 뒤척거렸다.

현재 제일 급한 것은 어미의 배후를 밝혀내는 것도 아니고, 잡쥐들을 처리하는 것도 아니다. 모든 것에 앞서서 주설언의 안위부터 염려해야 한다.

호가는 일어나 앉았다.

조용한 가운데 일어난 엄청난 변화!

월아의 죽음은 호가의 내부에서 엄청난 불길을 이끌어냈다. 그리고 그 불길이 호가의 몸뚱이를 활활 불태웠다.

"일어났구나."

"크크! 그래야지. 언제까지 드러누워 있을 수는 없으니까. 그렇게 팔자 좋은 놈도 아니고."

호가가 흑풍의 머리를 쓰다듬었다.

흑풍은 늘 호가와 함께한다. 잠도 방 안에서 같이 자고, 음식도 호가가 건네주는 것만 먹는다.

한낱 미물이 사람보다 나을 때가 많다.

"이놈은 다 나았어?"

루주는 두 손으로 흑풍의 머리를 감싸 쥐고, 머리를 긁어주었다.

"돌팔이 말로는 다 나았다고 하니까."

호가가 시큰둥하게 대답했다.

"넌?"

"나? 나 뭐?"

"넌 언제쯤 완쾌될 것 같고?"

"나아봤자 할 것도 없는데 뭘. 생각 좀 해보고 바깥바람 좀 쐬고 싶으면 일어서지 뭐."

"움직일 수 있다면 당장에라도 일어서라."

"뭐가 그렇게 급한데?"

"사총이 움직이는 것 같아."

호가는 피식 실소를 머금었다.

"흐흐! 너무 억지 아냐? 쌍겸구악이 사총 조무래기이기는 하지만…… 에이, 지렁이가 꿈틀댔다고 해서, 용이 나왔다고 우기면 곤란하지."

호가는 삶의 의욕을 잃은 듯했다.

아니다. 그는 뜨거운 복수를 생각하고 있다. 그 일에 루주와 맹삼력이 가담하기를 원치 않는다.

도대체 어떤 일이기에? 복수는 누구에게 하려는 것일까?

아주 쉽게 생각이 된다. 그가 월아의 복수를 할 사람은 딱 한 사람, 팽가촌 가모뿐이다. 루주의 어미이자, 절염색녀라고 불리는 요마(妖魔)를 죽이고자 한다.

월아는 칠촌음화에게 죽었다. 하지만 엄밀히 말하면 가모가 죽인 것이나 진배없다.

가모를 죽인다.

루주에게 어미가 되는 사람을 죽이고자 한다.

그런 일을 루주와 함께하자고 할 수는 없다. 그래서 일정한 거리를 두고자 노력한다.

루주도 그런 눈치쯤은 있다.

그는 흑풍의 머리를 세게 긁적인 후, 일어섰다.

"뭘 하든 빨리 일어나라. 너무 오래 누워 있으면 뼈마디가 녹슬어."

루주가 나갈 기색을 보이자, 호가가 지나가듯 말했다.

"미안하다."

"후후! 악업인 걸 어쩌겠나."

밑도 끝도 없는 사과에 역시 이해할 수 없는 한탄.

루주는 호가를 보며 씩 웃었다.

한 사람을 일으켜 세웠다.

그는 마음 편안하게 월아의 복수를 위해서 매진할 것이다. 앞으로 이 세상을 사는 목적이 월아의 복수라고 해도 부족할 정도로 깊게 몰입할 게다.

그것이 어미를 죽이는 일이 되겠지만…….

어미가 죽을지 호가가 죽을지 알지 못한다.

어미는 아주 무서운 사람이다. 어미에게 적으로 낙인찍힌다는 건 죽음을 자조하는 행위나 나름없다.

호가는 아주 강한 무인이다.

청성파에서 파문당했지만, 그런 후에도 그는 여전히 청성파의 무공을 사용한다.

그는 검치와 연관이 있다.

검치삼령의 족쇄가 풀리지 않는 한, 파문자가 본파의 무공을 사용해도 징치할 방도가 없다.

검치와 연관 있다는 것, 그리고 검치삼령을 들먹일 수 있다는 것만으로도 그의 강함은 설명된다. 검치는 강자 아닌 사람과는 인연을 맺은 적이 없기 때문이다.

호가의 마음을 홀가분하게 풀어줌으로써 누가 이길지 승부를 예측할 수 없는 싸움이 시작되었다.

마음 같아서는 승부를 말리고 싶다.

자신 역시 어미에게 칼을 들이대고는 있지만, 어미의 목숨까지 빼앗을 생각은 추호도 없다. 그저 약간의 고통…… 옛일을 한 번만이라도 돌이켜 볼 수 있도록 상기시키는 것으로 만족한다.

못나도 어미, 못되도 어미 아니던가.

끊어버릴 수 없는 왼팔과 오른팔이 서로 상대에게 검을 겨눌 때, 가슴은 먹먹해진다. 머리는 텅 빈다.

그래도 이게 올바르다.

하늘을 쳐다보면서 울고 싶은 마음을 진한 술로 달랬으니 이제 된 게다.

'하나는 됐고…….'

맹삼력은 해가 중천에 떴는데도 두 팔, 두 다리를 활짝 펼치고 단잠에 빠져 있었다.

"일어나지?"

"드르렁! 쿨……!"

"일어나는 게 좋을 텐데."

루주는 물이 잔뜩 든 화병을 집어 들었다.

그런 모습을 실눈으로 지켜본 맹삼력이 못 이기는 척 가슴을 벅벅 긁으며 일어섰다.

"아함! 잘 잤다. 응? 언제 왔어?"

그는 마치 루주를 처음 본 것처럼 말했다.

맹삼력은 바보가 아니다. 어설픈 듯 말하고, 행동하지만 그런 모습에 속아서는 안 된다. 그는 한때 천산파의 후기지수로 거론됐던 사람이다. 한 문파를 맡겨도 될 만큼 명석하고 총기 있었으며, 무공이 뛰어났다.

그는 밤새도록 술을 마시면서 고민했다.

호가가 왜 울음을 터트리지 않을까? 가슴에 쌓인 울분을 어떤 식으로 풀려는 것일까?

해답을 찾는 데는 그리 오랜 시간이 필요치 않았다.

호가는 가타부타 모든 중간 절차를 생략하고 곧장 가모를 칠 생각이다. 팽가촌의 입장, 루주의 입장…… 이 모든 주변 상황들을 모두 무시해 버리고 곧장 달려들어서 끝장내려고 한다.

참으로 곤란하지 않나.

이쪽 편을 들 수도 없고, 만류할 수도 없다.

루주가 탁자에 앉아 찻잔에 물을 따르며 말했다.

"먼 길 좀 다녀와야겠어."

"먼 길? 먼 길 어디?"

맹삼력은 이제 막 잠에서 깨어난 사람처럼 가슴을 벅벅 문지르면서 못마땅한 듯 말했다.

"담천(坩淺)."

"뭐, 뭣! 바, 방금 뭐라고!"

맹삼력의 얼굴에서 잠기가 쏙 빠졌다. 화등잔만 하게 커진 눈, 벌름거리는 코, 입가로 질질 흘러내리는 침…… 그의 표정은 딱 못 들을 걸 들은 사람의 표정이었다.

"담천 좀 다녀와."

"싫다."

맹삼력이 단호하게 거절했다.

두 번 다시 말도 걸지 못할 정도로 냉정하고 싸늘한 거절이다.

"너 아니면 내가 가야 하는데…… 너도 알다시피 내가 가면 둘 중 한 명은 죽어. 둘 중 한 명이 아니라 틀림없이 내가 죽겠지만…… 그러니 네가 가."

"싫다니까!"

"알았다."

루주는 더 이상 권하지 않고 일어섰다.

"제길! 제길! 제길!"

맹삼력이 돌아서는 루주의 등 뒤에 대고 고함을 질렀다.

"그래! 간다, 가! 가긴 가는데 가서 뭐라고 하냐! 딱 한 자만 말해. 그 늙은이 날 보자마자 패대기 시작할 텐데, 몇 마디 할 틈이나 있겠냐! 한마디나 제대로 하면 다행이지."

"사총."

"뭐? 야! 난 또 무슨 급한 일이라도 있는 줄 알았잖아! 그걸 지금 말이라고 하는 거야! 그 늙은이에게 사총을 말하라고? 하하하! 날 때려죽이고 싶으면 지금 이 자리에서 죽여. 뭘 그렇게 멀리까지 보내려고 그러냐?

"틀림없다. 사총이 움직였어."

"말도 되지 않는 소리는 그만하고…… 너도 호가 저놈 때문에 머리가 아픈 모양이다만, 아무리 그래도 그렇지 머리가 회까닥하지 않은 이상에야……."

"분명히 말해. 갈 거야, 안 갈 거야?"

"사총이 움직인 증거는?"

맹삼력의 표정이 진지해졌다.

루주도 진지했다.

"증거는 없다. 하지만 무조건 날 믿어라. 사총이 움직인 것만은 틀림없으니까. 쌍겹구악이 출현했다고 해서 하는 말이 아니다. 그놈들은 예전이나 지금이나 전초(前哨)에 불과해. 그보다 훨씬 강한 놈들이 움직이고 있다."

"확신해?"

루주는 고개를 끄덕였다.

"그 늙은이가 오면 증거를 내놓으라고 할 텐데?"

"내놓을 수 있을 거야."

"증거 같은 건 없다며?"

"지금은 없다. 하지만 그 노인네가 도착할 즈음에는 보여줄 수 있을 거야."

"잘 생각해라. 늙은이 성질 알잖아. 잘못하면 너… 뒈진다."

"후후! 그럴 일은 없으니까 안심하고 다녀와."

루주는 맹삼력의 어깨를 툭툭 쳤다.

"제길!"

맹삼력은 여전히 못마땅한 얼굴이었다.

그도 그럴 수밖에 없는 것이…… 검치…… 그 늙은이는 제자건 뭐건 닥치는 대로 두들겨 팬다. 늙어서 망령이 난 것도 아니고 눈앞에 사람 그림자만 얼씬거리면 달려들어 패댄다.

장난삼아 패는 것도 아니다. 한 번 손대기 시작하면 실신이 될 때까지 팬다. 아니, 머리가 깨지고 핏물이 줄줄 흘러도 멈추지 않는다. 그리고 그럴 때는 옆에서 누가 말려도 안 된다. 천하제일의 검수가 패대니 자칫 잘못 끼어들기라도 하면 끼어든 사람마저도 어죽이 되기 십상이다.

검치는 루주와 그의 내공을 억눌렀다.

그에게서 배운 건 일초반식(一招半式)조차 쓰지 못하도록 꽁꽁 묶어놓았다.

그 덕분에 회자수들에게조차 쩔쩔매며 살았다. 별것 아닌

놈들을 상대하기 위해서 목숨까지 걸어야만 했다. 이 얼마나 분통 터지는 일인가.

다행히도 그중 일부가 용케 풀렸다.

오래전의 일도 아니다. 바로 얼마 전에 불기화령혼으로 치료를 받다가 우연히 풀렸다.

한데 만약 미친 노인네가 그 사실을 알기라도 해봐라. 어떤 일이 벌어질지는 불문가지 아닌가.

미친 노인네를 만나느니 차라리 끓는 기름 속으로 뛰어드는 게 나을 게다.

"제길! 제길! 어쩐지 어젯밤 꿈자리가 뒤숭숭하다 했더니. 제길!"

맹삼력은 방바닥에 침을 퉤 뱉으며 중얼거렸다.

그 시간, 주설언은 호가를 찾았다.

"찾았어요?"

"흐흐! 사람이 그러는 게 아니다. 꼭 불러야만 오냐? 아무리 루주에게 환장했다고 해도 다른 사람도 좀 쳐다보고 그래야지. 이건 뭐 일일이 말해야 알아듣으니."

"호호! 미안해요. 몸은 좀 어때요?"

주설언은 곁에 다가와 물수건으로 얼굴을 닦아주었다.

호가는 장난스럽게 여인의 손길을 즐기는 듯한 표정을 지으면서 시중을 받았다.

"약은요? 마셨어요?"

"그 돌팔이가 용하긴 용한가 봐. 돌팔이가 지어준 약을 먹으면 아픔이 싹 가시는 게 아주 상쾌해. 히히! 나중에 그놈 꾀어서 약장사나 해야겠어."

"호호호! 그러세요."

주설언이 밝게 웃었다.

반면에 호가의 낯빛은 무거웠다.

'이 철없는 여자……'

모두들 죽음의 기운을 느끼는데, 오직 이 철없는 여인만이 아무것도 모르고 활짝 웃는다.

"내가 적어준 건 잘 써먹고 있나?"

"적어준 거요? 뭐요? 아! 그거…… 그거 효험이 있긴 한 거예요? 쓰긴 쓰는데 아무런 증상도 없어서."

"호호호! 그게 정 궁금하면 해독약을 복용하지 말고 사용해보면 되잖아. 우리 루주 그놈 꼴 보기 싫은데, 그놈이나 독살해볼까? 어때? 생각있어?"

"어멋! 어쩜 그런 말을… 뭐 하러 그래요? 지금 당장 아저씨에게 써보면 되지."

주설언은 정말로 써볼 생각인지 손을 품에 찔러 넣었다.

호가는 다급히 두 손을 휘휘 내저었다.

"아서라. 아서! 에구! 농담도 못하겠네. 넌 어떻게 된 계집이 장난 한번 했다고 명줄을 끊어놓으려고 덤비냐! 그놈을 죽이자고 해서? 그렇지?"

"호호호! 마음대로 생각하세요."

주설언이 보조개를 피워내며 배시시 웃었다.

뛰어난 미모, 아름다운 자태, 순박한 마음…… 루주가 이 여자를 곁에 둔 이유를 알겠다.

이 여자에게서는 세파에 때 묻지 않은 청량함이 느껴진다.

그녀도 많은 일을 겪었다. 기루에 팔린 여자치고 팔자 좋다고 말할 수 있는 여인은 한 명도 없다. 또 그런 여자들치고 사내에게 매 맞아보지 않은 여자가 없고, 사기당해 보지 않은 여자가 없다. 그러니 세상을 아주 더러운 눈으로 쳐다봐도 할 말이 없다.

그런데 이 여자는 깨끗하다.

최근에는 가모에게 납치를 당했다. 동혈에 감금되어서 앞날을 예측하지 못할 상태에 처했다. 사는 것보다는 죽음이 더 가깝게 느껴지는 나날이었다.

그런데도 그런 사실을 새까맣게 잊어버린 듯 맑게 웃는다.

호가는 월아를 떠올렸다.

'그래. 그랬어……'

그러고 보니 자신도 그런 여자를 찾고 있었던 것 같다.

월아도 주설언만큼은 아닐지라도 나름대로는 깨끗한 면이 있었다.

사람을 있는 그대로 보고, 세상을 밝게 보고, 앞날을 희망적으로 그렸다.

깨끗했던 여자, 맑은 여자였다.

비록 술에 찌들고, 사내들에게 더럽혀졌지만 그런 점들은 일절 눈에 들어오지 않았다.

그녀의 마음이 깨끗했기 때문에.

'그랬어.'

자신도 왜 그녀에게서 벗어나지 못하는지 궁금했던 적이 있다.

이제 이유를 알았다. 그녀가 죽고 없는 지금에서야 왜 그토록 그녀에게 이끌렸는지 이유를 찾아냈다.

호가는 애써 고개를 내저으며 말했다.

"저기 탁자에……."

"탁자요? 저기 보자기요?"

"그래. 보자기를 풀어봐."

주설언은 약간의 호기심을 띤 채 보자기를 풀었다.

안에는 서적이 들어 있었다. 얼핏 보기에도 상당히 오래된 듯 세월의 묵은 냄새가 물씬 풍겼다.

"글은 읽을 줄 알지?"

"어멋! 사람을 바보로 아시나 봐?"

"천멸독경이라고 써진 거 보여?"

"아! 이거요?"

주설언이 여러 권의 고서 중에서 유독 싯누런 서적 한 권을 집어 들고 흔들어 보였다.

"그래, 그거."

주설언은 천멸독경이라고 써진 서적을 들고 걸어왔다.

"이거 찾아달라고 절 부른 거예요?"

"찾아달라고 부른 게 아니라 주려고 부른 거다. 무슨 여자가 말을 그렇게 싸가지없게 하냐!"

"어머머!"

주설언은 거친 말투에 놀라는 표정을 지었지만, 눈동자는 어느새 고서에 꽂혀 있었다.

"그거 아주 위험한 책이다. 세상 사람들이 보면 죽음을 무릅쓰고 달려들 거야. 뺏어가려고."

"이게…… 그렇게 위험한 책이에요?"

"위험한 게 아니라 귀중한 거지. 그러니 남들이 없는 곳에서 살며시 봐야 할 게야."

"무슨 내용인데요? 독경이라고 적힌 걸 보면 독을 다루는 서적인 것 같은데. 뭐 독인(毒人)이 되고 그런 거예요?"

"독인이 될지 독물(毒物)이 될지는 나도 모르겠고. 가져가. 그것만 잘 읽어도 루주 그놈 잠 편히 자게는 해줄 수 있을 거야."

"고마워요."

주설언이 독경을 품에 꼭 껴안으며 말했다.

그녀라고 고서의 귀중함을 모르겠는가. 아니, 천멸독경이라는 서명(書名)만 쳐다보아도 등줄기에 소름이 쫙 끼칠 정도로 강렬한 전율을 느낀다.

독경은 일반적인 서적이 아니다.

한 무인이, 혹은 일개 문파가 온갖 심혈을 기울여서 창안한 무공이 담겨 있다.

독을 다루는 무공!

그녀는 무공을 수련한 적이 없기에 무공에 대한 열망은 지니고 있지 않았다. 무인들 틈에 섞여 있으니 허구한 날 듣는 이야기가 무공 이야기지만 그녀에게는 남의 나라 이야기처럼 멀게만 들렸다.

그러나 그렇다고 해서 무공을 배우고 싶지 않은 건 아니다. 할 수만 있다면 지금 당장에라도 수족 놀리는 법부터 배우고 싶다. 그래서 루주 옆에 당당히 서고 싶다. 최소한 루주에게 방해가 되는 일만 없었으면 좋겠다.

독경!

그녀는 독도 모른다. 아니, 조금은 안다. 호가가 써준 약방문에 따라서 독분을 만들고, 사용하면서, 조금씩 조금씩 독에 대한 기본을 익혀왔다.

오늘은 아주 기쁜 날이다. 이것만 열심히 읽으면 루주를 도와줄 수 있다고 생각하니 뛸 듯이 기쁘다.

"그렇게 좋아?"

"네. 좋아요."

주설언이 가지런한 이를 드러내며 활짝 웃었다.

맹삼력이 은밀히 떠나갔다.

온다 간다 말 한마디 남기지 않고 슬그머니 사라졌다.

호가가 떠났다.

원래 가진 게 없는 사람들이니 남긴 것도 없다. 그래도 호가는 개 한 마리를 남겼다.

흑풍!

이놈, 잘 먹여라. 그럼 널 위해 한 번은 죽어줄 게다.

호가가 주설언에게 남긴 글이었다.

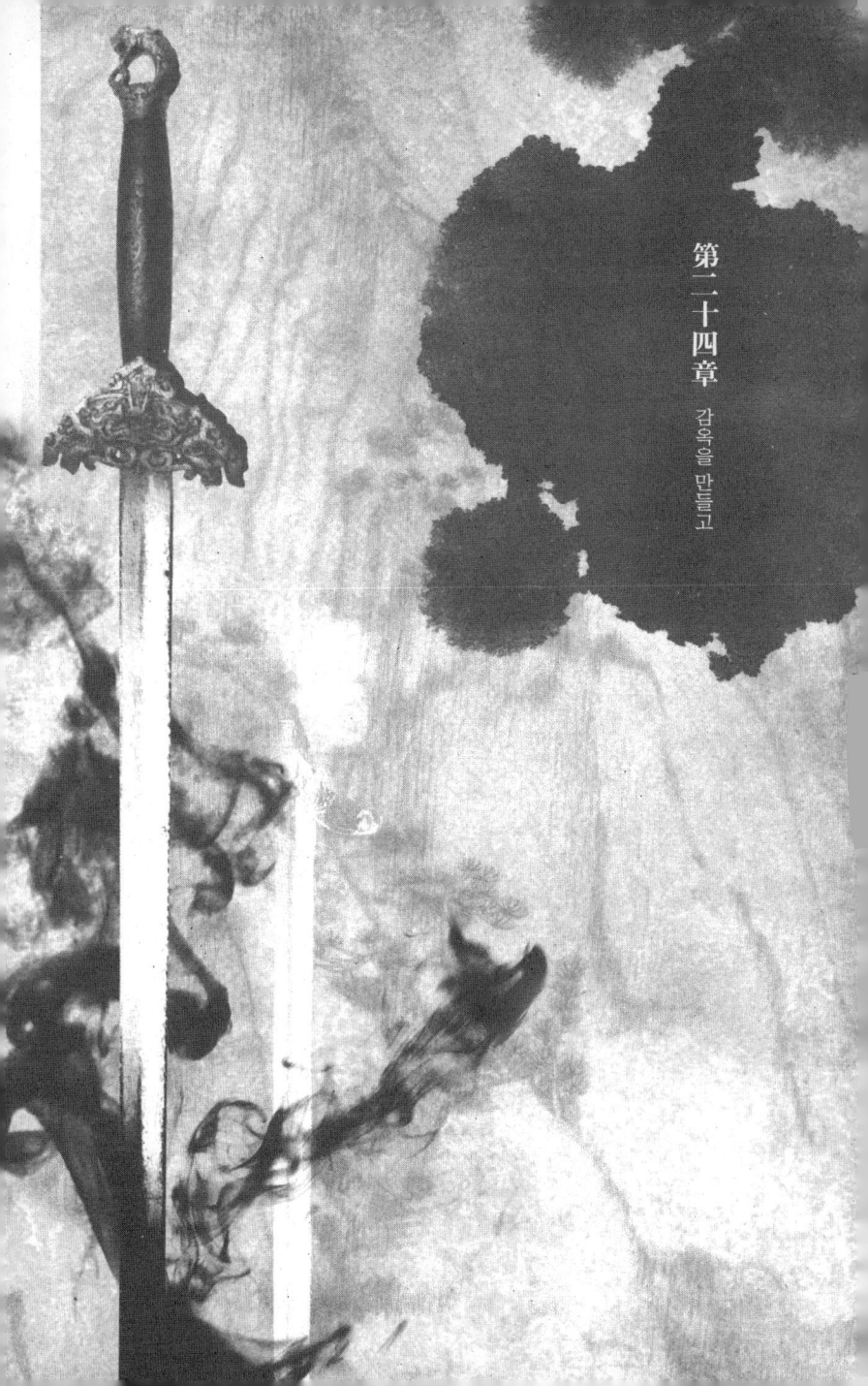

第二十四章

감옥을 만들고

엎친 데 덮친 격, 산 넘어 산.

어떤 말로 표현해도 현재 팽가촌이 처한 상황에 어울릴 만한 말은 찾아지지 않는다.

애써서 잡은 백살겸이 탈출했다.

그를 취조하던 무인들이 싸늘한 시신으로 발견되었다.

더욱이 백살겸은 외부의 도움을 받았다. 철저한 비밀 속에 유지되던 지하 고문실에서 탈출했다.

어떻게 이런 일이 벌어질 수 있는지 귀신이 곡할 노릇 아닌가.

비연사도 중에 두 명이 죽었다.

팽가연이 친자매처럼 여기던 효령과 유리가 차디찬 시신이 되어서 실려 왔다.

그녀들은 무인이다. 그러니 어디서 누구 손에 죽더라도 이상할 건 없다. 다만…… 그녀들을 죽인 사람이 가주와 의형제 관계인 이숙이라는 데 문제가 있다.

이숙은 굴러온 돌이다. 팽가 무인이 아니다. 하지만 팽가주와 불가분의 관계를 지닌다. 그런 사람이 하룻밤 사이에 적으로 돌변해서 비연사도를 죽였다.

너무 기가 막혀서 말이 나오지 않는다.

"어찌합니까?"

팽가주는 아예 눈을 감아버렸다.

"하북 무림에 통보를 넣어라. 백살겸을 발견하는 즉시 기별을 달라고 해. 이숙에 관해서는 아무것도 말하지 마라. 입을 꼭 다물어! 당분간은…… 말하지 마!"

보다 못해서 팽가일로가 가주 대신 명을 내렸다.

팽가주는 상당히 무기력하다.

일을 제대로 처리하지 못하는 정도가 아니라 아예 손을 대지 못하는 것처럼 보인다.

팽가주가 원래 그런 사람인가? 아무 능력도 없는 사람을 가주로 모신 건가?

팽가촌 무인들 중 가주를 그런 식의 눈길로 보는 사람은 단한 명도 없다. 팽가오로를 비롯해서 이제 갓 검을 잡은 풋내기까지 모두 존경스런 눈길을 보낸다.

가주는 중원 무림 여타의 장문인들과 비교해도 상위 열 명 속에 포함될 정도로 지혜롭다.

그런 분이 왜 이토록 무기력한 건가?

검치삼령? 설마… 사총에 관한 부분도 검치삼령에 속한단 말인가? 그래서 쌍겸구악을 제대로 다루지 못한 것인가? 아니다. 그들을 고문하라고 시킨 것은 가주다. 그들이 어떤 목적에서 팽가 사람을 죽였는지 이실직고를 받아내라고 했다.

무언가 걸림돌이 있기는 한데, 그것이 무엇인지 판단되지 않는다.

'이럴 때 그들만 살아 있었어도……'

팽가일로는 고개를 절레절레 저었다.

무공에는 관심이 없고, 오직 세상 돌아가는 일에만 관심을 쏟던 사람들.

그들의 존재가, 그들의 역할이 새삼 그리워진다.

'그놈들이 있을 때는 생각할 필요가 없었는데…… 허! 아까운지고. 참으로 아까운지고.'

문득 죽은 사람들이 그리워진다.

철모르던 시절에는 팽가 사람이면서 무공에 관심이 없다고 사람 취급도 하지 않은 적이 있었다. 별종들, 기괴한 인간들로 열외시켜 버리기도 했다.

하나 나이가 들면서부터는 그 사람들이야말로 팽가촌을 지탱하는 주춧돌이라는 사실을 깨달았다.

냉철한 정세분석, 치밀한 판단, 그리고 감탄이 절로 나올 계략.

그들의 말을 들어서 실패한 경험이 별로 없다. 그들의 예측이 어긋난 적도 거의 없다.

지금…… 지금 그런 사람들이 필요한데…….

팽가일로는 세 가지 사실을 한데 묶어서 생각했다.

하나는 백살겸이 탈출하는 그 시간에 팽효뢰가 지하 밀실에서 뛰쳐나왔다는 점이다.

팽효뢰는 팽효사 사형제의 죽음을 알고 있었다. 한데도 침묵했다. 팽가촌에 어떠한 경고도 발하지 않았다.

백살겸의 탈출과 모종의 연관이 있지 않을까?

두 번째는 이숙이 난데없이 비연사도에게 비도를 날린 이유다.

아니, 실은 비연사도의 죽음은 별로 중요하지 않다. 그보다 훨씬 중요한 것은 이숙의 정체가 칠촌음화라는 데 있다.

이숙이 칠촌음화임은 부인할 수 없다.

효령과 유리의 사인을 살펴보면 사전 지식이 없는 사람일지라도 당장 칠촌음화부터 떠올린다.

칠촌음화…… 아주 지독한 사도(邪道)의 인물.

그런 자가 어떻게 가주의 의제일 수 있을까. 그런 자가 어떻게 팽가촌에서 숙식을 하면서 버젓이 살아 있을 수 있었을까. 그것은 양떼 무리 속에 여우가 숨어 있었던 것과 하등 다를 바 없다.

세 번째는 역시 가주의 무기력함이다.

다른 때는 영민하기 이를 데 없던 분이 유독 이번 일에는 힘을 못 쓴다. 아니, 아예 힘을 쓰려고도 하지 않는다. 무슨 일이 벌어지면 눈만 감고 고심한다. 어떻게 뚫고 나갈 생각을 전혀 하지 않는다.

팽가일로는 이 세 가지 일이 모두 한 가지 일로 생각되었다.

'모두 연결되어 있는데⋯⋯.'

도무지 연결될 수 없는 일이 왠지 모르게 연결되어 있다는 느낌을 지울 수 없다.

억지로 꿰어 맞추기도 힘든 이 세 사건이 모두 하나다. 그 중심에는 하나로 향한다. 전혀 엉뚱해 보이는 사건들이지만 어쩐지 한 중심에서 흘러나온 것 같다.

'그렇다면⋯⋯.'

정신 똑바로 차려야 한다.

팽가일로는 다른 사로를 모아서 가주를 방문했다.

여느 때처럼 뒷산에서 만나지 않고 집무실로 곧장 찾아갔다.

"어쩐 일이십니까?"

팽가주는 무슨 고민이 있는지 집무실을 왔다 갔다 서성이다가 문을 밀치고 들어선 오원로를 보고 반갑게 맞이했다.

"그런 가주야말로 무슨 고민이 있는 겐가? 왜 좌불안석이야?"

"하하하! 고민은요. 앉으십시오."

가주가 자리를 권했다.

팽가오로는 언제나처럼 형제 순으로 앉았다.

일로는 가주를 쳐다본다. 그러나 나머지 사로는 멀뚱멀뚱한 표정이다. 무슨 말을 해야 할지, 어떤 용건으로 집무실을 찾았는지 모른다는 뜻이다.

할 말은 일로에게 있다. 나머지 사로는 아무것도 모른다. 사전에 아무런 언질을 주지 않았다. 그럼에도 불구하고 사로를 모두 모아서 방문한 것은 이것이 개인의 의사가 아니라 오로의 공통된 뜻임을 강조하기 위해서다.

좋지 않은 방문이다.

팽가주는 활짝 웃으며 말했다.

"말씀하시지요. 어떤 말씀이든 경청하겠습니다."

"가주 직에서 물러나시게."

팽가주의 말이 끝나기 무섭게 터져 나온 말이다.

"웃!"

팽가오로가 깜짝 놀라 상체를 기울여 일로를 쳐다봤다.

이로, 삼로, 사로도 같은 반응을 보였다. 오로처럼 경악성까지 토해내지는 않았지만, 상당히 놀란 듯 일로를 멀거니 바라봤다.

"이제 그만 가주 직에서 물러나시게."

일로가 다짐하듯 말했다.

"흠!"

팽가주는 신음을 흘리며 눈을 감았다.

무엇인가 생각한다. 또 생각한다. 어떤 일이 터질 때마다 이런 식으로 눈을 감고 생각한다.

가주가 무기력한 모습을 보이면서부터 시작된 버릇이다.

"알겠습니다. 그러지요."

팽가주가 의외로 순순히 응했다.

원로라 함은 생존해 있는 가주의 윗배분을 일컫는다. 숙부와 백부가 모두 이에 해당한다. 그중 과반수가 동의하면 가주의 용퇴를 권고할 수 있다.

원로가 할 수 있는 일은 여기까지다.

용퇴 권고다.

가주가 권고에 따라서 물러나든, 거부하든 그것은 전적으로 가주의 판단에 따른다.

일인독재를 용인한 가규(家規)이지만, 지금까지 이런 부분에 이의를 제기한 사람은 없다.

현재 팽가촌의 원로는 팽가오로뿐이다.

그들 중 과반수인 세 명이 뜻을 같이하면 가주의 용퇴를 권고할 수 있다. 물론 권고에 응하는가 하는 문제는 논외로 한다. 그것까지 강제할 수는 없다.

일로는 그 부분을 말하고 있고, 가주는 뜻밖에도 승낙했다.

팽가촌에 닥친 문제가 복잡하게 얽혀 있기는 하지만 가주의 용퇴까지 불러올 정도로 위험 수위를 넘어선 것은 아니다. 체면을 많이 구겼고, 인명 피해도 크고, 앞으로의 내서 방안도 모호하기만 하지만 그래도 가주의 신임을 물을 정도는 아니다.

일로는 왜 이런 제안을 했고, 가주는 또 왜 받아들였는가.

일로를 제외한 사로는 어안이 벙벙해서 서로를 쳐다봤다. 혹여 일로에게 언질을 들은 사람이라도 있는가 싶어서.

"형님, 어찌 된 영문인지 말씀을 해주셔야겠습니다."

이로가 물었다.

일로는 눈살을 찌푸리며 말했다.

"천천히…… 천천히 말함세. 이야기할 시간이야 얼마든지 있으니. 그보다는 가주의 결단부터 들어봄세."

일로가 화살을 가주에게 돌렸다.

"상황이 급박하니 이취임식은 나중에 치르지요. 전 이 시간부로 가주에서 물러나겠습니다. 저와 제 처, 그리고 두 아들과 딸. 제 일가족 모두 근신하는 게 좋겠습니다."

"그렇게까지……."

삼로가 가주를 만류하려고 했지만, 일로가 손을 들어 제지했다.

"그렇게 하는 게 좋겠네."

"형님!"

오로가 일로를 불렀다. 그의 처사가 너무 야박하다는 어투가 가득 배어 나왔다.

가주는 가주직을 벗어던짐과 동시에 일가족 모두 근신에 들어간다.

이러한 처사는 가주가 중죄를 지었을 때만 행해진다. 악행을 저질렀다거나, 하북팽가를 재기불능의 상태로 몰아넣을 때에 취하는 극단의 조치다.

이로가 침착하게 말했다.

"들어보세. 무슨 사연이 있는 듯하니."

정말 어떤 사연이 있는 것인가? 그렇지 않고서야 어찌 이런 일이 벌어질 수 있나. 일로가 당연하다는 듯이 사임을 요구하고, 가주는 또 당연하다는 듯 받아들인다.

일로와 가주 사이에 모종의 사건이 있지 않고서야 있을 수 없는 일이다.

가주가 눈을 뜨고 웃으면서 말했다.

"차기 가주는 후기지수들의 경합을 통해서 선발하는 것이 좋겠고…… 그동안 임시로 백부님께서 대소사를 살펴주십시오. 경합은 늦을수록 좋을 것 같습니다."

늦을수록? 묘한 말이다. 자신은 기꺼이 물러나면서 차기 가주는 가급적 늦게 선발하란다.

그 말을 듣는 순간, 일로의 눈가에서 기광이 번뜩였다.

가주는 당장 물러난다.

공석인 가주직은 임시로 일로가 맡는다.

후임은 가급적 천천히 물색하라.

가주의 말을 이해하지 못하는 사람은 없다. 너무 쉽게 이해된다. 누구나 한 번만 들으면 이해할 수 있다. 그러나 말 속에 숨은 뜻은 조금 생각해 봐야 한다.

가주가 왜 이런 말을 하는 것일까?

어느 문파를 막론하고 가주직을 공석으로 비워놓는 문파는 없다. 가주가 불가불 직위를 수행하지 못할 때는 즉시 차순위의 무인이 가주에 오른다.

이것이 관례다.

왜? 왜? 왜……?

모두가 궁금해하는 물음이지만…… 일로는 이해했다.

그가 가주에게 퇴임하라는 권고를 한 것도 바로 그런 이유이기 때문에 더욱 빨리 이해되었다.

가주는 검치삼령의 제약을 안고 물러난다. 후임가주가 선출되면 검치삼령의 제약 또한 후임에게 전달된다.

그리되어서는 가주가 물러난 의미가 없다.

가주는 물러나되, 검치삼령을 품고 있는 존재가 되어야 한다. 후임에게 물려주지 않을 정도…… 딱 그만큼만 물러나면 된다.

임시 가주!

당금 무림에서 검치삼령의 제약을 받지 않는 유일한 가주의 모습이 바로 이것이다.

일로가 작심한 듯 아랫입술을 잘끈 깨문 후, 말했다.

"가주…… 내가 임시로 식솔을 이끌게 되면…… 자네에게 십족령(十足令)을 내릴 걸세. 받아들일 수 있는가?"

"흠! 그것도 괜찮을 것 같군요."

한 치의 망설임도 없이 튀어나온 말이다.

팽가오로는 찻잔을 앞에 두고 모여 앉았다.

시간이 흐른다. 차가 식는다. 그래도 그들은 어느 한 사람 먼저 입을 열지 못했다.

하북팽가 역사상 가장 희한한 일이 벌어졌다.

가주가 뜬금없이 퇴임해 버렸다. 복잡한 일이 벌어지기는 했지만, 그 정도까지 책임질 일은 아닌데…… 그리고 그 일을 주도한 사람이 다른 사람도 아닌 일로다.

"그러니까…… 백살겸이 팽효사 사형제를 죽이고 탈출한 날이네."

일로가 입을 열기 시작했다.

자기가 생각한 것, 보고 들은 것, 그리고 가주의 의중까지 모두를.

팽가주는 집무실로 일가족을 불러 모았다.

보라색 비단옷에 연분홍 채대를 두른 가모가 화사한 모습으로 들어섰다.

"어쩐 일이세요? 집무실에 오는 걸 그토록 꺼리시던 분이?"

"앉으시오. 모두 불렀으니 잠시만 기다립시다."

팽가주는 손으로 의자를 가리켰다.

잠시 후, 팽효뢰가 들어섰다.

그는 연무 중이었는지 온몸이 땀으로 흠뻑 젖은 채 들어섰다.

"급히 오라고 하셔서 씻지도 못하고 왔습니다."

"괜찮다. 앉거라."

"급한 일이 아니시면 씻고 오고요."

"잠깐이면 된다. 흠! 가연이도 올 때가 됐는데……."

팽가주는 문밖을 쳐다봤다.

팽가연은 가주의 말이 끝나기 무섭게 들어섰다.

그녀는 얼마나 울었는지 눈이 퉁퉁 부어올라 있었다. 의복도 갈아입은 지 오래된 듯 구김살이 많았다. 언제나 깔끔했는데…… 옷섶에는 때도 묻어 있었다.

효령과 유리의 죽음은 무슨 말로도 위로될 수 없으리라.

그녀는 표시 나게 아랫입술을 깨물며 집무실로 들어섰다.

가모는 그녀를 보고 웃었다. 팽효뢰는 애써 눈길을 외면했다.

"……."

팽가연은 한마디도 하지 않고 의자에 앉았다.

아버지도, 가모도, 오라버니도 쳐다보지 않았다. 눈을 바닥에 떨구고 입술만 잘근잘근 깨물었다.

그녀는 묻고 싶은 게 많다.

아버지, 이숙과는 어떤 인연이세요? 의형제는 어떻게 맺은 거예요? 그가 칠촌음화였다는 사실은 아셨어요? 숨 죽여 살던 놈이 왜 갑자기 양의 탈을 벗어던지고 본성을 드러낸 건데요?

당장 캐물어도 될 법한 말들인데, 한마디도 묻지 않았다.

가주가 말했다.

"이 아비가…… 오늘부로 가주에서 물러났다."

가모와 팽효뢰가 놀란 눈으로 그를 쳐다봤다. 그래도 팽가연은 여전히 바닥에서 눈길을 돌리지 않았다.

"후임자는 일로께서 물색하기로 했다."

가주의 말은 상의가 아니라 통보였다. 이미 결정된 사항을 알려주는 것이다.

"후임을 일로께서 물색하신다면…… 후임 가주는 언제쯤 윤곽이 드러날까요?"

가모가 조곤조곤 말했다.

그녀는 실망하는 기색을 짓지 않았다. 가주에서 물러난다는 소리를 듣고도 그저 '후원 산책 좀 하자'는 소리쯤으로 듣는 듯 지극히 태연했다.

"글쎄…… 잘 알아서 하시겠지. 가주직을 내놓는 사람이 후임까지 거론한다는 건 꼴사납지 않소. 알아서 하시라고 말씀 드려 놨으니 상관하지 맙시다."

"그래야죠. 호호호! 다망하셨던 분이 물러나셨으니, 이제 심심해서 어쩌시려고요?"

"십족령을 받았으니 멀리 가는 건 틀렸고…… 후원이나 산책하면서 못다 한 이야기나 실컷 합시다."

"십…… 족령요?"

이때만큼은 가모의 얼굴도 미미하게 뒤틀렸다.

"아니, 정말 너무하시네! 아버님이 무슨 잘못을 저질렀다고 십족령까지 내린 겁니까! 아니! 팽효사가 죽은 게 아버님 잘못입니까! 아버님이 백살검을 놓아준 것도 아니고!"

팽효뢰가 흥분해서 말했다.

십족령은 일종의 금족령(禁足令)이다.

가규에는 거처에서 십 보 이상 나가지 못한다고 명시되어 있으나, 대체적으로 팽가촌 안에서는 자유롭게 활보할 수 있도록 관용을 베풀고 있다.

즉, 십족령을 당했다는 것은 팽가의 죄인이라는 뜻이다.

팽효뢰가 아니라 그 누구라도 발끈하지 않을 수 없는 부분이다.

정말 지금 이 사태가 가주의 잘못인가? 가주의 무능력 때문인가? 설혹 그렇다고 해도 십족령을 내릴 정도로 중죄인 취급을 한다는 게 말이나 되는가.

순간, 팽가주의 눈에서 싸늘한 한광이 흘러나왔다.

"입…… 다물라."

사랑하는 자식에게 하는 말이 아니었다. 중죄인을 취조하듯 야멸찬 말이었다.

"아버님!"

"입 다물어라. 최소한 너만은 입 다물어야 하느니……."

순간, 쿵! 쿵! 쿵!

팽효뢰의 심장이 거칠게 뛰었다. 금방이라도 터질 것처럼 부풀어 올랐다.

'알고 있나?'

팽가주가 무슨 뜻에서 이런 말을 한 것인가? 그가 한 일을 모두 알고 있는 것인가?

팽효뢰는 한마디도 하지 못했다.

아버님의 말뜻이 뭐냐고 묻지도 못했다. 그런 말을 물으면 그의 죄목이 일일이 나열될 것 같아서, 그리고 도저히 용서받지 못하는 길로 치달릴 것 같아서 입을 꾹 다물고 말았다.

팽가주가 말했다.

"가연아, 너는 여인의 몸이니 십족령에 저촉되지 않을 수 있다. 너의 뜻은 어떠냐?"

팽가연이 비로소 고개를 들어 아버지를 쳐다봤다.

그녀는 아버지의 눈빛에서 아무것도 읽지 못했다. 언제나 그런 분이지만 오늘따라 더욱 무심한 것 같다.

그녀는 이를 악물면서 말했다.

"생각해 볼게요."

일은 일사천리로 진행되었다.

팽가주는 가주직을 내놓고 후원 거처로 물러났다. 원래 가주직을 내놓으면 후원까지 내주어야 마땅하지만, 아직 후임자가 선출되지 않은 관계로 예전 대우는 보장되었다.

가주와 그의 일가족에게는 십족령이 떨어졌다.

이유는 모른다. 아무도 말하지 않는다. 십족령을 공표한 일로도 이유는 말하지 않았다.

무림에 전하는 성명은 팽가오로가 공동으로 발의했다.

그들 모두 이번 일에 대해서 무한 연대 책임을 진다고 공표한 짓이나 진배없다.

가모와 팽효뢰는 팽가촌이라는 뇌옥에 갇혔다.

아버지가 자신을 희생해서 만든 뇌옥이다. 그리고 팽가촌 모든 무인이 감시의 눈초리를 번뜩인다. 그들 모두가 뇌옥을 지키는 관군이나 다름없다.

이것은 팽가연조차도 생각하지 못했던 획기적인 조처다.

그녀는 가모의 행동을 주시했다. 낮이고 밤이고 항상 지켜보았다. 성녀라는 탈을 벗겨내고 그 속에 숨어 있는 악마를 찾아내고자 눈을 부릅떴다.

그런데 이제는 그 일조차 불가능해졌다.

가모는 아버지가 쳐놓은 뇌옥에서 빠져나오지 못한다. 억지로 빠져나오려고 했다가는 오히려 본색을 드러낼 위험이 크다.

그 약은 여자가 위험을 감수하겠는가.

더 이상 안에 머무를 이유가 없다.

아버지는 이런 상황을 만들어놓고 그녀에게 물음을 던졌다.

넌 여자이니 십족령의 제약에서 벗어날 수 있다. 어찌하겠느냐?

그녀가 십족령의 저촉을 받지 않으려면 가주와의 혈연관계를 끊어야 한다.

한 번 이어진 혈연을 끊을 수는 없다. 그래서 '여인'이라는 단서가 붙는다. 여인만 제약을 받지 않을 수 있다는 말이 나온다.

시집을 가거나, 출가를 하거나…… 어떤 식으로든 팽가촌을 출문(出門)하면 된다.

출가외인(出嫁外人)!

팽가촌을 등지고 나서기는 쉽다. 하지만 출문을 하면 두 번 다시 팽가촌 사람이 되지 못한다.

아버지가 물어온 것은 이것이다.

—너는 십족령에 저촉받지 않을 수 있다. 출문해라.

겨우 십족령 때문에 그런 선언을 하라는 것인가? 당장 시집을 가라는 말인가?

십족령은 영원하지 않다. 어쩌면 금방 풀릴지도 모른다. 내일이 될지, 모레가 될지…… 언제 풀릴지 모르지만, 아버지가 죽을죄를 짓지 않은 것은 분명하니 풀리기는 풀린다.

그런데 그런 아주 하찮은 것 때문에 출문까지 물어왔다.

무슨 뜻일까? 숨은 뜻이 있나?

아버지가 그렇게까지 말한 것은 안에 있지 말고 밖으로 나가라는 뜻이 더 간절한 것 같다. 꼭 밖에 나가면 무슨 일인가 그녀가 할 일이 준비되어 있을 것 같은 예감이 든다.

그녀는 오랜 숙고 끝에 취취와 홈화에게 말했다.

"병기를 챙겨. 출문한다."

"출문이요?"

"출…… 타가 아니고 출…… 문이요?"

취취와 홈화가 동시에 물어왔다.

"그래, 출문. 출타가 아닌 출문. 이제부터 하북팽가와 인연을 끊을 거야. 그리 알고 준비해. 따라오기 싫으면 말고."

'그게 아버지 뜻이니까.'

2

한 집에 두 사람이 있다. 그러나 사람이 없는 것처럼 고요한 적막만 흐른다.

사락!

책장 넘기는 소리가 옷자락 끌리는 소리처럼 부드럽다.

적막…… 고요…… 사락!

한 남자는 가부좌를 틀고 앉은 채 목석이 되었다. 한 여자는 가끔 책장을 넘길 뿐, 그 외에는 숨소리조차 흘리지 않는다.

해가 중천에 떴다.

여인은 탁자 위에 놓인 함을 열고 향긋한 냄새를 풍기는 벽곡단(辟穀丹)을 꺼내 씹어 먹었다.

한 알, 두 알, 사락! 세 알, 네 알…… 사락!

입으로는 군것질을 하듯이 벽곡단을 씹어 먹지만, 눈만은 여전히 책에서 떨어지지 않았다.

사내가 단전 앞에 모은 두 손을 풀었다.

그는 목을 좌우로 흔들어도 보고, 두 팔을 위로 쳐들어 쭉 기지개도 켰다. 그리고는 발치에 놓아둔 항아리에서 벽곡단을 꺼내 씹어 먹었다.

슥! 슥!

벽곡단을 입에 무는 미세한 소리가 울리기는 했지만, 씹는 소리나 목구멍으로 넘기는 소리는 들리지 않았다.

벽곡단은 입에서 물이 되어 넘어갔다.

잠시 동안 벽곡단 십여 알을 삼킨 그는 다시 단전 앞에 두 손을 모았다.

스으으으!

무형의 기류가 그의 몸을 감싼다.

알지 못할 미증유의 기운이 사내의 온몸을 뒤덮는다.

여인은 그 시간에도 여전히 책을 읽었다. 등 뒤에서 벌어지는 조그만 움직임에는 신경도 쓰지 않고 독서삼매(讀書三昧)에 빠져서 헤어 나오지 못했다.

두 사람은 한마디도 나누지 않았다.

"지독하네."

"그러게. 벌써 며칠 째야?"

"십여 일쯤 됐지?"

"저것들은 똥도 안 누나. 어떻게 앉은 자리에서 꼼짝도 하지 않을 수가 있어?"

"사내자식은 검치 제자니까 그렇다고 치고, 계집은? 저거 기녀 아니었어?"

"기녀였지."

"기녀가 저럴 수 있나? 어떻게 한자리에 앉아서 꼼짝도 안

해? 나 같으면 좀이 쑤셔서 가만있지 못할 거야."

"쉿! 움직인다."

두 사람을 지켜보는 자들이 숨을 죽였다.

사락!

여인이 책장을 넘겼다. 그리고 또 움직이지 않았다.

두 사람은 긴 시간 동안 아무 소리도 하지 않았다.

"어떠냐?"

"무서운 집중력입니다."

"또."

"무서운 칼입니다."

"흠!"

짧은 대화가 그쳤다.

두 사람은 여인을 보면서 말하는 중이었다.

젊은 사내는 여인에게서 '무서운 칼'을 봤다.

물론 여인은 무공을 모른다. 지금 당장 들이치면 원하는 곳, 어디든 베어낼 수 있다. 그것만은 하늘에 대고 장담할 수 있고, 당장 증명해 보일 수도 있다.

여인은 무공을 배우지 않았다.

한 가문의 종주(宗主)가 되고자 불철주야 무공을 수련한 사람이 술이나 따르고 노래나 부르던 여인조차 베지 못한다면 세상 사람들이 웃는다. 아니, 이런 일은 차이가 나도 너무 나서 차라리 베는 걸 비웃는다.

그런 여인에게서 무서운 칼이 느껴진다.

"할아버님은 어떠십니까?"

젊은 사내가 물었다.

"십검의 비밀을 알 것 같다면 대답이 되겠느냐?"

"비밀을 아셨습니까?"

"그거야 알 수 없지. 다만 십검이 어떤 식으로 터져 나오는지 그림은 그려볼 수 있겠구나."

"예."

젊은 사내가 힘없이 대답했다.

두 동생이 도와준 덕에, 그리고 뼈를 깎는 수련을 통해서 간신히 이검을 상대할 수 있는 지경이 되었다.

루주와 싸워서 이길 수 있다.

그런 자신감이 막 생길 무렵, 이숙의 시신을 봤다.

검편이 폭약처럼 터졌다.

이숙의 머리가 완전히 분쇄되었다. 맷돌에 간 콩처럼 뼈마디조차 찾을 수 없다.

루주는 진일보했다.

철혈적성도를 절정까지 끌어올렸건만 여전히 승산을 점칠 수 없다.

무공의 한계인가, 자질 문제인가.

사실 확인을 하고자 한달음에 달려왔건만…… 이제는 무공도 모르는 여인에게서 경이감을 느낀다.

여인의 앉아 있는 모습, 고요히 책을 읽는 모습.

저 모습 그대로 검을 뽑는다면 세상에서 가장 무서운 검이 튀어나올 것 같다.

자신만 그런 느낌을 받은 게 아니다. 팽가촌의 원로인 할아버지도 같은 느낌을 받았다. 아니, 할아버지는 여인의 모습에서 십검의 파괴력까지 엿본 듯하다.

여인의 저런 모습은 우연이 아니다. 평범한 여인은 절대로 저런 모습을 취할 수 없다.

고요함, 적막함, 권태로움까지 날려 버린 집중, 피로함을 씻어버린 열중.

인고(忍苦)의 극(極)이라고 할 수 있는 저런 모습은 고도의 수련을 통해야만 전개할 수 있다. 면벽구년(面壁九年)의 선심(禪心)이 있어야만 가능하다.

여인은 루주에게서 십검의 묘를 전수받았다.

검법을 전수받았다는 뜻이 아니다. 검법을 구성하는 기본적인 무리(武理)를 전수받았다는 뜻이다.

"가자."

강퍅한 노인, 팽가사로가 일어섰다.

저벅! 저벅!

묵직한 발걸음 소리가 청석(靑石)을 울린다.

두 남녀를 지켜보던 무리들은 일제히 경계의 빛을 띠었다.

홍독사에게서 목숨을 걸고 어떤 자도 접근시키지 말라는 분부를 받은 터이다.

이번에 벌어진 일련의 사태에 대해서 조금 더 정보를 수집하고, 어느 쪽에 붙을지 상황판단을 정확히 내린 다음에야 루주를 세상에 내놓고 싶었던 것이다.

홍독사가 바라는 것은 북경의 밤을 지배하는 것이다.

옛날에는 회자수가 있어서 꿈에나 그려볼 희망 사항이었지만, 지금은 회자수조차 없다. 루주는 밤의 세계에서 물러나 팽가촌과 싸우고 있다.

홍독사로서는 밤을 움켜쥘 절호의 기회로 보였다.

그는 루주와 싸우고 싶은 생각이 없다. 또 팽가촌을 적으로 돌리고 싶은 마음도 없다. 그 어느 쪽과도 싸우고 싶지 않다. 한데 루주와 팽가촌이 서로 싸운다.

홍독사의 고민은 여기에 있었다.

지금이라도 이 문제만 풀린다면 루주든 팽가촌이든 상관할 필요가 있을 리 없다.

루주를 지켜보는 졸개들은 홍독사의 마음을 익히 알기 때문에 바짝 긴장했다.

저벅! 저벅! 저벅!

두 사람이 걸어온다.

"으……."

졸개 중의 한 명이 두 사람을 알아보고 신음을 흘렸다.

다가오는 사람들은 그들이 감히 쳐다보지도 못할 거인들이나. 두 사람 중 그래도 젊은 사내가 상대하기 쉽다. 하지만 그가 칼을 뽑으면 일 초 만에 모두 도륙당하리라.

"무, 물러섯!"

졸개들은 우르르 길을 비켰다.

그러자 다가오던 두 사람 중 젊은 사내, 팽효기가 나직이 말했다.

"삼십 장. 삼십 장 밖으로 물러서라. 삼십 장 안으로 들어서면 '듣는 귀'로 생각하고 가차없이 벨 테니."

어느 분의 말이라고!

졸개들은 재빨리 삼십 장 밖으로 물러섰다.

정적은 깨졌다.

주설언은 놀란 기색 없이 차분하게 가라앉은 눈빛으로 손님들을 맞이했다.

"어서 오세요."

"청정을 방해했군. 미안하네."

"네. 그건 그래요. 한참 깊은 부분에 들어가고 있었는데, 조금 아쉽네요."

주설언이 방긋 웃으면서 책을 덮었다.

팽가사로의 재빠른 눈썰미가 책장으로 향했다. 하지만 보기에는 무척 오래되어 보이는 고서는 겉표지가 떼어져 있어서 어떤 책인지 알아볼 수 없었다.

"앉으세요. 차를 대접하죠."

주설언은 시종일관 차분했다.

루주는 아직도 운공조식 중이다. 손님이 왔다는 것을 알아챘을 텐데, 운공을 풀지 않는다.

두 사람은 적의 입장이다.

한 사람은 루주를 척살하라는 비밀임무가 받았고, 또 한 사람은 직접 겨뤄보기까지 했다.

루주와 주설언은 그런 그들을 앞에 두고도 동요가 없다.

주설언은 차를 끓이기 위해서 숯에 불을 붙였다.

후욱! 후우욱!

숯불을 피워 올리는 입김에는 긴장이라거나 걱정이 깃들어 있지 않았다.

그로부터 한 시진, 장장 한 시진이나 지나서 루주가 운공을 풀었다.

스으으으읏!

전신을 휘돌던 진기가 단전으로 응축되는 모습이 차를 마시는 두 사람에게까지 전달된다.

"대단한 내공이군."

팽가사로가 눈빛을 반짝이며 말했다.

루주의 발전은 괄목상대(刮目相對)라는 말로도 부족하다. 팽효기가 죽을 고생을 해서 한 뼘만큼 나아가면, 그는 별다른 힘도 기울이지 않고 우중(雨中)의 죽순처럼 쑥쑥 자란다.

팽효기와 겨뤘을 때, 루주의 내공은 이 정도가 아니었다.

그때 두 사람은 평수를 이뤘고, 내공도 비슷했다. 그 점을 느끼고 물러섰다. 기필코 승부를 보고자 했다면 두 사람 모두

상잔(相殘)해서 지금 이 자리에 없었을 게다.

지금은? 안 된다.

두 사내 모두 그 점을 통감한다. 팽효기가 또 한 번 칼을 뽑는다면 이번에는 베이고 말리라.

루주를 상대하기 위해서는 팽가사로가 직접 나서야 한다.

승산은 점칠 수 없다. 예전에 팽효기가 그랬던 것처럼 쥐어짜듯 승산을 점친다면 겨우 반반이라고밖에 말할 수 없다.

루주가 가부좌를 풀고 일어섰다.

"애석하군."

주설언에게 한 말이다.

"다음에 또 기회가 있겠죠. 그래도 많이 공부했어요."

주설언이 배시시 웃었다.

웃는 모습이 예쁘다. 활짝 웃는 것도 아니고, 슬그머니 미소 짓는 것도 아니고…… 얼굴 전체가 편안하다는 느낌을 주는 선의의 웃음이 퍼진다.

루주는 입꼬리를 살짝 비틀어 웃어 보인 후, 두 사람을 향해 돌아섰다.

주설언이 차시중을 들었다.

팽효기가 칼을 뽑아 들고 밖으로 나와서 삼십 장 이내에 듣는 귀가 없는지 살폈다.

"팽효뢰가 저지른 일…… 사과하지."

팽가사로가 단도직입적으로 말했다.

챙그렁!

갑자기 그릇 깨지는 소리가 들렸다.

팽가사로가 전혀 기대하지 않았던 뜻밖의 말을 하자 차시중을 들던 주설언이 놀라서 그릇을 놓쳐 버린 것이다.

두 사람은 그릇이 깨진 쪽으로는 눈길도 주지 않았다.

"사람이 죽었습니다."

루주가 담담히 말했다.

"알고 있네."

"가주와 칠촌음화는 어떤 관계입니까?"

"모르네. 우리도 그걸 캐낼 심산이네. 사실 지금 우리 팽가촌에는 큰일이 벌어졌네."

팽가사로는 가주의 퇴임을 말했다. 가모와 팽효뢰의 십족령도 말해주었다. 더불어서 팽가연이 취취와 흠화를 데리고 떠난 사실도 소상하게 설명했다.

하북 무림의 지존이나 다름없는 팽가에서 대단한 변화가 일어난 것이다.

"이 시간부로 자네에 대한 원한을 지우겠네. 사실 자넨 우릴 망신시킨 악도(惡徒)지. 그래서 암암리에 제거할 생각이었네. 언제나 그런 식이지. 우린 그런 식으로 일해왔네. 체면이 목숨보다 중요한 사람들이잖나."

"짐작했습니다."

"내가 진작 나섰다면 자넨 죽었을 걸세."

"그렇겠죠."

"후후후! 방심했지. 자네 정도는 언제든지 제거할 수 있다는 방심이 자넬 살렸네. 저 아이에게 '필승의 칼'을 가르치고자 했는데. 자넨 그런 칼을 수련하기에 최적의 상대였지."

"칭찬으로 듣죠."

팽가사로는 숨을 죽였다.

입이 마른지 마른침을 삼키기도 했다. 무엇인가 아주 중요한 말을 하려는 게다.

"지금부터 팽가촌은 가시를 곤두세운 고슴도치가 될 걸세. 안에서 밖으로 나가지도 못하지만, 밖에서 안으로 들어오지도 못할 걸세. 무슨 말인지 알겠나?"

루주가 미미하게 고개를 끄덕였다.

"저 아이…… 놓고 가겠네. 지금처럼 언제나 자네 주위를 맴돌 걸세. 자네를 죽일 생각으로."

그럴 생각은 없다. 그럴 요량이었다면 지금처럼 말하지도 않는다.

팽효기는 연락책이다. 팽가촌과 자신을 잇는 연결선이다. 무슨 일이 생기면 팽효기를 통해서 연락을 달라는 뜻이다. 그럼 적극적으로 돕겠다는 그런 말…….

팽가사로는 연수(聯手)를 제안하고 있다.

루주는 미간을 찌푸렸다.

무엇이 못마땅해서 인상을 찡그린 게 아니다. 자신도 모르게 저절로 찡그려졌다.

'불쌍한 사람…….'

갑자기 어미가 떠오른다.

팽가촌이 자신에게 연수를 제안하는 이유가 무엇인가. 하늘 높은 줄 모르는 팽가가 하찮은 루주 나부랭이에게 손을 벌리는 이유가 무엇인가.

팽가사로는 팽효뢰의 잘못을 사과했다.

그가 월아를 납치한 일, 쌍겸구악에게 맡긴 일…… 이 모든 것을 있는 그대로 받아들이겠다는 뜻이다.

월아와 주설언은 팽효뢰만 언급하지 않았다. 어미도 말했다. 주설언의 경우는 아주 직접적이다. 쌍겸구악에게 납치당했고, 어미와 만나기도 했다.

이 부분까지 전해 들었을 게다.

가주가 십속령으로 두 사람을 묶어둔 것은, 그리고 팽가촌이 고슴도치가 되겠다는 뜻은 두 사람의 발길을 묶어두겠다는 단호한 의지 표현이다.

하북팽가의 가주가 직위까지 내놨다.

무슨 말이 더 필요한가?

불쌍한 어미…… 앞으로 어찌하려고. 어떻게 하려고.

어미가 하북팽가에 몸을 의탁한 데는 반드시 그만한 이유가 있어야 한다. 그리고 그 이유는 요악한 마녀의 욕구를 충족시키는 것이어야 한다.

팽가주의 인품이 후덕헤서 빈헸다거나, 그가 절세미남이어서 반했다는 말은 지나가는 개도 웃는다. 그런 말은 돼지에게 썩은 감자를 던져주는 것보다 가치없다.

아비는 절세미남이었다.

중원 무림에서 아비처럼 빼어난 미장부도 찾기 힘들 것이다.

그런 사람도 칼로 찌르고 냉정히 돌아선 어미인데, 사랑에 눈이 멀었다고?

그 목적이 무엇이든 이제 어미는 답답하게 됐다.

팽가촌이 십족령으로 두 사람을 묶었다. 가주가 자신을 희생해서 두 사람을 묶어놨다. 그리고 팽가연을 출문시켰다.

팽가연에게 바깥일을 맡긴 것이다.

사총과 팽효뢰의 연결선, 이숙과 어미의 연결, 검치삼령의 제약…… 이 모든 것을 자유롭게 살펴보라고 푸른 초원에 잘 달리는 말을 풀어놨다.

그리고 마지막으로 자신을 찾아왔다.

다른 부분은 생각할 필요가 없다.

검치의 제자, 이 한 마디로 모든 게 설명된다.

그는 검치삼령을 들먹여서 죽음의 위기를 벗어난 적이 있다. 가모를 급습하고도 살아날 정도로 위력적인 말 한마디를 가지고 있지 않은가 말이다.

루주가 도와주면 이번 일을 신속하게 해결할 수 있다고 판단했을 게 분명하다.

아니다. 자신이 나서도 도와줄 게 없다. 자신이 검치삼령을 들먹인 것은 사실이지만 검치의 위임을 받은 건 아니다. 단지 그 사실을 알고 있기에 이용한 것뿐이다.

하지만…… 이건 좋은 기회다.

사총이 나섰다. 이것만은 분명하다. 그래서 맹삼력을 그 늙은이에게 보낸 게 아닌가.

늙은이는 조만간 나타난다.

'그전에 꼬리라도 잡아놔야 하는데…… 잘됐군.'

루주는 본격적으로 파고들 꼬투리를 잡았다. 아니, 기회를 제공받았다. 팽가촌의 도움을 받는다면 사총, 그리고 어미가 무엇을 하고자 하는지 알아낼 수 있을 게다.

루주는 식은 차를 들이켰다.

"절 죽이려는 자들이 꽤 많습니다. 한두 명쯤 더 늘어도 상관없죠. 후후!"

"그런가. 고맙네."

팽가사로가 돌아갔다.

팽효기는 자신을 지켜보는 수많은 눈들 중의 한 명이 되어 어둠 속으로 스며들었다.

"괜찮아요?"

주설언이 그의 마음을 헤아리고 물어왔다.

"괜찮아. 그보다…… 후후! 공부를 많이 할 팔자인가 보군. 또 책을 보게 생겼으니."

루주는 그녀에게 자은 소책지를 건네주었다.

팽가사로가 은밀히 건네주고 간 것으로, 하북팽가의 밀마(密

碼)가 적힌 책자다.

앞으로 팽가촌은 그들이 습득한 정보를 알려올 것이다. 그리고 그가 하는 일을 적극 지원해 줄 것이다.

적이 동지로 바뀌었다.

3

출문한 사람은 본가와 인연을 완전히 끊는 것이 상례이다.

막말로 말하면 우연히 길에서 마주치더라도 모르는 사이처럼 인사조차 건네지 말아야 한다.

출문당한 사람보다도 본가 쪽에서 이런 입장을 고수했기 때문에 쫓겨났든, 제 발로 걸어 나왔든 본가를 나서면 그것으로 과거의 모든 인연은 끝났다고 여긴다.

이 부분에 대해서는 중원의 모든 문파도 같은 입장을 취한다.

파문(破門)이 선포된 즉시, 출문자에 대한 대우가 달라진다. '어느 문파의 누구'에서 '낭인(浪人) 누구'로 전락한다. 예전 문파의 기득권을 모두 소실함은 물론이다.

팽가연은 당장 벽에 부딪혔다.

"죄송합니다. 저희는 더 이상 소저께 말씀드릴 수 없습니다."

늘 차를 마시며 담소를 나누던 다루(茶樓) 주인이 곤란하다는 표정을 지었다.

사실 그는 매달 팽가촌으로부터 일정 금액을 지원받고 있다. 그 대가로 그가 제공하는 것은 정말 보잘것없고, 신경도 쓰지 않는 삼류 정보다. 손님들이 차를 마시면서 주고받는 이야기들을 가감없이, 들은 그대로 전달한다.

몇 마디 기억에 남는 말들을 전달하고 푼돈이나마 손에 쥘 수 있으니 누이 좋고 매부 좋다.

그런데 그런 정보마저 거절하고 있다.

"정말 이럴 거예요!"

늘 생글생글 웃는 취취가 버럭 고함을 질렀다.

효령과 유리가 죽은 이후, 그녀의 성정은 매우 많이 변했다. 웃음기를 잃었고, 늘 짜증을 부리고, 아무것도 아닌 일을 시비로 받아들여서 주먹을 뻗어낸다.

취취는 건드리기만 하면 터지는 화약이다.

반면에 홈화는 더욱 차디차졌다.

그녀의 눈가에는 늘 한광이 자리 잡고 있다. 차디찬 얼음꽃이 언제 터져 나올지 불안불안하고, 얼음꽃이 터지면 곧장 혈화(血花)로 이어질 것이라는 공포감을 준다.

그녀들이 자신의 기분을 숨기지 않고 분노를 토해냈다.

당연히 다루 주인은 쩔쩔맸다.

비연사도는 평소에도 활달하기로 유명하다. 주인인 팽가연을 닮아서 행동에 거침이 없다.

그런 여인들이 인상을 쓰면서 고함까지 지를 때는 힌두 대 정도 맞을 각오를 해야 한다.

"죄, 죄송합니다. 정말로 곤란해서……."

"뭐가 그렇게 중요한 말이라고 그래요!"

"중요하지는 않지만 한마디도 해서는 안 되기 때문에……
잘 아시지 않습니까? 저희 같은 놈들은……."

"가자."

팽가연이 돌아섰다.

"아씨!"

취취가 그녀를 불렀지만 팽가연은 벌써 다루를 나서는 중이
었다.

팽가촌의 연락망을 이용할 수 없다.

이것은 눈과 귀가 막혔다는 뜻이다.

하북에서 이럴진대 하북을 벗어나면 더할 것이다. 얼굴을
아는 사람들조차 입을 열지 못하고 쩔쩔맨다. 모르는 사람은
일언지하에 거절할 게다.

"어떻게 하죠?"

취취가 걱정스러운 얼굴로 말했다.

팽가촌을 벗어나기만 하면 무엇이든 할 수 있을 것 같았는
데, 그녀들이 할 수 있는 것은 아무것도 없었다.

가모의 뒤를 캔다?

사총의 움직임을 살핀다?

해야 할 일은 분명하지만 어디서부터 어떻게 손을 대야 할
지 막막했다.

그래서 아무 소리라도 들어보자고 들어섰던 다루.

결과는 굉장히 참담하다. 당신은 출문한 사람이니 아무런 언질도 주지 못한단다. 다루 주인이 내뱉는 말이라고 해봐야 일반 사람들의 일상사가 거의 대부분인데, 그 정도의 말도 못 해준단다.

팽가연은 무력함을 느꼈다.

'아버님……'

문득, 어제저녁에 하직인사를 올리고 나온 팽가주가 떠오른다.

아버지를 참 많이 원망했다.

모든 흉악한 일의 배후에 가모가 있는데, 어찌 장님과 귀머거리가 되어서 악녀를 두둔하는가. 어찌 성녀의 겉모습에 놀아나는가. 사람이 피를 흘리며 쓰러지는데, 정말로 악녀의 본 모습이 보이지 않는단 말인가.

결국, 악녀는 자신의 손으로 쓰러트려야 한다는 결론을 얻었다.

그런데…… 나와보니 아무것도 할 수 없다.

아버지는 그녀가 할 일을 마련해 놓지 않았다. 누군가가 접촉해 오는 사람도 없다.

알아볼 수 있는 것도 없고, 할 것도 없다.

아버지도 이런 상태가 아니었을까? 자신이 알지 못할 이유 때문에 혈족이 죽어나가는 모습을 보면서도 손발을 움직이시 못하고 피눈물만 흘리는 처지.

그랬을 게다. 그래서 극단의 조치를 취한 게다. 가모와 함께 당신마저 뇌옥에 들어간 게다.

아버지는 할 바를 다했다.

이제 자신이 뒷수습을 해야 하는데…… 정말로 무엇부터 해야 할지 방향조차 잡지 못하겠다.

"술 있어?"

"아씨!"

"술이나 줘. 지금은 그냥 취하고 싶어."

그녀는 세차게 머리를 흔들었다.

'머리가 너무 복잡해. 이럴 때일수록 냉정해야 하는데. 그 여자에 대한 증오도 방해가 돼. 아버지에 대한 연민도 마찬가지고. 효뢰 오라버니가 죽더라도 어쩔 수 없는 일로 여겨야 해. 모든 걸 썻어버리고 맑은 정신으로 생각해야 돼. 그러지 않으면 아무것도 못해. 죽도 밥도 안 되는 거야.'

취취와 홈화가 모닥불을 사이에 두고 잠이 들었다.

정말 잠이 든 것 같지는 않다. 오랜 시간이 지났는데도 뒤척이지 않는 것을 보면 마음 편하라고 자는 척하는 것 같다.

팽가연은 마시던 술을 내려놓고 가부좌를 틀었다.

츠으으읏!

진기가 전신을 휘돌며 술기운을 밀어낸다.

걱정, 분노, 상심 등등 모든 감정적인 느낌들을 지워낸다.

꽈르르릉!

청명한 기운이 지나가고 혼원벽력신공의 강렬함이 정수리에 내리꽂힌다. 그리고 그 순간,

'루주!'

그녀의 머릿속에 한 인물이 퍼뜩 떠올랐다.

이른 새벽, 세 여인이 술 냄새 퀘퀘한 골목으로 들어섰다.

골목은 몹시 지저분했다. 주루에서 내놓은 음식찌꺼기가 산처럼 쌓여서 썩고 있다. 만취한 사람이 토한 것으로 보이는 흔적도 여러 군데서 발견되었고…… 무엇보다 싫은 것은 사내자식들이 싸질러 놓은 오물 흔적이다.

"크!"

취취가 손으로 코를 막았다.

"하필이면 이런 곳에……."

흠화도 인상을 찡그렸다. 그때,

"죽기 싫으면 조용히 해."

팽가연이 정나미 뚝 떨어질 정도로 싸늘하게 말했다. 그뿐만이 아니다. 그녀는 손가락을 빳빳하게 곤두세웠다. 언제든지 칼을 뽑을 수 있는 자세다.

취취는 흠칫했다. 흠화는 재빨리 사방을 훑어보았다.

그녀들의 강호 경륜은 얕지 않다. 크고 작은 싸움을 수십 차례나 치러본 경험이 있다.

팽가연의 음성에서 묻어나는 긴장감을 놓칠 리 없다.

"아무것도 없는데……."

취취가 지나가는 말로 중얼거렸다.

사실은 그 말이 더 무섭다. 당연히 느껴져야 할 살기, 예기(銳氣), 느낌이 전혀 감지되지 않는다. 그것은 상대가 그만큼 강하다는 반증이다.

이런 느낌은 아주 좋지 않다.

"어떤 놈들이에요?"

홈화가 물었다.

팽가연만이 감지할 수 있는 자들이라면 상당한 고수다. 숨어 있는 것과 공격하는 것은 다르다. 무공의 강약이 숨어 있는 것으로 결정되지는 않는다. 하지만 그녀들이 전혀 감지하지 못할 정도로 은밀히 숨어 있을 수 있다면, 공격 역시 특별하다고 봐야 한다.

팽가연이 짧게 말했다.

"살수."

루주가 묵는 저택은 천요루의 지저분한 뒷면을 지나쳐야만 들어설 수 있다.

정말로 두 번 다시 걷고 싶지 않은 길을 거쳐 왔을 때, 그녀들은 한 무리의 건달들과 마주쳤다.

"……."

그들이 세 여인을 쳐다봤다. 그리고 짐짓 딴청을 피우며 눈길을 돌렸다.

저벅! 저벅! 저벅!

그녀들이 파락호들 사이를 걸어갔다.

시비는 없었다. 파락호들이 미치지 않은 다음에야 팽가촌의 소문난 여자들을 건드릴 리 없다.

"의외로 파리가 많이 꼬여 있네."

취취가 비웃듯이 말했다.

"홋! 자기들도 파리처럼 달라붙으면서 누굴 뭐래."

그녀들의 등 뒤에서 들린 말이다.

취취가 홱 고개를 돌렸지만 모두들 딴청을 부리는 바람에 누가 말했는지 찾아낼 수 없었다.

예전 같으면 찍소리도 못했을 놈들인데.

팽가촌 사람이었을 때와 출문한 상태는 확실히 달랐다.

세 여인이 안으로 들어섰을 때, 루주와 주설언은 돌 틈에 피어난 장미꽃을 물끄러미 쳐다보고 있었다.

"예뻐요."

"이런 곳에서 산 게 신기한 거지."

"꽃이잖아요. 꽃은 어디에서나 피어날 수 있어요."

"잡초나 그렇고."

"장미든 백합이든 다 마찬가지예요. 꽃은 어디서나 필 수 있어요."

"한마디도 안 지네?"

"요즘 이기는 연습을 부지런히 하고 있거든요. 뭐는 이기려고 노력 중인데, 흠! 지금까지는 뜻대로 잘되고 있어요. 뭐랄까? 이제 상공 정도는 가볍게 상대할 수 있다랄까?"

"뭐야!"

"호호호!"

두 사람은 아무런 격의 없이 농담을 주고받았다.

하북에서 일어난 살인들, 처참한 살육전들, 체온마저 식혀버리는 싸늘한 공기를 전혀 느끼지 못한 사람들 같았다.

"흠!"

팽가연은 일부러 큰기침을 했다.

"어서 오시오."

루주는 돌아보지도 않고 말했다.

그녀와 비연이도가 나타난 것을 알고 있었다는 듯이. 하기는 숨어서 다가온 것도 아니고 당당하게 걸어왔는데 몰랐다는건 말이 안 되지만 말이다.

"오늘이나 내일쯤 올 줄 알고 있었는데, 아침 댓바람이라니."

루주가 허리를 펴고 일어서면서 말했다.

"차를 내올까요?"

"그래 줘. 아냐, 차보다 아침이 좋겠는데. 보아하니 아침도거른 것 같아."

"절 따라오세요."

주설언은 세 여인을 향해 싱긋 웃으면서 말했다.

주설언은 세 여인을 방으로 안내했다.

루주의 방?

넓직한 침상과 큼지막한 탁자를 제외하고는 변변한 집기조차 구비되어 있지 않아서, 누가 봐도 한눈에 임시거처임을 알아볼 수 있는 방이다.

"잠깐만 기다리세요. 곧 아침 준비해 올게요."

"아침은 됐고. 루주와 이야기 좀 하고 싶은데."

"식사부터 하세요. 부처님도 배 곯고는 일하지 못해요. 호호!"

"방금 전에 루주가 한 말이 무슨 뜻이냐!"

팽가연과는 달리 흠화의 음성은 싸늘했다.

주설언은 웃음을 잃지 않았다.

"무슨 말이요?"

"우리가 올 줄 알았다고? 오늘이나 내일쯤?"

"아! 그 말요. 저희도 귀가 있는데 어찌 아씨의 출문 소식을 듣지 못했겠어요. 루주께서는 그 말씀을 듣자마자 그러시더군요. 목적이 같으니 조만간 방문하실 거라고요."

"루주가…… 그랬단 말이야?"

"네. 편히 앉아 계세요."

주설언이 방긋 웃으면서 나갔다.

루주는 세 여인이 아침 식사를 마치고, 차까지 한 잔 마신 후에야 들어섰다.

아마도 세 여인이 간밤에 노숙한 것을 알고 편안한 시간을 일부러 빼준 것 같다. 덕분에 모두들 세면도 하고, 머리도 만지고, 옷도 갈아입었다.

어제저녁만 해도 답답했는데, 주설언 말대로 배부르고 시간적 여유가 생기니 자신도 돌아보게 된다.

팽가촌에 있을 때는 신경도 쓰지 않던 부분들인데…… 출문하고 하루 만에 먹고, 입고, 자는 아주 간단한 일상사마저 챙기지 못하게 되었다.

유객(遊客) 생활을 안 해본 것도 아니다.

짧게는 며칠에서부터 길게는 반년 넘게까지 중원을 떠돌면서 유랑생활을 즐긴 적도 있다.

그때도 여러 날씩 노숙을 한 적이 있고, 씻지 않고 며칠을 보낸 적도 있지만, 전혀 개의치 않았다. 자신 안에 당당함이 살아 있는데 다른 사람의 눈치를 왜 보는가.

지금은 다르다. 그때의 당당함이 사라졌다. 귀찮아서 씻지 않은 게 아니라 씻는다는 단순한 생활을 의식하지 못했다.

루주를 빨리 만나야 한다는 급박함이 있기는 했지만…… 아무래도 출문의 충격이 의외로 컸던 모양이다. 본인 스스로 출문하긴 했지만, 막상 밖에 나와서 천애고아가 된 고독감을 맛보니 마음이 착잡했던 것 같다.

"여긴 천요루 후원입니다. 우리도 홍독사의 객식구이다 보니 눈칫밥을 먹는 처지라…… 찬이 변변치 않았을 텐데, 괜찮았습니까?"

루주가 환히 웃으면서 들어섰다.

사람이 밝다. 어두운 구석이 없다. 기녀들의 등이나 처먹는 기둥서방쯤으로 봤을 때는 얼굴만 반반한 기생충으로 보였는데, 속을 숨기고 음침하게 숨어 있는 오라버니보다 백 배 낫다.

"아주 맛있었어요."

팽가연이 말했다.

루주는 탁자 맞은편에 앉아서 찻잔에 차를 따랐다.

"여긴 듣는 귀가 없습니다."

루주가 차를 마시면서 한 첫 말이다.

"아실지 모르지만…… 웬일인지 살수들이 진을 치고 있군요. 후후! 아마도 귀살왕과 연관이 있지 않나 싶은데…… 그들 속에 팽효기가 섞여 있습니다."

"……!"

팽가연은 하마터면 들고 있던 찻잔을 놓아버릴 뻔했다.

"누구라고요!"

"팽가사로가 왔었습니다. 후룩!"

루주는 작은 찻잔을 비우면서 말했다.

팽가사로와 나눈 말, 팽효기의 역할…… 팽가사로가 하북팽가의 밀마까지 건네준 사실…… 모두 말했다.

루주가 말을 끝내자, 주설언이 품에서 소책자를 꺼내 탁자에 올려놓았다.

"이게 하북팽가의 밀마예요. 아씨도 보셔야 할 거예요. 아씨가 일고 있는 밀마와는 상당 부분 다를 테니까요."

팽가연은 소책자를 집어 들어 내용을 살폈다.

익숙한 문양들이 질서 있게 정리되어 있다. 한데…… 그 내용이 조금씩 다르다.

밀마는 대체적으로 두 부분으로 나뉜다.

하나는 사물을 지칭하는 불변의 언어이고, 다른 하나는 움직임을 나타는 변화의 언어이다.

이 부분들이 수정된다면 밀마를 풀어낼 방도가 없다. 또한, 밀마는 언어를 압축하는 특성이 있다. 어느 한 부분만 정정해도 뜻이 통하지 않는다.

소책자는 모든 부분이 변했다.

즉, 하북팽가의 밀마체계가 완전히 수정되었다.

그녀가 알고 있는 밀마로는 어떠한 문양도 해석하지 못한다. 눈앞에서 하북팽가의 밀마를 봤어도 무슨 뜻인지 알지 못해 머리를 긁적이는 상황이 연출될 게다.

"이게……."

"어휴! 하루 새…… 정말 너무들 하시네."

흠화와 취취가 소책자를 보고는 미간을 찌푸렸다.

루주가 말했다.

"이건 우리들의 밀마입니다. 하북팽가의 밀마는 변하지 않았어요. 여전히 사용됩니다. 하지만 우리에게 전해지는 밀마는 바로 이 책자로 해석해야 합니다."

"아!"

취취가 알았다는 듯 활짝 웃었다.

역시! 아버지는 그녀들을 위해 할 일을 남겨놓았다. 그 일을 설마 루주에게 맡겼으리라고는 생각도 하지 못했지만……

"이 밖에 다른 말은 없었나요?"

"기다리는 게 있습니다. 여기서 기다리시겠습니까?"

"뭔데요?"

"……."

루주는 대답 대신 웃기만 했다.

주설언이 대신 말했다.

"저한테도 말 안 해줬어요. 기다려 봤다가 별거 아니면 꼬집어주려고요."

"좋아요. 뭔지 모르지만, 하루 이틀 정도라면 같이 기다리죠. 어차피 밀마도 숙지해야 하고."

"그 정도면 충분할 겁니다."

루주가 찻잔을 내려놓고 일어섰다.

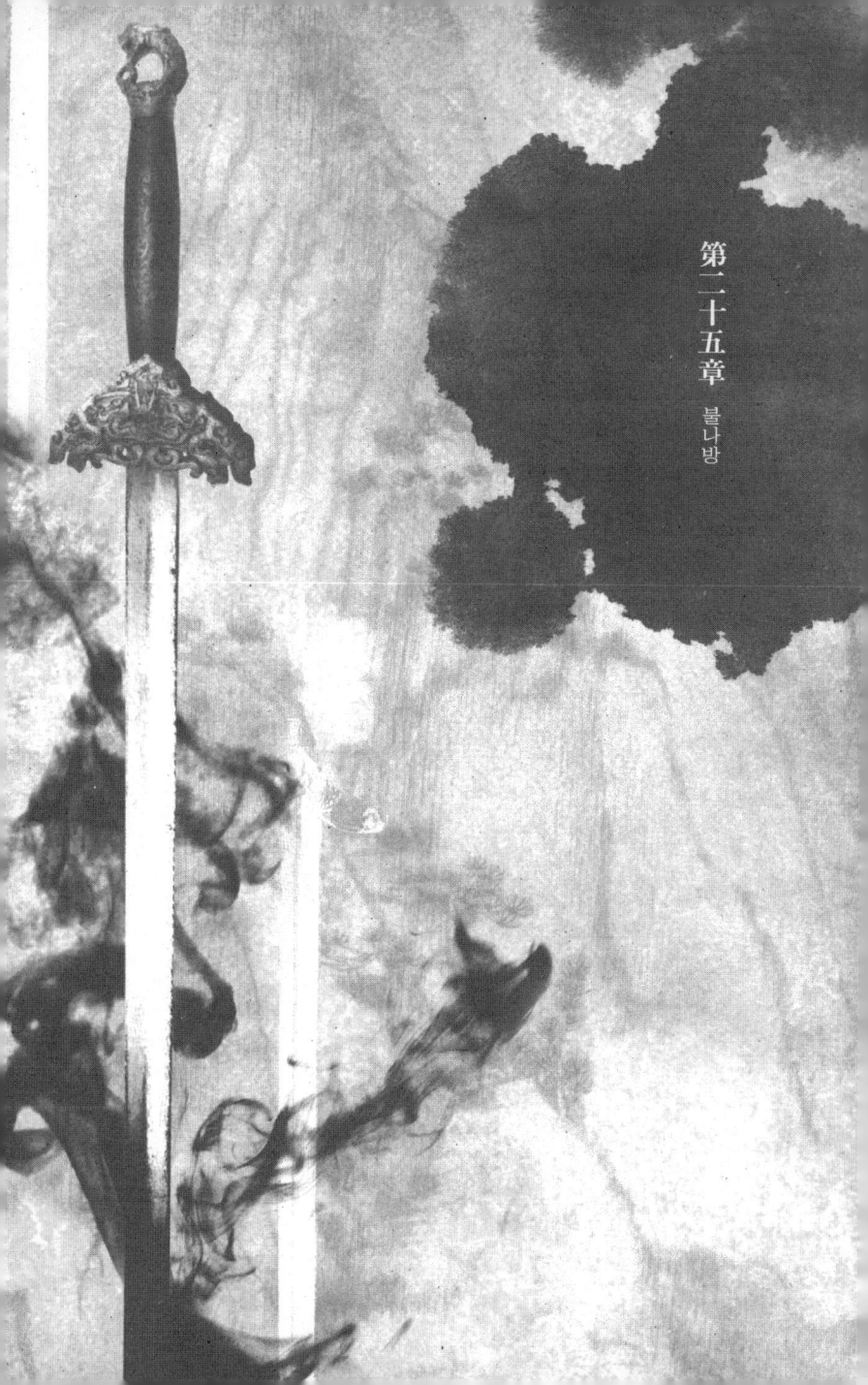

第二十五章 불나방

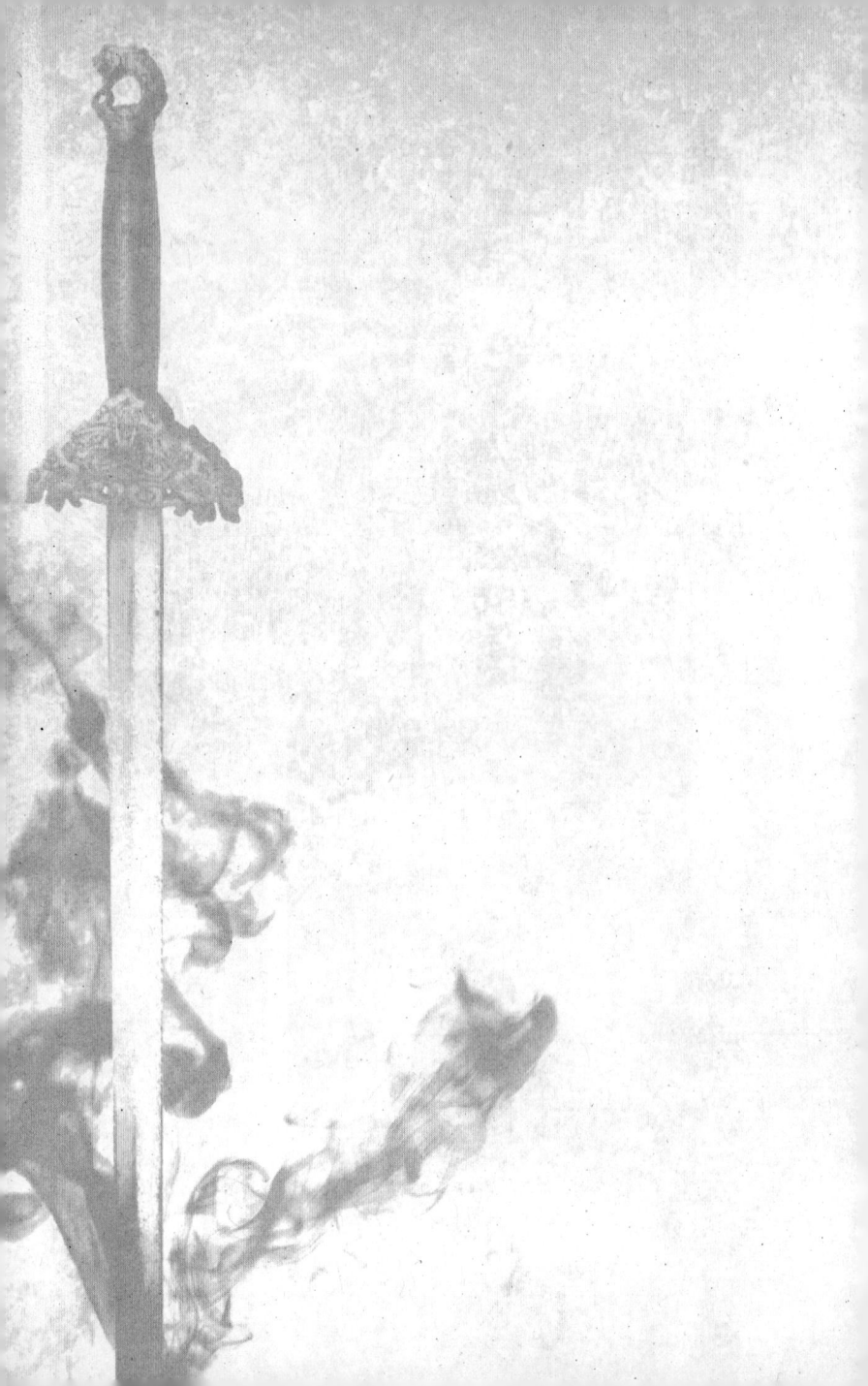

1

마(魔)는 시궁창에서 자란다.

썩고 곰팡이가 핀 오물덩이를 먹으면서 한 치씩 성장한다.

그들의 칼에 독심(毒心)이 스며 있는 건 당연하다. 인정이 메말라 붙은 것도 당연하다. 배신을 밥 먹듯이 하고, 한 끼 밥을 위해서 살인까지 불사하는 행동도 당연하다.

오물덩이 속에서 뒹굴어보지 않은 사람은 그들의 악랄함을 이해하지 못한다.

그래서 뒹굴어보았다.

놈들이 먹는 오물덩이를 먹었고, 썩은 물을 온몸에 뒤집어 쓴 채 살았다.

놈들과 다른 점이 있다면 악마적인 충동이 일어나는 것을 이 악물면서 참았다는 것이다.

살인을 하고 싶다.

당연하다. 살인을 하지 않으면 굶어 죽는다는데 칼을 들지 않을 위인이 어디 있겠나! 밥을 위해서 살인하는 미친놈이 어디 있느냐고? 그런 말을 하는 놈은 딱 닷새만 굶겨봐야 한다. 그런 후에 그놈 입에서 어떤 소리가 나오는지 들어보자.

도둑질을 하고 싶지 않다. 하지만 손이 슬그머니 움직인다.

강도짓을 하고 싶지 않다. 하지만 이미 칼이 뽑히고 있다.

미친 듯이 일어나는 악마의 숨결을 굳센 부동심(不動心)으로 견뎌냈다.

마를 견뎌낸다는 것은 죽음보다도 더한 고통이다.

그들은 깨달았다.

세상에 존재하는 병기 중에서 가장 날카로운 것은 마음의 칼이다. 마음의 날카로움이다.

도검의 날카로움 따위는 마음의 날카로움에 비하면 어린애 장난에 불과하다. 도검으로는 베지 못하는 것이 수두룩하지만 마음으로는 어떤 것이든 베어낸다.

그들이 더 이상 시궁창에 있을 필요가 없어지자, 일어섰다.

인(刃) 자(者)!

그들은 백 명이다. 정도에 입문하여 입마(入魔)했다가 마를 극복하고 다시 정도로 돌아온 정도의 힘줄이다.

무림의 몇몇 명숙은 그들을 이렇게 불렀다.

백인대(百刃隊)!

"앞에 떨거지들이 있다."

"어디 놈들인데?"

"살천루."

"후후후! 귀살왕의 복수를 하겠다는 건가?"

그들은 살천루의 살수들이 잠복해 있는 이유를 짐작했다. 아니, 살천루라는 소리를 듣자마자 이유를 알아챘다.

이게 살천루의 법이다.

귀살왕은 살천루가 배출했다. 살천루라는 거대한 거목에서 잘려 나간 잔가지다. 그런 가지가 무참하게 무너졌을 때, 이는 살천루에 대한 도전으로 간주한다.

그들은 마인들만 아는 게 아니다. 살수들의 행동방식도 환히 꿰고 있다.

"살천루가 칼을 뽑았다면, 저놈도 꽤나 피곤하겠군."

"몇 명이나 있어?"

"한 열 명?"

"열 명…… 햐! 이거 재밌겠는데. 한 번 부딪쳐 봐?"

말한 자는 손가락을 우두둑 소리 나게 꺾었다.

그들은 백 명이다. 하지만 백 명이 모두 온 것은 아니다. 아흔다섯 명은 조용한 곳에서 숨을 죽이고 있고, 그들 다섯 명만 양지에 모습을 드러냈다.

살천루도 마찬가지다.

눈에 보이는 자들이 열 명뿐이라고 해서 가볍게 생각하면 큰 오산이다.

살천루는 절대로 열 명을 내보내는 법이 없다.

일반적인 살행이 아니라 복수를 향한 줄달음질이라면 최소한 백 명 이상이 동원된다.

갑(甲), 을(乙), 병(丙), 정(丁), 무(戊), 기(己), 경(庚), 신(辛), 임(壬), 계(癸)!

이렇게 열 개의 십간조(十干組), 백 명이 동원된다.

백 명 대 백 명.

승산은 기습자에게 있다.

백인대는 싸움에 관한 한 항상 냉정하게 평가한다. 유리한 측면보다는 불리한 측면을 더 많이 부각시킨다. 싸워서 유리하게 생각했던 게 유리하면 좋다. 하나 유리하다고 생각한 부분이 불리하게 나타나면 목숨을 잃는다.

이 차이는 크다.

어떤 자는 비관적인 생각이라고 코웃음을 흘릴지 몰라도 시궁창에서 살아본 사람은 아주 작은 차이가 얼마나 치명적인지 몸으로 깨닫고 있다.

냉정하게 평가하면 살천루 백 명은 상대가 안 된다.

그 정도의 살수들조차 꺼릴 바에는 백인대라는 명성을 똥물에 던져 버리는 게 낫다.

그래도 그런 생각들을 애써 지운다.

실제로도 그렇다. 저들 십간조를 말살시킨다고 해서 그것으로 끝나는 게 아니다.

또 다른 십간조가 매복할 게다. 그리고 느닷없이 기습공격을 가해올 게다. 그들을 물리치면 또 다른 십간조가…… 그렇게 끝없이 상대하다 보면 이쪽도 한 명, 두 명 쓰러질 것이다.

살천루는 그런 점을 노린다.

끝없는 인해전술로 지칠 때까지, 쓰러질 때까지 공격한다.

살천루는 떼어지지 않는 거머리다.

루주, 놈의 앞날이 걱정된다. 살천루의 첫 시작이 어떻게 될지 모르지만 이제 루주는 발 뻗고 편히 자기는 틀렸다. 놈이 아무리 검치의 제자라고 해도…… 검치처럼 십검을 쓰지 못하는 한, 결국은 쓰러질 게다.

"괜한 충돌은 피해야겠지. 어쩔 수 없으면 부딪치는 거고."

그들은 루주를 죽일 생각이 없다. 다만 그에게서 검치삼령에 대해 몇 가지 묻기만 하면 된다. 루주가 제대로 대답을 하지 않을 때는 고문 같은 좋지 않은 방법도 써야겠지만, 정녕코 죽일 생각까지는 가지고 있지 않다.

하지만 살천루는 그렇게 생각하지 않는다.

그들이 루주를 잡으면 마치 자신들의 먹이를 가로챈 승냥이 취급을 할 게다.

살천루와의 부딪침은 피할 수 없다.

우선은 좋게 말하고, 가급적이면 피할 생각이지만 어쩔 수 없이 검을 섞게 될 게다.

그런 점이 두려운 건 아니다. 귀찮을 뿐이다.

살천루!

어디서 살인집단 따위가 설치고 다니는가.

그들은 병장기를 점검했다.

"백인대가 기별을 보내왔습니다."

"……."

"루주를 잡으러 갈 테니 길을 열어달라고 합니다."

"루주를 잡겠다. 몇 명이 왔더냐?"

"다섯입니다."

"다섯?"

"네. 나머지도 왔을 텐데…… 속하의 눈에는 띄지 않았습니다. 인근을 수색해 봤습니다만……."

"없겠지."

"……."

수두는 미간을 찌푸렸다.

백인대 다섯 명은 공격에 성공하지 못한다.

루주에게는 팽가연이 붙었다. 비연사도 중에 살아남은 이도 옆에 있다.

그들 세 여자는 아주 골칫거리다. 그러나 그녀들보다 더 신경 쓰이는 여자가 있다. 무공도 모르면서 어느 무인보다도 무서운 공포감을 자아내는 기녀!

백인대는 그녀에게 추명오독이 있다는 사실을 알고 있을까?

알든 모르든 상관없다. 그들 다섯 명의 백인대도 한 번의 공격으로 소기의 목적을 달성할 것이라고는 생각하지 않을 게다.

루주는 검치의 제자다.

팽가촌 팽효기와 맞수였고, 쌍겸구악 중 흑마겸을 죽인 자다. 또 칠촌음화까지 죽였다.

루주의 무공은 경시하지 못한다.

백인대가 마음의 날카로움을 터득했다고 하지만 객관적으로 평가했을 때, 검치의 십검보다는 몇 수 아래다. 루주가 검치의 십검을 온전히 펼쳐 내지 못한다고 해도 쉽게 당할 상대는 아니다.

그럼에도 그들 다섯 명만 공격하겠다?

여기에는 음모가 있다. 처음에는 다섯 명이 공격하겠지만, 그들이 패하면 열 명이 올 것이다. 그리고 스무 명…… 끝내는 백인대 모두 달려들게다.

살천루는 기회를 잃는다.

루주는 결국 백인대 손에 떨어질 것이고, 잔인한 고문을 받다가 죽고 말리라.

살천루가 아니라 백인대가 루주를 죽이는 것이다.

다섯 명은 작은 물꼬다.

일단 물길을 트기만 하면 그다음은 막을 수 없다.

그럼 싸운다면…… 언제부터 싸우는 게 좋을까? 나중은 생각할 것 없다. 백인대가 싸움을 걸어오면 맞받아치면 그만이다. 지금 이 순간에 싸운다.

백인대와 십간조가 부딪치면 양쪽 모두 곤란하다.

이것은 자칫 정도 무림과 살수문과의 전면전으로 치달을 공산도 높다. 그리고 그럴 경우, 피해는 음지와 양지의 차이만큼이나 살수문 쪽이 더 크다.

그러나 일개 조장, 겨우 열 명의 수두가 큰 대세까지 읽을 필요는 없다. 그런 고민은 딴 사람의 몫이고…… 자신은 자기에게 주어진 할 일만 하면 된다.

"비켜줄 수 없다고 전해! 단, 우리가 죽이기 직전에 고문할 기회를 한 번은 준다고 해. 그래야 먼저 공격하겠다는 말이 쏙 들어가지. 귀찮은 놈들……."

그는 검을 만지작거렸다.

'결국 싸우게 될 거야.'

"길을 비켜줄 수 없다? 후후! 꼴에 자존심은 있다는 건가."

"자존심뿐이겠어? 그놈들 살수의 긍지가 대단하잖아. 세상에 못 죽일 위인이 없다고 떠드는 놈들인데, 말 한마디에 비켜설 것이라고 생각한 게 잘못이지."

공은 다시 그들에게 넘어왔다.

선택의 폭은 굉장히 좁혀졌다. 다시 넘어온 공에는 단 두 가지, 물러서거나 싸워야 하는 선택밖에 남지 않았다.

살천루 살수들은 싸움의 냄새를 귀신같이 맡는다.

루주와 원수지간처럼 싸우던 팽가연이 숨을 몰아쉬며 들어설 때도 길을 막지 않았다. 싸움이 벌어지지 않을 것을 본능적으로 감지한 것이다.

반면에 자신들은 가까이 다가서기도 전에 가로막는다.

루주만은 반드시 자신들이 죽여야 한다는 자부심이다.

"그래도 고문할 기회는 준다는데?"

"하하하! 제 놈들 목숨이나 잘 간수하라고 해. 누가 누굴 염려하는 거야? 그놈 잡기가 그리 쉬워 보이나."

"병조라…… 병조 수두가 누구지?"

"몰라. 그런 놈들까지 어떻게 알아."

"병조 수두는 몰라도 이번 십간조 조장은 분살광왕(焚殺狂王) 탑하리(搭暇勵)야."

"탑하리? 음……!"

고민이 깊어졌다.

분살광왕 탑하리는 이성적인 인물이 아니다. 무식하게 힘으로 밀고 들어와서 쳐부수는 꼴통이다. 그럼에도 그를 제지하지 못하는 것은 그의 무공이 가히 무적에 가깝기 때문이다.

그는 강하다. 그리고 무식하다.

병조 열 명을 치는 것은 어렵지 않지만 그 뒤에 곧바로 따라올 분살광왕 탑하리의 보복은 염두에 두어야 한다.

'살천루 따위가……'

확실히 살천루는 무시해도 좋다. 중원 구대문파, 거대 일방의 단합된 힘이 하나로 모이면 살천루가 설 곳은 없다. 그러나 그들은 음지에서 싸운다. 굳이 설 곳을 찾지 않는다. 음지로 밀어 넣을 것도 없이 살짝 건드리기만 해도 그들 스스로 더욱 깊이 숨어든다. 그리고 소리없이 반격을 가해온다.

"음……!"

신음만큼 고민도 깊었다.

"아무래도 대주에게 물어봐야 할 것 같은데. 우리 독단으로 처리하기에는 일이 너무 커."

"저 새끼들……."

"저 새끼들이야 눈에 뵈는 게 있나. 성질대로 한 번 붙어보자 이거지 뭐. 저놈들, 저게 마지막 자존심인데 양보하겠어? 우리도 붙어보고는 싶은데…… 후후! 이것저것 재는 윗대가리들이 있으니 마음대로 할 수도 없고…… 속 편안하게 그냥 물어보자."

"아니, 배알이 꼴려서 그런 짓은 못해. 난 들어간다. 넌?"

"네가 간다면 나도 가지."

"좋아. 가자."

그들 다섯 명은 결전을 선택했다.

팽효기는 백인대를 안다.

백인대가 루주를 찾아온 목적도 알고 있다.

구파일방에서는 비밀리에 진행했지만 하북팽가의 이목까지 속일 수는 없다.

작은 인원도 아니고 무려 백 명이 움직인다.

십간조 역시 마찬가지다. 지금 주위에 숨어 있는 그림자는 열 명에 불과하지만 아흔 명의 살수들이 곳곳에 퍼져 있다는 걸 안다. 심지어는 그들이 어디에 머물고 있는지까지 안다.

물론 그들이 움직이기 시작하면 종적을 잡아낼 도리는 없다.

하북 사람들에게 외인(外人)을 분별해 내는 눈은 있어도, 무인의 움직임까지 감시하는 눈은 없다.

다시 말해서 팽가촌이 백인대와 십간조의 움직임을 알고 있는 동안에는 싸움이 벌어지지 않는다고 단정해도 좋다.

지금이 그런 상황이다.

십간조와 백인대가 루주를 노리지만 아직까지는 물과 기름처럼 섞이지 않고 있다.

그런데 다섯 명이 움직인다.

저들 다섯 명과 십간조 열 명의 싸움 따위에는 관심없다. 누가 이기고 누가 지든 신경 쓸 게 없다. 그런 일에 신경 쓰기에는 현재 팽가촌에서 벌어지고 있는 일이 너무 크다.

루주는 조만간 움직인다.

재건된 천요루 후원에서 무엇을 기다리는지 모르지만 곧 움직임이 있을 게다.

루주가 움직이지 않겠다면, 그것도 좋다.

팽가촌의 분석에 따르면 이상하게도 가모는 루주에게 집착하고 있다. 그에 대한 증거는 없다. 다만 한 가지, 씽겹구악을 시켜서 주설언을 납치한 사실로 분석하건대…… 루주가 마차를 전복시킨 데 대한 복수 이상의 의미가 있지 않나 싶다.

루주가 움직이지 않으면 가모가 움직인다.

십족령의 제한을 받고 있는 사람이 어떻게 움직일지 사뭇 궁금하지만…… 틀림없이 움직인다.

이 모든 것이 잘못된 판단일 수도 있다.

월아와 주설언이 쌍겹구악을 미끼로 가모를 옭아매는 이간책일 수도 있다.

사실 약간의 내막을 아는 사람들은 '가모가 누명 썼다'는 데 더 큰 비중을 두고 있다.

가모와 팽효뢰는 모자(母子)간이다.

피는 섞이지 않았지만 친모 이상의 정성을 쏟았다는 건 팽가촌 사람들 모두가 인정한다.

그런 그들이 나쁜 일에 같이 엮인다?

두 사람이 약속이라도 한 듯이 팽가촌 사람들을 죽이는 데 일조한다? 두 사람이…… 한 사람은 월아를 납치하고, 한 사람은 주설언을 납치한다?

이게 도대체 말이 되는 소리라야 믿을 게 아닌가.

그런데 그 말을 한 사람이 팽가연과 비연사도다. 효령과 유리를 죽인 게 가주의 의제인 이숙이다. 그리고 그는 사마외도에 이름을 걸쳐놓은 칠촌음화다.

어떤 게 진실인지는 곧 밝혀진다.

가주가 아무런 언급도 하지 않은 채 십족령에 갇혔으니 그

답답한 마음을 풀어줘야 하지 않겠나.

지금은 십간조이든 백인대이든 루주를 건드려서는 안 된다.

'십간조…… 저놈들은 이야기가 통하지 않아. 그렇다
면…….'

쉬익!

팽효기는 신형을 띄웠다.

골목길에 한 사람이 서 있다.

서슬 퍼런 유엽도가 한광을 토해낸다. 사내의 두 눈이 살기
로 번뜩인다.

사람 두세 명이 어깨를 나란히 하면 꽉 차버릴 것 같은 좁은
골목길은 죽음의 기운으로 꽉 찼다.

파팟! 파파팟!

그를 향해 다섯 눈길이 쏟아졌다.

그들의 행색은 각기 다르다. 도복(道服)을 입은 자가 있는가
하면, 승려도 있다. 평범하게 유삼(儒衫)을 걸친 유생(儒生)도
있다. 허리에 묵철로 만든 철관필(鐵管筆)을 매달고 있다는 점
이 신경 쓰이지만, 그 외에는 평범하기만 하다.

스으으읏!

유엽도에서 요요한 기운이 번져 나온다.

우하(右下)에서 좌하(左下)로, 좌하에서 우하로…… 왔다 갔
다 하는 도광(刀光)에 핏빛 혈흔이 번뜩인다. 칼날은 피 한 방
울 묻어 있지 않지만 마치 수천 명의 원한이 매달려 있다는 느

낌이 든다.

"철혈적성도……."

승려가 중얼거렸다.

"상당한 경지군. 이미 일가를 이룰 정도…… 그렇다면 팽효기?"

유생이 철관필을 꺼내 들며 말했다.

"거 이상하군. 오면서 듣기로는 루주와 하북팽가는 견원지간이나 다름없다고 들었는데…… 아무리 팽효기라고 해도 우리 앞을 가로막을 때는 목숨을 건 것. 이럴 가치가 있나?"

"가치가 있나 보지."

도인이 검을 움켜잡았다.

그러나 백인대 오 인은 누가 먼저라고 할 것도 없이 거의 동시에 뒤로 물러섰다.

스스스…… 스스스슷!

사방에서 옥죄어오는 살기!

십간조 병조 열 명이 기습을 준비하고 있다. 아니, 기습을 노골적으로 드러냈다.

싸움이 벌어지기 전에 물러서라는 경고다.

살천루 살수들은 기척 따위는 흘리지 않는다. 소리없이, 귀신처럼 다녀간다. 날카로운 쇠붙이가 몸을 꿰뚫은 후에야 기습이 있었음을 알게 된다.

이것은 분명히 경고다.

"후우! 아무래도 오늘은 무리 같군. 저놈들뿐이라면 괜찮은

데 철혈적성도는……."

"흠! 팽효기, 이번 일에 대해서 설명해야 할 거야. 왜 루주를 감싸는지. 그것도 하북팽가의 이름으로. 당신의 행동은 분명히 루주를 보호하는 작태이니까."

팽효기는 유엽도를 좌우로 살랑살랑 흔들기만 했다.

문답무용(問答無用), 싸울 놈은 오고 그렇지 않은 놈은 가라. 말은 필요없다.

백인대 다섯 명은 피식 웃음을 흘린 후, 등을 돌렸다.

뒷걸음질로 돌아가는 게 아니다. 그냥 뒤돌아서서, 등을 버젓이 내놓고 걸어갔다.

팽효기는 여전히 유엽도를 흔들었다. 그리고 십간 병조는 기습을 가하지 않았다.

백인대 오 인이 멀리 사라진 후, 그세야 팽효기가 말했다.

"너흰…… 막지 않겠다. 백인대는 정(正)! 정이기에 막은 것이다. 너흰 사(邪)! 너희 싸움까지 막을 생각은 없다. 그러니… 기습에 자신있거든 싸워라."

2

잠을 자고 일어나 보니 홍독사의 수하들이 씻은 듯이 사라졌다.

싸움의 흔적은 없다. 피를 흘린 자국도 없다. 어떤 이유에서인지 그들 스스로 철수한 것이다.

"흥! 살길은 잘 찾네."

흠화가 비웃었다.

파락호들은 홍독사의 명에 의해 철수했다.

어지간하면 루주 편에 붙어 있으려고 했을 게다.

루주 편이라는 것, 그리 어렵지 않다. 저택 한 채를 내주고, 조그만 편의를 봐주면 된다. 끼니때마다 밥 한 끼 먹이는 게 얼마나 들겠는가. 술을 원하면 술을 주고, 밥을 원하면 밥을 준다. 겨우 그 정도로 '나는 당신 편이오' 하고 말할 수 있다.

홍독사는 그 정도의 선에서 루주 편을 들고 싶어 했다.

하북팽가가 적이 되어서 달려들면 언제라도 발을 뺄 수 있다. 만약 루주와 팽가촌이 손을 잡으면 그 기회를 빌어서 작은 이문이라도 벌어들일 수 있다. 무엇보다도 북경에서 자신의 위치를 안정시킬 수 있다.

그러나 지금은 그것조차도 포기해 버렸다.

그도 눈이 있고 귀가 있다.

십간조가 루주를 노린다. 십간조 백 명의 살수가 이미 북경에 들어와 있다.

이 정도면 팽가촌이 직접 나서도 무방하다.

정도의 칼날이나 다름없는 백인대도 왔다.

그들의 동선(動線)은 십간조보다 훨씬 정확하게 파악된다. 신경만 쓰면 어디에서 누가 아침으로 무엇을 먹었는지까지 알아낼 수 있을 정도다.

그들 모두 루주를 노린다.

홍독사는 그들이 왜 루주는 노리는지 그 이유까지는 알지 못했다.

십간조나 백인대는 그가 사는 세계에서 입에 올릴 만한 사람들이 아니다. 그들을 거론하려면 적어도 하북팽가 정도의 위치에는 앉아 있어야 한다.

이름만 들어도 소름끼치는 자들이 모여들었다.

홍독사가 루주에게서 당장 손을 떼는 것은 당연하다.

아마도 지금까지 쌓았던 호의조차 씻어내고 싶을 게다. 아무 사이도 아닌 것처럼, 아무 인연도 없는 것처럼 천요루 후원에서 머무는 손님이었으면 딱 좋을 게다.

"향(香)이도 없네요."

주설언이 주방에서 니오며 밀했다.

"뭐야? 시비까지 싹 빼간 거야? 홍독사 이놈 얍삽한 줄은 알았지만…… 흥! 볼일 없다 이거지!"

취취가 눈을 부릅떴다.

후원에는 그들밖에 남지 않았다.

다섯 사람은 물과 기름처럼 섞이지 못했다.

루주와 주설언은 다정한 부부처럼 늘 모든 것을 함께 했다.

식사도 같이 하고, 산책도 같이 하고, 밤이 되면 한 방에서 한 침상에 드러누웠다.

취취와 흠화는 또 한 부류가 되어 겉돌았다.

그녀들은 루주를 경계했다. 그리고 팽가연을 아주 어려운 언니 대하듯 받들었다.

자연히 팽가연은 혼자가 되었다.

눈을 뜨고 잠을 청하는 순간까지 자신만의 세계에서 살았다. 간혹 취취와 흠화가 말상대가 되어주었지만 아주 잠시뿐, 곧 그녀의 세계로 침잠해 들어갔다.

그녀는 혼자였지만 외롭지는 않았다.

혼원벽력신공, 혼원벽력도!

캐내고 캐내도 끊임없이 새로운 물줄기를 만들어주는 무공의 보고.

이제는 눈감고도 펼칠 수 있는 무공이지만 오늘 연마하면 어제 연마한 것과는 또 다른 세계를 보여주었다.

칼을 들고 몸을 움직이는 것만이 수련의 전부가 아니다. 가만히 앉아서 하늘만 쳐다보고 있어도 수련이 된다. 세상을 온전히 보는 것이 수련이다.

그녀는 수련을 즐겼다.

쿵!

느닷없이 벼락이 떨어졌다.

그녀는 너무 놀라서 눈을 번쩍 떴다.

벼락이 치기 전만 해도 그녀의 마음은 호수처럼 맑고 잔잔했다. 너무 평화로워서 잠을 자고 있는 게 아닌가, 꿈속에 있는 게 아닌가 하는 착각이 들 정도였다.

그때, 난데없이 벼락이 떨어졌다.

그녀의 평정은 단숨에 깨졌다. 잔잔하던 수면은 거센 풍랑에 휘말렸다. 맑은 물은 호수 밑바닥에서 솟구친 흙탕물에 범벅이 되어서 희뿌예졌다.

고요함이 사라졌다.

'뭐야!'

그녀는 벼락의 근원을 찾았다.

'아!'

탄성이 무심결에 흘러나왔다.

비록 음성으로 토해내지는 않았지만 느낌이 있는 사람이라면 감지하고도 남을 격동을 남겼다.

그녀의 눈길은 루주에게 향했다.

루주는 운공 중이다. 가부좌를 틀고 앉아서 무상무념(無想無念)에 빠져 있다.

팽가연은 그 모습에서 혼원벽력신공을 봤다.

아니, 루주가 수련한 무공은 혼원벽력신공이 아니다. 그는 검치의 제자인만큼 검치의 무공을 수련했다. 이름이야 무엇이 되었든…… 검초의 형식을 빌어서 그냥 십검을 수련했다고 해도 상관없다.

그의 무공은 혼원벽력신공과 맥을 같이 한다.

같은 공간에서 두 사람이 같은 무공을 수련하자, 진공이 생겼다. 서로가 서로를 자석처럼 끌어당겼다. 어떤 부분에서는 강력하게 밀어내기도 했다.

쾅!

벼락이 터졌다.

내공은 루주가 우세하다. 그래서 그는 고요함을 유지하고 있고, 자신은 풍파를 일으키면서 깨어났다.

'어, 어떻게 이런 일이!'

그녀는 사색이 되어서 루주만 쏘아봤다.

하북팽가 최고의 무공이 타인의 몸에서 펼쳐지고 있지 않은가. 그것도 엊그제까지만 해도 기녀들의 기둥서방이라고 조롱하던 자의 몸에서.

루주는 눈을 떴다. 그리고 맞은편 오 장 떨어진 회랑에서 무릎을 꿇고 앉아 있는 팽가연을 봤다.

그녀는 무릎 앞에 유엽도를 놓고 있었다.

칼집은 없다. 시퍼런 날이 차가운 눈보라를 풀풀 피워낸다.

"한 수…… 봤으면 해요."

"……"

"혼원벽력신공을 봤어요."

"……"

"버림의 무공이죠. 완전히 버려야만 얻을 수 있는 무공이에요. 자신을 완전히 놓고 죽음 직전에 이르기 전에는 그림자조차 밟을 수 없는 공부죠. 죽어봤나요?"

"……"

"그렇군요. 묻는 제가 바보예요."

팽가연의 눈빛에 맑은 광채가 어렸다.

무모한 도전이 아니다. 승부욕도 아니다. 진정한 무도의 탐구, 칼 한 자루의 숨결이 느껴진다.

목숨을 버린다고, 죽음 직전에 이르렀다고 모두가 혼원벽력신공을 깨우치는 것은 아니다. 그런 것 같았으면 하북팽가에는 이 신공을 수련한 사람이 적어도 열 명 이상은 나왔을 게다.

버림의 무공!

모든 것을 온전히 버려야 한다.

무공, 욕망, 목숨…… 완전히 놓아버린다.

놓는 것으로 그쳐서도 안 된다. 그러면 죽기만 한다. 그리고 죽는 것은 깨우침과는 거리가 멀다.

세상을 있는 그대로 지켜보는 과정이 필요하다.

다른 것은 아무것도 필요없다. 그저 있는 그대로, 사물의 성질들을 감정없는 눈으로 지켜보기만 하면 된다.

이 지켜보는 과정이 혼원벽력신공을 만든다.

그녀는 이러한 과정을 통해서 하북팽가의 최고 절정도법을 수련해 냈다. 루주는 이러한 과정을 거쳐서 십검인지, 또 다른 명칭이 있는 공부인지를 수련했다.

두 사람은 같은 과정을 거쳤다.

팽가연은 이런 말들을 한 것이다.

"내가 알고 소저가 아는데 겨뤄볼 필요가 있소?"

"있어요."

팽가연은 즉시 말했다.

"정말 같은 공부인지 알고 싶거든요."

"검!"

루주는 팽가연을 쳐다보며 말했다. 그녀에게 한 말은 아니다. 한쪽 곁에서 담담한 표정으로 아무렇지도 않게 대화를 듣고 있는 주설언에게 한 말이다.

주설언이 일어나서 십검 포대를 가져왔다.

목검 열 개가 꽂혀 있는 검대(劍帶)!

양쪽 어깨에 걸치면 목검 열 자루가 곤두선다.

"일 초 승부가 될 거요. 참고로 나는 사검을 쓸 수 있소. 팽효기와 겨뤘을 때는 이검이 고작이었는데…… 사검을 모두 쓰겠소. 그것이 소저가 바라는 바일 테니."

팽가연도 말했다.

"죽어도 괜찮아요."

스으으으으!

바람도 없는데 먼지가 휘날렸다.

두 사람이 일으키는 기파(氣波)는 공기를 전율시켰다.

팽가연은 루주의 진동을 감지했다. 그가 일으키는 진기의 흐름도 손에 잡힐 듯이 느껴졌다.

안다는 것, 본다는 것, 느낀다는 것…… 이것은 모두 적이다. 실패를 향한 발걸음이다.

'안 돼!'

그녀는 급히 무심으로 돌아섰다.

보이는 것이 없다. 느껴지는 것도 없다. 아무것도…… 없다.

파라라라랑!

기파가 마구 회오리친다.

루주는 일부러 외기(外氣)를 건드리고 있다. 진기순환을 외기진동으로 바꾼다. 목적은 분명하다. 팽가연의 오감을 계속 자극함으로써 무심을 깨려는 게다.

'역시 알고 있어!'

이제는 확실해졌다. 루주는 혼원벽력신공의 요체를 파악하고 있다. 뿐만 아니라 사용도 한다. 그가 일으키는 외기 진동은 바로 혼원벽력신공을 극성으로 일으켰을 때, 자연스럽게 흘러나오는 결과물 중의 하나다.

'지갱미동(止更彌動)…….'

그침이 다시 움직임으로 변한다.

마음을 죽이고자 하면, 그 죽이고자 하는 마음이 다시 일어나 새로운 마음을 만든다.

마음을 죽일 수는 없다. 그것은 불가능하다. 마음을 거칠게 일으키는 것은 가능하다. 이미 일어나 있는 것이기에 더 크게 키우는 것은 누구든지 할 수 있다.

이 키우고 없앤다는 생각조차 말아야 한다.

츠으으으!

진기를 순환시켰다.

다른 것은 일체 보지 않고 진기만 쳐다봤다.

루주가 십검을 쳐낼지도 모른다. 사검까지 사용할 수 있다고 했나? 사검이 동시에 터져 나온다면 어떻게 막을까?

'앗차!'

또 실수다. 살고 죽는 것을 걱정하는 것, 이기고 지는 것을 염려하는 것, 공격하고 방어하는 것을 염두에 두는 것…… 이 모든 것이 혼원벽력신공을 주저앉힌다.

파아아아아아!

의식을 거두어 진기 속으로 들이밀었다.

아무것도 보지 않는다. 진기만 본다. 육신이 떨어져 나가고, 마음이 무엇을 하는지 알지 못한다. 루주가 검을 들고 서 있다는 사실조차도 잊어버린다.

싸움에서 이런 일이 가능한가?

적을 앞에 두고 적을 잊어버린다니…… 죽으려고 작정했는가!

팽가연은 깨끗이 잊었다. 그녀가 보는 것은 오직 진기…… 단전에서 흘러나와 전신을 휘도는 진기…… 독맥과 임맥을 굽이지는 도도한 물결…….

파앗!

느닷없이 어떤 충동이 일어난다.

그녀는 충동을 거부하지 않았다. 앞서 나가지도 않았다. 충동이 이끄는 대로 따라서만 했다.

까앙! 까앙! 깡!

무언가 거대한 울림이 일어났다.

아니, 이것은 유엽도와 목검의 부딪침이다. 그녀는 두 병기의 부딪침을 똑똑히 보았다. 머릿속으로는 아무 생각도 하지 않고 있다. 공격도 방어도 없다. 하지만 몸은 움직인다. 루주의 빠름을 똑같이 따라서 한다.

이것이 혼원벽력신공이다.

정신이나 몸으로 싸우는 것이 아니다.

느낌조차 일어나기 전의 상태, 공격하는 자가 공격하는 마음을 일으키는 동시에 그것을 깨닫고 마주치는 상태, 공격과 방어를 생각하지 않고 자연스럽게 이끌리는 상태.

목검 한 자루가 박살 났다. 유엽도도 깨졌다.

목검이 또 한 자루 박살 났다. 유엽도의 도편(刀片)이 가루가 되어서 날아간다.

세 번째 목검이 부딪쳐 왔다. 그리고 목검이 박살 났다. 쇳가루로 변해 버린 마지막 잔흔까지 모두 날려 버렸다.

쉿!

마지막 네 번째 목검이 그녀의 정수리에 꽂혔다.

그녀가 말했다.

"졌어요."

목검은 정수리에서 한 치 사이를 두고 딱 멎었다.

목검에서 일어난 경기(勁氣)에 머리카락이 가위에 잘린 것처럼 부스스 떨어져 나간다.

루주는 아무 일도 아닌 듯 싱겁게 말했다.

"사검을 쓴다고 했잖아."

검치의 십검은 무적이다.

취취와 홈화도 루주와 싸워본 경험이 있기 때문에 검치의 검공에 경의를 표한다.

그러나 이번 싸움…… 그녀들은 희망을 봤다.

"아씨도 칼 네 자루를 쓰세요."

"팽효기 공자님도 이도를 준비했어요. 루주가 이검을 쓸 때. 참 억척스럽게 수련했는데."

"그래요. 아씨는 될 것 같아요. 솔직히 유엽도가 부서지는 바람에 승부가 갈렸지, 그렇지 않았다면 무승부가 됐을 거예요. 아! 발도술(拔刀術)을 보완해야 하나?"

"그래. 나도 그 생각을 했어. 십검이 십검인 이유는 십검을 일검처럼 쓰기 때문이야. 그러면 아씨도 칼 네 자루를 순식간에 뽑아야 상대가 돼."

팽가연은 이 모든 말들이 귀찮았다.

'그런 식으로 상대할 수 없는 검이야.'

그러나 마음속 말을 입으로 옮기지는 않았다.

취취와 홈화는 희망이 필요하다. 혼원벽력신공은 깨지지 않는 무적의 공부여야 한다. 그래야만 출문의 고통을 잠시라도 망각하고 밝게 웃을 수 있다.

그녀는 루주를 쳐다봤다.

그는 언제 싸웠냐 싶게 주설언과 함께 차를 마시면서 담소를 나누고 있다. 조금 전에 보여주었던 사검의 경기는 어느 구석에서도 찾을 수 없다.

"차이가 너무 나."

그녀는 자신도 모르게 중얼거렸다.

"네? 뭐라고 하셨어요?"

취취가 눈을 동그랗게 뜨고 되물어왔다.

"아니, 아무 소리도 하지 않았어. 칼을 새로 구해야겠는데…… 다녀와 줄래?"

"알았어요. 염려 마세요."

취취가 밝게 웃으면서 신형을 쏘아냈다.

하북팽가의 칼은 두 곳에서 만든다.

팽가촌에서 직접 만들기도 하고, 주삼(周杉)이라는 대장장이에게 의뢰하기도 한다.

팽가연의 칼은 주삼이 만들었다.

아버지가 물려준 보도가 루주의 일검에 박살 난 후, 특별히 부탁해서 아주 강한 칼을 만들었다.

그것도 부서졌다면 주삼은 어떤 표정을 지을까? 너무 놀라서 눈을 부릅뜨는 모습이 눈에 선하다.

팽가연은 그런 모습을 생각하면서 웃었다.

루주의 공부는 혼원벽력신공이 아니다. 성질은 같지만 과정이 다르다. 실제로 터놓고 비교해 보면 진기의 운용방식에서부터 차이가 나기 시작할 게다.

분명한 것은 그의 공부가 혼원벽력신공보다 한 수 위라는 점이다.

평소 자신은 예기(銳氣)를 지니고 산다. 몸에 칼을 지니지 않고, 귀부인이 입는 화복을 입어도 누구든 그녀가 무인임을 단번에 알아낼 것이다.

예기를 지니고 살다가 싸움에 임하면 무기(無氣)로 바뀌는 이상한 공부다.

반면에 루주는 항시 무기(無氣)다.

지금 그의 모습을 보라. 아무런 예기도 느껴지지 않는다.

팽가촌에서 그를 처음 봤다. 마차에 월아를 태우고 와서 치료비를 달라고 떼를 썼다.

그때, 그를 처음 봤는데…… 그를 보는 순간 늑대를 연상했다.

이빨을 곤두세운 늑대!

약한 모습을 보이면 단숨에 달려들어 목을 물어뜯을 맹수!

그래서 일부러 그를 공격했는지도 모른다. 눈빛이 되었든 행동이 되었든 건방지게 도전해 온다는 느낌을 받았다. 그래서 다짜고짜 공격을 취했다.

지금은 그런 사나움이 일체 느껴지지 않는다.

이상한 일이지만…… 쌍겹구악을 칠 때까지만 해도 루주는 늑대의 기질을 드러냈다.

외양은 지극히 뛰어난 미장부다. 몸은 날렵하고, 균형미가 잡혔다. 하지만 눈빛만은 사납다. 아주 강한 기운이 풍긴다. 몸과 기질의 부조화가 드러난다.

그가 다쳐서 운농선생에게 치료를 받을 때도 그랬다.

그런데 지금은 아니다. 정말로 아무런 기운도 느껴지지 않는다. 억지로 찾으려고 하면…… 글쎄? 아픈 여자를 부드럽게 안아줄 것 같은 포근한 느낌?

주설언과 담소를 나누는 모습이 썩 잘 어울린다.

아무런 조건도 단서도 없이 그저 서로를 아껴주는 한 쌍의 원앙새 같다.

그런 느낌밖에 나지 않는다.

일상사에서 전혀 기운을 드러내지 않는다. 그것은 싸움에 임해서도 마찬가지다. 그렇기 때문에, 무기를 지녔기 때문에 유기(有氣)를 마음대로 조정할 수 있다.

기파를 일으키는 것, 진동을 일으키는 것, 목검에 강기를 싣는 것…… 이 모든 것을 손바닥 뒤집는 것처럼 자유자재, 능수능란하게 구사할 수 있다.

차이가 나도 엄청난 차이다.

'이숙을 죽였을 때부터… 그래, 움직이지도 못했지. 그런 상태로 이숙을 상대한다는 것부터…… 그때 무엇인가 기연이 있었던 모양… 운이 좋은 사람…….'

팽가연은 난생처음으로 루주가 부러웠다.

그와 함께 담소를 나누고 있는 주설언이 부러웠다.

3

팽가촌 사람들이 게을러졌다.

낮이 되어도 논과 밭에서 일하는 사람을 볼 수 없다. 밭에 잡초가 무성해도 뽑아주는 사람이 없다. 논이 바짝 타들어가도 물을 대주지 않는다.

그들은 집 밖으로 나오지 않는다.

팽가촌으로 들어서는 사람도 없다.

일부 사람들이 팽가촌으로 향했지만, 대로 한복판에 세워진 석판을 보고는 발길을 돌렸다.

─방문사절(訪問謝絶)

이유도 말하지 않고 다짜고짜 축객령(逐客令)을 선포했다.

하북 사람들은 팽가촌에서 벌어진 일을 알고 있다.

자세히는 몰라도 여러 사람이 죽고 다쳤다는 것은 안다. 팽가주가 가주 직위를 내놓는 대사건도 벌어졌다. 쌍겸구악이 출몰했고…… 어떤 소문에 의하면 사총이 은둔을 깨고 본격적으로 활동을 재개했다는 말까지 들린다.

뒤숭숭한 세월이다.

사람들은 자기들 스스로 팽가촌으로부터 거리를 두었다.

자신조차 지킬 수 없는 사람들에게 폭풍이 일어나는 곳은 위험 대상일 뿐이다.

그렇지 않은 사람들도 있다. 의협심이 가득한 사람들은 방문사절이라는 공고를 무시하고 안으로 들어섰지만, 정중한 거절 부탁을 받고 물러섰다.

"언제든지 내 힘이 필요하면 말만 하게."

"내 비록 몇 푼어치도 안 되는 무공을 지녔네만 어찌 팽가촌에 일력을 보태지 않을 수 있겠나."

"이건 말이 안 돼! 어떻게 이런 일이! 가주님이 왜 물러나신 건가! 그 이유라도 알고 가세."

찾아온 사람들이 떠나면서 남긴 말도 가지각색이었다.

봉문(封門).

그렇다. 팽가촌은 공식 선포는 하지 않았지만 봉문을 한 것이나 진배없다. 들어오는 사람을 제지하고, 나가는 사람도 없으면 그것이 봉문이지 무엇이겠나.

인적이 끊긴 듯한 팽가촌에 따스한 양광만 내리쬐었다.

맴! 맴! 맴! 맴! 매에에에엠!

매미가 요란스럽게 울어댄다.

가만히 앉아만 있어도 등줄기에 땀이 주르륵 흘러내리는 무더위가 연 이레나 지속되고 있다. 거짓말 조금 더 보태서 말하면 계란을 밖에 내놓으면 그대로 익어버릴 지경이다.

이렇게 더운 날, 세상은 의외로 조용하다.

오가는 사람이 없어서이겠지만, 벌레들의 울음소리 이외에는 아무 소리도 들리지 않는다.

스으으으!

뱀이 풀숲을 기어간다.

뱀도 무더위에는 약한 모양이다. 가다가 멈추고, 멈추었다가 가기를 반복한다.

사람이 있다.

무거운 팽가촌 분위기 때문인지 뒷산 깊은 곳에 들어와서 진기를 끌어올리지 않고 초식 수련만 한다.

스으으으!

뱀은 그 옆을 지나쳤다.

또 다른 사람이 있다.

그는 책을 참조하면서 부지런히 몸을 움직인다.

몸과 호흡이 따로 논다. 어떤 때는 호흡이 부족하고, 어떤 때는 너무 남는다. 그러니 불필요하게 땀만 뻘뻘 흘리면서 진도는 좀처럼 나아가지 못한다.

이런 자는 스승이 있어야 한다.

누군가가 옆에서 조금만 조언해 주면 단번에 고칠 수 있는 부분이다. 조금 깊게 지도를 해주면 '진기 운용의 묘'까지 단번에 터득할 수 있다.

이자는 지금 그 부분에서 가장 곤란을 겪고 있다.

어려워하는 부분은 살짝 긁어주기만 해도 화통한다. 이럴 때는 지나가는 말로 한마디만 해도 깨닫는다.

그런데 초심자는 사부에게 묻는 것을 꺼린다.

웬만한 것은 자신이 혼자서 수정할 수 있다, 수련할 수 있다고 생각한다.

그럼 사부가 무슨 필요가 있는가.

몰랐을 때는 묻는 게 최선인데, 그런 간단한 것을 하지 않아서 먼 길을 빙 돌아간다.

뱀은 그자도 지나쳤다.

스으으으…… 스으으으……!

굉장히 느리지만, 가다가 멈추기를 반복하지만 꾸준히 나아간다.

'후후! 고생 많구나.'

가모는 느닷없이 들려온 환청에 전지하던 나무를 싹둑 잘라버리고 말았다. 남겨두고 싶었던 부분인데…… 너무 놀라서 그녀도 모르게 가위질을 하고 말았다.

환청이 귓속을 파고들었다.

'쯧! 세월이 무심하고. 그 아름납년 사람이…… 후후후! 절염색녀도 나이는 어쩔 수 없는 건가.'

싹둑!

또 한 가지가 잘려 나갔다.

이번에는 신경질적으로 가위질을 해서 아예 나무의 상단 부분 전체를 쳐내 버렸다.

아름다운 꽃을 피워내던 꽃나무가 흉물스럽게 변했다.

'소문은 들었다. 자네 아이가 검치의 제자라고?'

가모는 입술을 오물거렸다.

'손대지 마!'

소리 나지 않는 음파가 허공을 뚫고 날아갔다.

'후후! 그거야 임자가 상관할 바가 아니지. 우리가 언제 이런 거 저런 거 상의하던 사이였나? 그러나저러나 자네를 보니 회가 동하는군. 다 잊어버린 줄 알았는데……'

가모는 전지가위를 던져 버렸다. 그리고 걷기 시작했다.

환청이 그녀의 뒤를 좇아왔다.

'침실로 갈 수 없나? 옷 좀 벗어보지. 속살이 보고 싶군.'

'늙은이, 이제 공짜는 없어.'

'언제는 공짜였나? 임자를 위해서 사람을 얼마나 죽였는데. 정말 기도 안 찰 이유로 죽이곤 했지. 흐흐흐! 살인 이유 중에 가장 기가 막힌 게 자넬 끈적거린 눈으로 쳐다봤다는 거였나? 후후! 그런 이유도 있었던 듯하이.'

'어쩌라고?'

'속살 한 번 보자 이거지.'

환청은 줄기차게 따라붙었다.

가모는 회랑을 돌아 마당으로 내려섰다.

처마 밖은 그야말로 뙤약볕이다. 햇살이 무수한 화살이 되어 피부를 찔러댄다.

가모는 인상을 살짝 찌푸린 후, 뙤약볕으로 내려섰다.

벌레가 꼬이기 시작했다.

저들은 자신이 팽가촌에 숨어 있을 것이라고는 생각도 하지 못한다.

팽가촌은 근검절약의 표본이다. 청렴함이 도를 넘어선다. 원로라는 사람이 직접 쟁기를 들고 논에 나가서 일을 해야 하는 아주 특이한 곳이다.

절염색녀가 그런 곳에 있을 리 있나.

한 가지…… 너무 착하게 행동한 것이 그녀에게 성녀라는 올가미를 씌워 버렸다.

이건 예상치 못했던 반응이다.

팽가촌 사람들은 순박하다. 그들을 위해주려니 더욱 순박해야 한다. 팽가촌은 구휼을 근본으로 한다. 그들이 하는 일에 손 벗고 나서다 보니 더욱 성결해 보인다.

천하일색에 마음까지 선녀인 여인, 성녀!

그녀에게 씌워진 올가미는 그녀를 세상 밖으로 내몰았다.

그녀를 모르는 사람조차도 그녀의 얼굴을 보려고 달려든다. 천하일색의 미색을 한 번이라도 구경하면 원이 없다는 사람들이 부지기수로 널려 있다.

참으로 위험하다.

자칫 호색한들을 꼬이게 할 수 있다.

그나마 다행인 점은 그녀가 팽가주의 그늘로 숨었다는 것이다.

그녀라는 꽃을 꺾기 위해서는 팽가주와 일전을 벌여야 한다. 하북팽가를 적으로 돌려야 한다.

꽃이라면 사족을 못 쓰는 자들도 그런 위험은 감수하지 않는다.

그래도 천하일색이라니 얼굴이나 보자고 달려들 수는 있다. 그리고 실제로도 그런 자들이 많다.

그래서 성녀라고 소문이 난 이후에는 팽가촌에만 틀어박혔다. 가급적이면 외부 행사에 나서지 않고, 안살림만 치중했다. 밖으로 나돌아다니는 것조차 삼갈 만큼 답답한 삶이었다.

벌레들이 꼬여도 신경 쓸 건 없다.

만만한 놈은 죽여 버리면 그만이고…… 지금처럼 상대할 수 없는 노마(老魔)가 나타나면 그런대로 또 잘 이용하면 된다. 오히려 이런 자들이 몇 명 정도 꼬이는 것은 그녀도 바라는 바다.

그녀 대신 어떤 일이든 해줄 수 있는 자들이 존재한다는 건 옛날이나 지금이나 즐겁다.

그런 자들 중 한 명이 이숙이다.

그리고 또 한 명…… 이숙보다 훨씬 까다로운 노마가 나타났다.

물론 이놈과 이숙은 다른 경우이다.

칠촌음화는 자신에 앞서서 팽가주에게 접근했다.

그녀를 팽가주의 안사람으로 만들기 위해서 팽가주와 의형제까지 맺었다.

그는 오직 자신만을 위해준 사람이다.

그가 칠촌음화임이 밝혀진 이후, 팽가 사람들의 시선 속에는 싸늘함이 깃들었다.

팽가연이 주둥이를 놀렸고, 그 이야기에 신빙성이 실리는 모양새다.

현재 팽가주는 그 부분에 대한 이야기를 접었다. 팽가오로를 비롯해서 모든 사람의 입을 닫아걸었다.

가모에게는 귀찮은 일을 덜어주는 홀가분한 조처이지만…… 언젠가는 이번 일이 화약이 되어 터지리라.

이미 팽가촌과의 화합은 물 건너갔다.

그러던 차인데…… 노마가 나타났다.

노마의 경우는 이숙과는 많이 다르다. 노마는 사욕이 많다. 몸뚱이 좀 굴려주면 채워질 사욕이지만 끊임없이 요구한다는 데 문제가 있다. 마치 자기 여자나 된 듯이.

앞으로 이런 자들이 수도 없이 나타날 게다.

그녀는 뜨거운 햇살을 온몸으로 받으면서 생각했다.

'한두 놈쯤…… 올 줄은 알았어. 이놈일 줄은 몰랐지만…… 이놈도 괜찮아. 일은 잘하니까.'

툭!

발길에 돌멩이가 채였다.

십족령!

정말 속이 환히 들여다보이는 계략이다. 너무 어설퍼서 웃음까지 치밀어 오른다.

뒷산 지자(智者)들이 살아 있다면 조금 더 효율적인 계략을 짜내주었겠지만, 그들이 없는 지금은 머릿속에서 무엇이라도 짜내야 할 판이다.

그런 고심 끝에 나온 것이 십족령이다.

허허실실(虛虛實實)이라고 했나.

속이 환히 보이는 것을 내세움으로써 아예 이쪽 의도를 까놓는다. 그리고 상대방의 반응을 살핀다.

가모는 혼자가 아니다.

팽가연의 말이 맞는다면 그녀가 진실을 파헤친 것이라면 사총 인물이 접근해 올 게다. 쌍겸구악이나 칠촌음화 같은 인물들이 접근해 올 것이다. 가모는 움직이지 못하는 틀 속에 갇혀 있으니, 밖에서 들어올 수밖에 없다.

이런 간단한 계략에 걸리는 자도 있나?

있다! 그는 슬그머니 들어왔다.

파파팟! 파파파팟!

동서남북(東西南北), 사방으로 기충(氣衝)이 번져갔다. 그리고 정중앙, 가주의 집무실에서 중방(中方)을 맡고 있던 팽가일로가 눈을 번쩍 떴다.

그가 중얼거렸다.

"함정인 줄 알면서도 기어들다니…… 한심한 놈인가, 무모한 놈인가, 아니면 자신있다는 건가."

'임자…… 옛날처럼 한 번에 한 놈. 어떤가?'

환청이 애잔하게 떨렸다.

가모는 끈적끈적한 음성 속에서 늙은이의 욕정을 읽었다. 탁한 눈은 붉게 충혈되었을 게고, 냄새나는 입은 바짝 말라서 타들어가고 있을 게다.

가모는 생각하는 척 고개를 숙이고 서성였다.

뜨거운 햇살은 그녀를 타오르게 만든다. 이런 날이면 그늘진 곳에 있는 것보다 뜨거움을, 강렬함을 전신으로 느끼고 싶다. 그래야 살아 있다는 느낌이 든다.

또 다른 이유도 있다.

회랑에 있다 보면 늙은이의 촉수가 닿는 것 같아서 싫다. 꼭 늙은이의 입김이 뒷덜미에 닿는 느낌이 든다. 노인네의 숨결을 느끼느니 뙤약볕의 뜨거운 열기를 들이마시리라.

'호호! 통천오방진(通天五方陣)을 견뎌낸 후에 다시 이야기하자고, 늙은이.'

가모는 생각만 할 뿐, 말을 섞지 않았다. 다만 입가에 엷은 웃음은 지어 보였다.

늙은이는 웃음을 보았을 게다. 그리고 자신의 뜻을 받아들였다고 생각할 게다. 뜨거움은 더욱 타오를 게고, 한시라도 빨리 옷을 벗지 못해서 안달 날 게다.

그러나 그 모든 것은 통천오방진을 견뎌낸 후의 이야기다.

늙은이가 팽가오로의 합공을 견뎌낸다면 그때는 옛날처럼 한 놈에 한 번이라는 격식을 차려줄 수 있다.

지금쯤 통천오방진은 가동되었을 게다.

팽가오로가 펼친 통천오방진, 그리고 팽가오도가 펼친 통천오방진.

히복팽가에서 가장 강하다는 열 명이 두 개의 진을 들고 나선다. 바로 당신! 늙은이를 잡기 위해서 오고 있다.

하북팽가에 절진이 있다는 사실은 팽가 무인들 이외에는 아는 사람이 거의 없다.

그도 그럴 수밖에 없는 것이, 통천오방진은 팽가촌이라는 정형화된 지형지물 안에서만 펼친다. 집 한 채, 담벼락 하나만 없어도 통천오방진은 펼쳐지지 않는다. 대신 모든 것이 완벽하게 갖춰졌을 때, 통천오방진은 무적에 가까워진다.

가모도 팽가촌에서 살지 않았다면 하북팽가에 도법만 있는 줄 알았을 것이다.

'임자, 먼 길을 온 사람한테 너무 푸대접하는 거 아닌가? 옛정을 생각해서라도 어찌 안 되겠나? 솔직히 임자 생각만 하면 주책없게도 이놈이 벌떡벌떡…… 흐흐! 회춘을 하지 뭔가.'

가모는 일절 대꾸하지 않았다.

소문이 날 대로 나서 모여들 놈들이 많다. 다른 소문은 몰라도 이숙 칠촌음화가 죽었다는 소문은 그야말로 날개를 달고 일파만파 번져갈 게다.

자신의 육체에 중독된 놈들이 있다. 그놈들이 고개를 돌려 쳐다보기에 아주 충분한 소문거리다.

이 늙은이가 한달음에 달려온 것을 봐라.

가모는 빙긋빙긋 웃으면서 걸었다.

'이겨내 봐. 계집 품기가 그리 쉬운 게 아니잖아?

이번에도 속마음뿐…… 하지만 이번 생각은 먼저보다 더 강렬하다. 왜냐? 통천오방진이 가동되었다는 것을 그녀 스스로 느꼈기 때문이다.

스스슷! 스스스슷!

일이 벌어졌다!

팽가촌의 안주인으로서 살아온 세월이 무려 십 년이다. 그러니만치 팽가의 무공을 살펴볼 기회가 많았다.

그런 걸 살피기 위해서 염탐 같은 것을 할 필요도 없었다. 산책하듯이 동네를 한 바퀴 돌기만 하면 관심있는 절기들이 우수수 쏟아져 나왔다.

감옹의 공부인 통천오방진은 관심있게 본 절진 중의 하나다.

하북팽가에 절진이 있다는 말을 들어본 적이 없어서 더욱 관심을 두었다.

감옹…… 기파(氣波)…….

진기가 물결치듯이 너울너울 흘러나와 온 마을을 덮는다.

팽가촌에 환상 속에서 만들어진 검은 묵빛 가루를 뿌린다. 시커멓게 물들인다.

누군가가 묵빛 가루를 밟으면 흔적이 새겨진다.

이것이 기파의 절진이다.

공격이나 방어를 할 수는 없지만, 침입자를 발견하는 데는 최상의 절진이다.

물론 그녀가 아는 것과 실제의 통천오방진은 상당 부분이 다르다.

아무리 그녀라고 해도 하북팽가의 실전 무공에 접근하는 것은 어렵다. 그녀가 알고 있는 것은 곁에서 보고 느낀 것들, 나름대로 짐작한 것들이다.

하지만 거의 틀리지 않는다.

팽가오로가 왔다. 팽가오도도 왔다.

스스스……. 스스스스……!

움직임이 감지된다. 좁혀오는 포위망이 느껴진다. 열 사람의 체취까지 맡아지는 듯하다. 한데,

'임자, 고운 목소리로 한마디라도 해주구려. 그래도 임자가 보고 싶어서 한달음에 달려왔는데.'

환청은 아무것도 모르고 애달픈 소리만 해댔다.

'헛!'

사정사정하던 환청 속에 느닷없이 경악성이 섞였다.

'바보!'

그녀는 웃고 싶었다. 이렇게 늦게…… 그가 통천오방진의 존재를 알아차렸지만 이미 늦었다. 완벽하게 포위된 상태가 아니던가. 이런 상태에서는 빠져나가지 못한다.

늙은이는 어떠한 순간에도 팽가촌에 절진이 있다고는 믿지 않을 것이다. 그러니 진이 가동되었다는 건 꿈도 꾸지 않을 것이고…… 기껏 생각한다는 것이 자기가 무엇인가 실수를 해서 발각되었다는 정도로 생각할 게다.

가모는 처마 밑을 쳐다봤다.

그곳에 잔뜩 웅크린 듯한 물체가 보였다.

아주 작고 동그래서 마치 말벌집이 아닌가 의심될 정도다.

스웃!

작은 물체는 용광로에 던져진 고드름처럼 흔적도 없이 녹아버렸다.

가모는 그제야 뙤약볕에서 벗어나 회랑으로 발길을 옮겼다.

즐겁다. 오랜만에 눈요기를 할 수 있으니 기쁘다.

'어디…… 얼마나 견디나 볼까?'

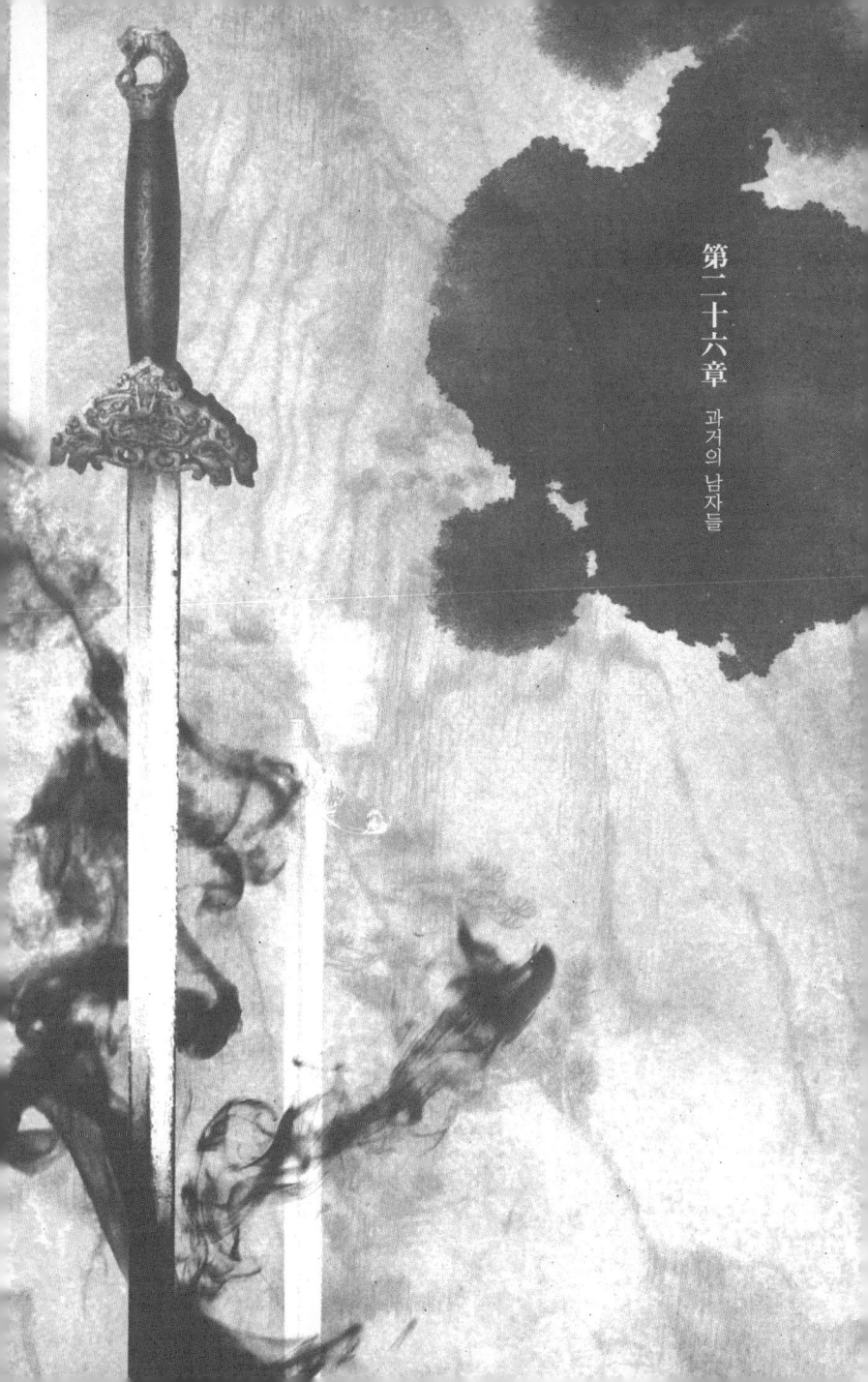

第二十六章 과거의 남자들

1

봉전오방진은 기감(氣感)의 결정체다.

근본 구성은 혼원벽력신공의 요체를 따르고, 세부 행동 방식은 철혈적성도의 묘리에 준한다.

중앙과 동서남북, 사방이 기감으로 연결된다. 그들은 멀리서부터 빙빙 원을 돌면서 안으로 좁혀온다. 정중앙에 있는 사람이 네 개의 팔을 쭉 뻗고 빙빙 도는 것과 같은 이치다.

팽가촌은 탁 트인 공간이 아니다. 집과 집들이 연결되어 있다. 담장에서 집으로, 그리고 골목으로…… 가축을 기르는 우리도 있고, 두엄을 썩히는 짚단도 있다.

밖에서 안으로 좁혀온다고 해도 이 모든 곳을 소사하지는 못한다.

그래서 익숙한 지형이 필요한 것이다.

이 부분에서 자신만의 그림을 그리고, 틀린 부분을 찾아내는 철혈적성도의 묘리가 동원된다.

물론 어떠한 경우에도 중앙에 있는 일로와의 기감 연결은 끊이지 않는다.

사방과 사방은 일로와 연결된다.

이상 유무는 즉시 발견된다.

눈으로 식별하는 것이 아니라 기감으로 익숙한 사물을 살피는 것이기에 실패한 적이 없다.

"도둑질할 물건도 없는데, 뭐 하러 숨어드셨소?"

삼로가 처마 밑을 내려다보며 말했다.

그곳에는 아무도 없었다. 하다못해 참새 한 마리 앉아 있지 않았다. 하지만 삼로는 처마 밑을 쳐다봤다.

촤아아아!

기감이 쏟아져 나간다. 처마 밑을 훑는다. 예전과 다른 느낌, 다른 기운이 전달된다. 눈에 보이는 것은 아무것도 없지만 무엇인가가 틀림없이 있다.

"삼숙(三叔), 말로 해서는 안 되는가 봅니다."

삼로 곁에 오 인이 내려섰다.

그들의 기도는 삼숙에 비해도 뒤지지 않는다. 청년들이지만 노인의 능숙함까지 풍긴다.

실전 경험이 풍부한 자들이다.

"그런가 보구나."

"그럼 그래서는 안 된다는 걸 가르쳐 줘야죠."

쒜엑!

삼로 곁에 서 있던 사내가 쾌속하게 신형을 쏘아냈다.

촤라라라랑!

유엽도가 튀어나오면서 처마 밑을 훑었다.

막무가내로 사방을 확인하는 것이 아니라 정확하게 한 지점을 쓸어간다.

"훗!"

처마 밑에서 짧은 경악성이 터졌다. 그리고 키 작고 허리가 구부러진…… 정말로 볼품없는 노인이 모습을 드러냈다. 오척단구, 염소수염, 실처럼 가는 눈… 볼품없는 모습이나 두 눈에서 쏟아지는 안광만은 매섭다.

"하하하! 쥐새끼!"

"허! 내 늘그막에 쥐새끼 소리도 듣고."

노인이 기막히다는 표정을 지었다.

솜털도 가시지 않은 애송이가 너무 심한 말을 한다는 투? 아니다. 넌 마음대로 지껄여라. 상관치 않겠다? 후자 쪽이 맞다. 그가 말을 한 것은 시간을 끌자는 시간연장책이다.

데구루루!

눈동자가 사방을 훑는다.

빠져나갈 구멍! 급히 몸을 빼낼 수 있는 곳!

유엽도를 든 사내는 노인의 심중을 헤아린 듯 키득거리며 웃었다.

"큭큭! 역시 쥐새끼. 눈동자 굴리지 마라. 추악하다."

"허! 정말, 어린놈이 안하무인이군. 내 네놈 버르장머리를 단단히 고쳐놓아야지 그렇지 않으면……."

데룩! 데룩!

노인의 눈동자가 더욱 빨리 움직였다.

빠져나갈 곳을 찾아야 하는데, 아무리 둘러봐도 구멍이 없다.

전면은 삼로라는 자와 다섯 명의 청년 고수로 꽉 막혔다. 저 틈은 아무리 무공이 고강해도 빠져나가지 못한다. 하물며 저들 중에서 자신보다 약한 자는 없어 보인다.

'좋지 않아!'

일월륜마는 안색을 일그러트렸다.

뒤쪽에 늘어선 자들도 만만치 않다.

뒤의 네 늙은이는 팽가오로가 분명하다. 하북팽가에서 가장 강하다는 다섯 늙은이가 한자리에 모였다. 그러면 이 젊은 다섯 놈은 누구……?

'팽가의 후기지수라는 팽가오도. 제길!'

팽가촌을 너무 쉽게 봤다.

바깥 경계가 허술해서 쉽게 들락거릴 수 있는 곳으로 착각했다. 아니, 며칠 전까지만 해도 팽가촌은 그런 곳이었다. 특별하게 경계를 하거나 그러지는 않았다.

어떻게 침입하자마자 발각되었을까?

팽가촌 전체가 거미줄 같은 촉수라도 펼쳐놓은 것일까?

발각되지 않을 자신이 있기에 침입한 것이다. 이렇게 빨리 발각될 줄 알았다면 진작 물러났다. 한 걸음, 한 걸음 세밀히 타진하면서 들어섰는데 어떻게 발각되었을까?

발각된 이상은 견디기 힘들다.

"쥐새끼, 말로만 중얼거리지 말고 무공이나 보자."

그를 덮쳤던 사내가 유엽도를 또 한 자루 꺼내 들어 하늘로 추켜올렸다.

천지쌍격(天地雙擊)!

한 칼은 땅, 곤(坤)을 가리킨다. 또 한 칼은 하늘, 건(乾)을 찌른다.

촤앙!

두 칼이 순식간에 회전을 일으키며 눈에 보이지 않을 속도로 돌아간다.

"천지연환탈백도!"

노인이 도법을 알아보고 고함쳤다.

"하하하! 견문은 됐고, 무공이나 보자니까!"

쉐에엑!

사내의 쌍검이 미친 수레바퀴가 되어 굴러간다. 노인을 뭉개 버릴 기세로 덮쳐 간다.

"완벽하군."

노인이 혼잣말처럼 중얼거리면서 뒤로 물러섰다. 그러면서 허리춤을 더듬어 병기를 뽑아 들었다.

촤앙!

오른손에 일륜(日輪), 왼손에 월륜(月輪).

"일월륜마(日月輪魔)."

삼로가 중얼거렸다.

공격하던 사내가 삼로의 말을 듣고 되물었다.

"이자가 일월륜마입니까?"

"그래 보이는구나. 무림에서 일월륜을 쓰는 자는 흔치 않으니."

두 사람이 말을 주고받는 동안에도 공격은 멈추지 않았다. 그가 펼쳐 낸 천지연환탈백도는 그야말로 혼을 빼앗아 갈 듯 맹렬하게 회전하며 몰아쳐 갔다.

"하하하! 역시 쥐새끼였어. 어디! 일월만천공(日月滿天功)의 정수를 볼까! 하하하!"

젊은 사내는 일월륜마에 대해서 들은 바가 있는 모양이다.

한때는 세상이 비좁다고 거칠게 활보했던 마인.

한 쌍의 일월륜으로 펼치는 일월만천공은 하늘에 뜬 해와 달처럼 세상을 짓누른다. 양공(陽功)과 음공(陰功)의 조화를 이루면 아름다운 혈화가 피어난다.

그에 대해서 소문난 것치고 약한 것은 없다.

하지만 사내는 전혀 기죽지 않았다. 오히려 쌍도에 더욱 굳센 진기를 투입하여 결정적인 초식으로 이끌었다.

노인은 물러설 수 없다고 판단했다. 천지쌍격은 시작이다. 회오리, 용권풍의 태동을 알리는 단초다. 여기에 휘말리면 탈백(奪魄), 정말로 혼이 날아간다.

그는 일륜과 월륜을 동시에 쏘아냈다.

쒜에엑!

일월만천공의 정화가 피어났다.

일륜은 하늘로 솟구쳐 서른두 조각으로 나눠졌다. 태양처럼 환한 빛을 뿜어내면서 빛살처럼 내리꽂쳤다. 팽팽 돌아가는 서른두 개의 톱니바퀴가 삼십육방을 에워싸며 달려든다.

월륜은 수평으로 뻗어나갔다.

월륜의 변화는 일륜과 사뭇 달랐다.

월륜은 분각(分角) 대신 강기(罡氣)를 더했다. 일월륜마의 손에서 떠날 때는 손바닥만 했던 것이 일 장을 날아가는 동안에 쟁반 크기로 변했다. 그리고 또 일 장…… 솥뚜껑만 한 크기, 걸려들기만 하면 무엇이든지 잘라 버릴 것 같은 대형 회전톱니로 변했다.

"좋군!"

사내는 짤막하게 말했다.

까앙! 까앙! 까아앙!

쌍도와 일월륜이 정면에서 격돌했다.

천도는 분각된 일륜들을 정확하게 격타해 냈다. 지도는 내력이 함축된 월륜을 두 조각으로 쫙 쪼개냈다.

까까까각!

일월륜이 기괴한 기음을 쏟아내며 부서져 나갔다.

내공의 치이가 니무 뚜렷하게 난다. 일월륜마의 내공은 사내의 내공보다 절반에도 못 미친다. 그렇지 않고는 이토록 싱겁게 승부가 날 리 없다.

아니다. 내공이라면 일월륜마도 만만치 않다. 최소 육십 년 적공(積功)이 아니던가. 일갑자(一甲子)의 내공이 쏟아진다면 그보다는 사내가 당했을 공산이 크다.

그렇다. 일월륜마는 일월륜을 내던졌다. 다시 거둬들일 생각을 하지 않고 냅다 집어 던졌다.

팽가 무인을 이긴다고, 그를 죽인다고 해서 무사한 것은 아니다. 지금 당장 중요한 것은 탈출하는 것이다. 싸움에서 이기는 것은 지는 것보다는 낫겠지만 탈출에는 거의 도움이 되지 않는다.

천지연환탈백도를 비켜낼 정도, 딱 그 정도의 내공만 함축시킨 후에 던져냈다. 그리고 전력을 다해서 도주를 시작했다. 마침 도주할 만한 공간도 눈에 띄었고.

쒜엑!

그는 일로와 이로 사이를 뚫었다.

두 사람의 간격은 유난히 넓다.

두 사람이 뒷짐을 진 채 느긋하게 서 있는 모습도 마음에 든다.

물론 저런 모습들도 전부 자신감에서 나온다. 그만한 실력이 바탕이 되니 틈을 벌려놓은 것이다. 결코 방심이 아니다. 설혹 방심이라고 해도 방심으로 생각해서는 안 된다.

그는 이번 도주에 전심전력을 모두 쏟았다.

그의 신형은 빗살로 변했다. 눈에 보이지 않을 속도로 쏘아져 나갔다. 그리고 누구도 예상치 못했던 순간에 벌인 일이다.

슈욱! 촤아악!

그의 앞을 두 청년이 막아섰다.

한 명은 오호단문도, 또 한 명은 왕자사도를 전개한다.

한 자루의 칼이 하늘에서 떨어져 땅을 스친 후, 다시 올라간다. 커다랗게 반원을 그린다. 또 한 자루의 칼은 전신을 노린다. 왕(王) 자(字), 총 사 획에 죽음의 절기가 담겨 있다. 눈앞에서 왕 자의 절기가 펼쳐진다.

'빌어먹을!'

노인은 탄식했다.

이놈들은 각 개인의 무공만 뛰어난 게 아니다. 오인합격술(五人合擊術)에도 능하다. 다섯 명이 각기 다른 도법으로 공격해 오는데, 서로가 서로의 빈틈을 메워준다.

픽!

노인은 달리던 모습 그대도 펑! 사라졌다.

흔적도 없이…… 달리고 있는 잔영(殘影)이 어른거리는 듯한데…… 실체는 없다. 그때,

"유부신법(幽府身法)!"

이로가 나직이 중얼거리며 도집으로 둔탁한 울림을 만들어 냈다.

퍼억!

칼도 뽑지 않고 도집으로…… 도주하는 일월륜마의 허리를 가격하여 꼬꾸라트렸다.

일월륜마는 착각한 것이 있다.

십여 명이 주위를 에워쌌을 때, 그들은 개인이 아니었다. 열 명 모두 하나로 연결된 기감의 결정체였다. 한 명이 열 명으로, 열 명이 한 명으로 느낌을 몰아줄 수 있다.

기감이 거미줄처럼 촘촘히 연결되어 있기에 어떠한 움직임도 포착된다.

그는 그 점을 몰랐다.

"어떻게……?"

허리를 가격당한 일월륜마는 땅에 꼬꾸라진 후에도 믿지 못하겠다는 눈길로 이로를 쳐다봤다.

유부신법이 무림에 선을 보인 이후, 지금처럼 간단하게 깨어진 적은 없다. 그 어떤 초강자도 눈에 보이지 않는 자를 잡을 수는 없지 않은가.

한 번, 두 번, 세 번!

딱 세 번의 호흡 동안은 완전한 유령인간이 될 수 있는 게 유부신법이다.

역시 통천오방진…… 이것이 아니었다면 일월륜마를 잡기가 간단치 않았을 것이다. 지금 이 순간에도 일월륜마는 자신이 어떻게 잡혔는지 이유를 알지 못하겠지만.

"끌고 가. 쯧! 온갖 잡놈들이 다 모여들 것 같군. 어쩌다가 이 지경이 되었는지."

일로가 혀를 끌끌 찼다.

'역시!'

팽가촌에서 통천오방진은 무적이다.

다른 곳에서는 어떨지 모르지만 이곳에서만큼은 오방진을 뚫을 수 없다.

일월륜마는 저토록 허술하게 당할 사람이 아니다. 그의 은형신술(隱形身術)은 '꼬리가 아홉 개 달린 여우'라고 불린다.

내공도 강하다. 일월륜으로 펼치는 초식은 신랄하다 못해서 독랄하기까지 하다. 일월륜에 맞은 사람은 육신이 걸레처럼 찢겨 나간다. 그것만 봐도 그의 잔혹성을 알 수 있다.

그런데도 너무 간단하게 잡혔다.

그가 살길을 모색했기 때문이다.

처음부터 전력을 다했다면 팽가오도 중 한 명은 잡을 수 있었다. 그는 일월륜마를 얕보고 있었으니까. 천지연환탈백도라면 이 정도의 노마는 쉽게 잡을 것이라고 생각했으니까.

그보다 일월륜마가 확실히 한 수 위다.

그는 팽가오도가 아니라 팽가오로와 견줄 수 있는 고인이다. 비록 마인이고, 냄새나는 늙은이일망정 일가를 이룬 무공만은 인정해 줘야 하는 거마다.

그런 거마가 약간의 판단 착오를 일으켰다.

그가 통천오방진의 존재를 알았다면 상황은 달라진다.

그는 처음부터 전력을 다했을 게다. 열 명의 팽가 고수 중에서 적어도 두세 명은 크게 나쳤을 것이다. 그리고 그도 사로잡히는 추태 대신에 장렬한 죽음을 맞이했을 게다.

팽가 고수들 중에 그를 죽일 수 있는 사람은 있어도 사로잡을 수 있는 사람은 없다.

통천오방진!

치밀하게 짜인 기의 그물 앞에서는 잔재주가 통하지 않는다. 유부신법도, 은형신술도…… 모두 깨진다. 유일한 탈출 방법은 패력(覇力)으로 강력하게 뚫고 나가는 것뿐이다.

아쉽지만…… 그래도 괜찮다.

'어차피 저 늙은이는 마음에 들지 않았으니까.'

가모는 엷은 웃음을 흘리며 말했다.

"효문."

"…네."

"저자. 죽여."

"가모님!"

"죽이고 와."

"꼭 그래야 합니까?"

"저자…… 나에 대해서 너무 잘 알아. 어차피 모두가 알고 있는 일이겠지만…… 절염색녀…… 호호호! 효문, 너도 나에 대해서 많은 소리를 들었지?"

"좋은 소리만 들었습니다."

"고마워. 그렇게 말해주니."

"……."

"나에 대해서 말하는 거 싫어."

결국은 죽이고 오라는 소리다.

세상에 비밀은 없다. 많은 것이 이미 알려졌다.

가모의 사주를 받은 팽효뢰가 지하 밀실로 스며들었던 사실도 알려졌다. 그런데 그런 일을 이번에는 자신에게 시킨다. 자신 역시 소모품에 불과했던 것인가.

"알겠습니다."

가모를 지척에서 모셔왔던 팽효문, 그는 가모의 말을 거역하지 못했다. 이성으로는 거절해야 한다고 생각하지만, 몸이 벌써 부응하고 나섰다.

가모를…… 아는 게 아니었다.

2

일월룬마, 침입(侵入).

제일보(第一報)는 그리 놀랍지 않았다.

외인의 침입 같은 것은 생각해 본 적이 없는 하북팽가이지만 다른 자가 침입하지 말란 법은 없다.

어쩌다가 마인이 침입했고, 잡혔다.

일월룬마, 자살(自殺).

제이보(第二報)가 심상치 않다.

멀쩡하게 잡혀 있던 자가 느닷없이 자살했다는 것이다.

마인이 사로잡혔다는 이유로 자살을 해? 고문도 하지 않았는데 괜히 죽어?

누가 봐도 의심스럽기 짝이 없는 일이 벌어졌다.

"이제는 개나 소나 마음만 먹으면 들락거리는 곳이 되었네."

흠화가 밀마를 보면서 못마땅한 투로 말했다.

팽효기가 전달해 준 밀마는 팽가촌의 추락한 모습을 보여주는 것 같아서 씁쓸했다.

"루주는?"

팽가연은 아까부터 사방을 두리번거렸다.

언제나 눈길이 닿는 곳에 루주가 있었는데, 오늘은 없다. 특별히 갈 곳도 없는데, 없다.

"글쎄요? 아까부터 보이지 않던데……."

취취가 말끝을 흐렸다.

그날, 그러니까 루주와 일장격돌을 벌인 그날 이후로, 팽가연은 유독 루주에게 신경을 쏟는다.

주설언과 루주가 다정하게 식사하는 모습을 멍하니 쳐다본다.

운공 중인 루주를 쳐다보다가 갑자기 옅은 한숨을 쉬기도 한다.

말을 해도 대꾸가 없어서 고개를 들어 쳐다보면 엉뚱한 곳을 쳐다보고 있는 경우가 많다. 그리고 그 눈길을 따라가 보면 그 끝에는 언제나 루주가 존재했다.

루주를 지켜보는 날이 많다.

싸움에서 졌기 때문에?

호승심(好勝心)은 절대 아니다. 그날 이후로, 무공을 제대로 수련한 적도 없다. 왜 무공 수련을 하지 않느냐고 물으면, 혼원벽력신공은 마음의 무공이라는 말만 한다.

마음이든 손가락이든 움직여야 발전하는 거 아닌가.

그런 눈길쯤은 무신경하게 흘려 넘길 수 있다.

정작 신경 거슬리는 것은 힘이 빠져 버린 눈동자다.

생기를 잃어버린 눈동자에 고독이 쌓인다. 외롭고 쓸쓸한 기운이 넘친다.

아주 좋지 않은 징조다.

지금만 해도 그렇다. 팽가촌에 마인이 침입했다. 의문사로 여겨지는 죽음을 당했다. 내부 공범이 의심되는 상황이지 않은가. 가모의 수족이 묶인 상태에서 벌어진 일이니 제삼자가 있다는 결론이다. 이처럼 중대한 일이 벌어졌는데 겨우 하는 말이 루주가 어디 있냐는 물음이다.

어떤 때 보면 출문한 이유조차 잊어버린 게 아닌가 하는 의문이 들 때도 있다.

그만큼 팽가연은 위태로워 보인다.

"쥐쥐, 저 여자와 친해봐."

그녀가 주설언을 턱으로 가리켰다.

"저 여자하고요? 왜요?"

"도대체 루주가 기다리는 게 뭔지 그것 좀 알아봐. 언제까지 이렇게 손 놓고 기다릴 수는 없잖아."

"아! 예. 그거라면 걱정 마세요. 제가 무슨 수를 써서든 꼭 알아내고 말게요."

취취가 환히 웃으면서 말했다.

괜한 걱정을 했나? 아씨의 마음속에는 오직 하북팽가에 대한 염려뿐인 것을.

그 시간, 루주는 홍독사와 마주 앉았다.

"저… 이런 말씀 드리기는 그렇지만…… 혹 뒤를 밟히신 건 아닌지……."

"걱정 마."

"아! 물론 걱정은 안 합니다만 혹시나 해서. 세상에 불여튼 튼이라는 말도 있잖습니까. 하하! 거 십간조도 그렇고 백인대도 그렇고 이름만 들어도 소름이 쫙 끼치는 놈들이라. 하하!"

홍독사가 머리를 긁적이며 말했다.

루주는 술잔을 들어 단숨에 마셨다.

오늘은 아무래도 술 좀 취해야 할 것 같다. 아니, 조금 취하는 정도가 아니라 많이 취해야 할 것 같다. 너무 많이 취해서 이성을 잃어버리면 조금 나을 것 같다.

탁!

루주가 술잔을 거칠게 내려놓으며 말했다.

"시간 없어. 읊어."

"헤헤! 그럼…… 예, 그러니까 일월륜마가 들어온 것은 아실

테고…… 팔부중신(八部衆神), 만초광마(萬草狂魔)…… 이런 놈들은 마도 쪽 놈들이고요. 여의환승(如意歡僧), 일수낙의(一手諾意), 미염공자(美髥公子). 이쪽은 아시다시피 그런 놈들이고."

홍독사가 사마요(邪魔妖)의 인물들을 차례로 열거해 나갔다.

루주는 무려 이십여 명에 가까운 명호를 들었다.

사악한 놈, 마두, 인간쓰레기, 잡종…… 온갖 인간 벌레들의 명호가 거론되었다.

홍독사의 입에서 명호가 거론될 때마다 루주는 술을 들이켰다.

이들 모두 어미를 안다. 보통으로 아는 사이가 아니라 아주 깊은 관계다. 노골적으로 말하면 부부사이라고 우겨대도 할 말이 없을 정도로 삶을 공유했던 자들이다.

그들이 어미의 소식을 듣고 하북으로 몰려왔다.

그러고 보면 어미도 참 대단한 여인이지 않은가.

어느 사내에게나 지나간 여인 한두 명쯤 있다. 좋은 추억이기도 하지만 나쁜 추억일 때도 있다. 그게 어떤 경우이든 마음속에 묻어놓고 뒤돌아보지 않는다.

지나간 여인을 회상하느니 현재의 여인에게 충실한 게 낫다.

그럼에도 불구하고 이십여 명에 이르는 사내들이 만사 제쳐놓고 하북으로 몰려왔다.

활동 기반도 있을 터이고, 가정도 꾸렸을 것이고, 어떤 자는 일파의 지존이 된 자도 있지만 모든 걸 버리고 하북팽가의 원수가 될지도 모를 자리를 찾아왔다.

그들 모두 죽음을 무릅쓰고 온 것이다.

정말 대단하다. 어떤 여인이 사내들로 하여금 이런 행동을 하게 만들 수 있단 말인가.

한 잔, 두 잔, 석 잔…… 술이 거듭되면서 루주의 얼굴도 붉게 물들어갔다.

그들이 절염색녀의 존재를 확신하고 하북으로 몰려든 데는 홍독사의 역할도 컸다. 아니, 홍독사의 역할이라기보다는 하오문(下午門)의 입김이 크게 작용했다.

하북 하오문은 천요루주의 덕을 많이 보았다.

천요루라는 기루가 하북의 명소가 되었을 때, 수많은 은자를 가마니로 쓸어 모을 때, 루주는 하오문의 부탁을 한 번도 거절하지 않았다. 언제나 그들이 필요하다는 금액을 선뜻 내놓았다.

하지만 이번에 하오문이 그를 도와준 것은 그가 과거에 많은 은자를 내놓았기 때문이 아니다.

루주는 기녀를 아꼈다.

기녀를 돈벌이의 수단으로 쓰지 않고 진실로 아꼈다. 술판에 굴리면 당장 돈이 된다는 것을 알면서도 감기 몸살 같은 자잘한 병만 걸려도 쉬게 했다.

기녀들의 여건이 조금 좋아진 것에 불과할까?

세상 사람들은 모르는 일이지만…… 천요루 기녀들 중 적지 않은 기녀가 기적에서 이름을 뺐다.

천요루주가 도와주지 않았다면 그들의 새 삶은 요원했을 것이다.

하오문은 이런 루주의 노력을 가상하게 여겨서 특별히 이번 일에 발 벗고 나서주었다.

과거 중원을 떨쳐 울리던 요녀 중의 요녀, 절염색녀가 어찌된 연유인지 팽가촌 가모가 되어 있다.

이런 소문이 은근히 기루에서 기루로 번져갔다.

많은 사람이 알 필요는 없다. 무림에 소문을 낼 필요도 없다. 기녀들이 귓속말만 하면 된다. 그러면 기녀들과 불가분의 관계에 있는 이런 자들의 귀에도 들어간다.

하북에 이상한 자들이 들이닥치기 시작한 것은 사총 때문이 아니다. 쌍겸구악 때문도 아니다. 팽가주가 가주직을 던져 버린 것은 아무런 영향도 미치지 못한다.

루주가 말했다.

"놈들은 지금 어디에 있어?"

"그놈들의 소재야 환히 파악하고 있지만… 헤헤! 한 가지만 물어봅시다. 도대체 이런 일을 벌인 까닭이 뭡니까? 팽가촌을 골탕 먹이는 수법치고는 치졸하고……."

"홍독사."

"……."

홍독사가 입을 꾹 닫았다.

루주의 눈꼬리가 위로 떠지기 시작했다. 루주가 성질을 내고 있다는 증거다.

　"그럼 한 가지만 확실히 짚고…… 정말 이번 일을 마지막으로 저희와는 인연을 끊는 건지……."

　"천요루에 발길도 들여놓지 않겠다."

　"헤헤! 그러시다면."

　홍독사가 서랍을 열고 종이 두루마리를 꺼냈다.

　"여기 놈들의 소재가 다 적혀 있습죠. 오늘 아침 상황까지는 소상히 적어놨는데."

　"홍독사, 고맙다."

　루주는 종이 두루마리를 들고 일어섰다.

　"그럼 이제 저희와는……."

　"돌아가는 대로 후원을 비워주지. 십간조도 백인대도 너흴 건드리는 일은 없을 거야. 그리고…… 도와줘서 정말 고맙다. 빈말이 아니라 진심이야."

　"헤헤! 나도 뭐 얻은 게 많으니까."

　홍독사가 누런 이를 드러내며 씩 웃었다.

　어미가 팽가촌에 잠입해 있는 이유!

　루주는 그 이유를 알지 못했다.

　현재 어미의 입지는 굉장히 이상해졌다. 팽가촌에서 지금도 그녀를 성녀라고 보는 사람은 없다. 대신, 사총과의 연관성에 의심의 눈초리를 보내는 사람들이 많아졌다.

그녀는 신체적으로 또 정신적으로 연금 상태다.

그런데도 탈출을 시도하지 않는다.

팽가주와의 인연을 당장 끊고 빠져나오거나 외인과 연통을 시도할 줄 알았는데…… 어미는 아무 행동도 하지 않는다. 마치 팽가촌을 벗어나서는 살길이 없다는 듯 붙박였다.

팽가촌에 미련이 남았을 리는 없다. 팽가주를 진심으로 사랑한 것도 아니다.

여기서 한 가지 생각해 볼 것이 있다.

칠촌음화는 가모의 명령을 거역하고 루주를 죽이려고 했다.

가모는 검치의 무공을 원한다. 십검을 원한다. 천하제일 검공의 구결을 원한다.

칠촌음화는 그런 구결보다도 가모가 팽가촌에 머물러 있는 이유가 더 크다고 봤다. 그래서 망설임없이 그에게 비도를 날릴 수 있었던 것이다.

물론 그런 행동을 하면 반드시 대가를 치러야 한다.

루주를 죽였으면 어찌 되었을까?

그는 어미로부터 버림받는다. 절염색녀의 육신을 안을 수 없다. 손목조차도 잡을 수 없다. 절염색녀에게 중독된 사내가 색(色)에 대해서 버림받는다.

모르긴 해도 지옥보다도 못한 삶이 될 게다.

그것은 소문만 듣고도 하북 땅으로 몰려든 이십여 명의 거마효웅들만 봐도 짐작할 수 있다.

칠촌음화는 그런 버림까지도 감수하면서 어미의 명령을 어졌다.

도대체 팽가촌에 어미가 노릴 만한 것이 무엇인가. 어떤 보물이 있는 것인가.

하북팽가의 무공은 아니다.

혼원벽력신공이 가공하지만, 어미의 무공 또한 절정에 이른 자가 거의 없을 정도로 지고하다. 자신에게 뛰어난 절공이 있는데, 그걸 완성하지 않고 남의 무공을 탐낸다는 건…… 이런 미련한 행동은 바보도 하지 않는다.

보물은 더욱 없다.

하북팽가는 보물을 수집하지 않는다.

금붙이 같은 것은 신경도 쓰지 않고, 보옥이나 패물도 필요 없는 신외지물(身外之物)로 여긴다.

하북팽가에서 보물 중의 보물이라는 게 팽가연이 지녔던 보도 정도다. 그것도 먼저 싸움에서 산산조각났지만.

아무리 생각해도 어미를 유혹할 만한 무엇이 없다.

그렇다면…… 사총이다.

실제로 사총의 인물들이 어미를 도왔다. 쌍겸구악은 사총의 충실한 개다. 다른 것은 몰라도 그 부분만은 의심의 여지가 없다. 사총을 위해서는 기꺼이 죽음도 감수한다.

그런 사람들이 어미를 도운 이유가 무엇 때문이겠나.

어미가 하는 일이 사총에도 도움이 된다는 뜻이다. 즉, 사총을 은둔에서 깨어나게 만드는 아주 강력한 무엇인가가 팽가촌에 있다. 그리고 그 열쇠는…… 팽가주가 쥐고 있다.

어미는 임신을 했었다.

그 나이에…… 그 늦은 나이에…… 몸매를 생명보다 더 아끼는 어미가 아이를 갖는 수고도 아끼지 않았다.

팽가주의 마음을 틀어쥐려고 한 것이다.

열쇠는 팽가주에게 있다.

어미가 노리는 것이 무엇인지 모르지만, 그것이 팽가주에게 있다. 팽가주의 마음에 달려 있다. 가주가 어떤 장소를 알고 있을지도 모르고, 어떤 영약을 알고 있을지도 모르고, 어떤 병기를 알고 있을지도 모른다.

어쨌든 가주는 무엇인가를 알고 있다.

가지고 있는 것이 아니다. 그런 것이라면 벌써 어미의 손에 쥐어졌다. 알고 있는 것, 머릿속에 들어 있는 것, 그러면서도 함부로 발설할 수 없는 것이다.

그럼 어미를 더욱더 자극해야 한다. 지금 당장 움직이지 않고는 견딜 수 없도록 몰아붙여야 한다. 팽가주가 십족령으로 어미의 발을 붙잡고 있으니, 발밑에 끓는 물을 붓기만 하면 된다.

그것이 어미의 옛 사내들이다.

이제 어미는 선택해야 한다.

지금처럼 죽어서도 팽가촌의 귀신이 되겠다는 식의 눈물 섞인 가식은 통하지 않는다.

절염색녀의 본색이 드러나기 전에 행동해야 할 게다.

팽가촌이 바보가 아닌 이상 이미 가모의 정체를 알고 있다고 보는 편이 낫겠지만.

어쨌든 이제 알면서도 모른 척하는 상황은 통하지 않게 되었다. 수많은 사내들이 달려들면서 절염색녀를 찾고 있으니 어떻게든 반응을 해야 할 게다.

'사총과 연관된 일이라면…… 아주 위험한 도박을 한 셈. 도대체 어쩌시려고…… 어떻게 사시려고 이렇게 끊임없이 일을 벌이시는 건지. 차라리 팽가주를 사랑해서 떠날 수밖에 없었다고 하면 좋았을 것을. 그랬다면 이해했을 텐데.'

루주는 술기운이 올라오는 것을 느끼면서 휘적휘적 걸었다.

3

'기회!'

병조 수장은 더없이 완벽한 기회를 잡았다.

루주는 방심했다. 술도 마셨다. 적당하게 마신 게 아니라 제대로 걷지도 못할 정도로 만취했다.

저녁도 아니고 백주대낮에 술 취해서 흐느적거린다.

슥!

턱짓으로 루주를 가리켰다.

그러자 마치 기다리고 있었다는 듯이 한 무더기의 살수들이 신형을 쏘아냈다.

스읏! 번쩍!

루주의 머리에 일검이 떨어졌다.

빠르기는 뇌성이 후려친 것처럼 번쩍이는 검의 흐름밖에 보이지 않는다. 검의 성질은 은밀하고 부드러워서 낙엽 한 잎이 하늘하늘 떨어지는 것 같다.

빠르면서도 부드럽다.

검기(劍氣)라든가 예기(銳氣), 살기(殺氣) 등 검이 표현할 수 있는 모든 기운을 죽여 버린 절정의 살인검이다.

슈웃!

독 묻은 강침이 루주의 등을 노리고 달려들었다.

이번 공격도 소리가 들리지 않는다는 공통점을 지녔다.

강침이 허공을 날아오는데, 일절 파공음이 들리지 않는다. 허공에서 물체를 떨어뜨리려도 떨어지는 소리가 들리는 법인데, 강침은 그저 공간에서 공간으로 이동을 하고 있을 뿐이다.

그것으로 끝난 게 아니다. 강침의 바로 뒤를 이어서 쇠꼬챙이처럼 가느다란 세검(細劍)이 쏘아졌다.

술 취해서 휘청거리던 루주가 뒤돌아섰다. 그 순간,

스웃!

루주가 뒤돌아서기를 기다렸다는 듯 돌아선 그의 등을 노리고 검광이 터졌다.

한 가닥, 두 가닥, 세 가닥!

각기 다른 방향에서 검 세 개가 요혈을 노리며 달려들었다.

세상에는 다양한 종류의 은자지검(隱者之劍)이 존재한다.

어느 은자지검이나 제일 먼저 만지는 것은 살기다. 일단 살기부터 빼내야 한다.

풋내기 살수들은 검에서 살기만 빼내면 모든 게 끝났다고 생각한다. 은자지검이 완성되었다, 완벽한 은자검을 지녔다고 자부한다. 그러다가 죽는다.

은자지검에서 중요한 것은 살기가 아니다.

인간이 표출할 수 있는 기운은 인간이 거둘 수 있다. 살기도 그러한 기운 중 하나로 수련만 하면 얼마든지 거둬낸다.

그보다 더욱 중요한 것은 병기가 지닌 물체의 속성이다.

쇠는 철기(鐵氣)를 띤다. 동(銅)은 동 특유의 기운을 흘린다.

보통사람은 감각이 여의치 않아서 감지하지 못하는 기운이겠지만 무인은 정확히 읽어낸다.

아니, 보통사람들도 일상생활 속에서 흔하게 감지한다. 다만 자신이 감지한 것조차 의식하지 않고 무심히 흘려버리기 때문에 감지하지 못한 것으로 생각할 뿐이다.

의식을 깨워보라.

명확한 의식을 가지고 하루만 지내보라.

부엌칼 같은 쇠붙이에서는 쇠의 기운이, 목기(木器) 같은 나무에서는 나무의 기운이 포도송이에서 포도가 떨어지듯 알알이 부딪쳐 오는 것을 느낄 것이다.

이런 사물이 지닌 속성까지 완벽하게 지워내야만 비로소 은자지검이 완성된다.

그들의 검은 이런 검이다.

살기 같은 것은 오감을 총동원하여 찾으려고 해도 느껴지지 않는다. 물체가 흘러오는데 바람도 일어나지 않는다. 아무런 느낌도 주지 않는다.

루주가 말했다.

"울고자 하는데 뺨을 때리는가."

번쩍!

등 뒤에 매고 있던 목검 네 자루가 전후좌우를 휩쓸었다.

까앙! 깡!

제일 먼저 강침 한 무더기가 힘을 잃고 떨어졌다. 머리에 내리치던 검도 산산조각이 났다. 등 뒤를 노리면서 달려들던 검들이 힘을 잃고 무너졌다.

"헉!"

살수들이 경악성을 토해냈다.

루주의 한 수, 그 한 수에 사방을 에워싸던 병기들이 녹아버렸다. 산산조각이 나서 허공중에 흩뿌려졌다. 쇠로 만든 병기들이 모래알처럼 조각나서 흩어졌다.

어떻게 이런 일이…… 두 눈을 뜨고 있었어도 믿을 수 없다.

쒜엑!

이번에는 좌우 허리에 꽂혀 있던 목검이 움직였다.

머리 위로 한 자루!

번쩍!

병기를 잃고 막 땅에 발을 디디려던 살수가 꿈틀거렸다.

목검이 옆구리를 뚫고 들어갔다. 그리고 명치 부근에서 우뚝 멈춰 세워졌다.

루주의 왼손도 움직였다.

왼손에 들린 목검은 세검을 들고 달려들던 살수의 정수리에 내리꽂혔다.

머리가 흩뿌려진다.

일반적으로 목검에 머리를 맞으면 묵사발처럼 으깨지는 것이 보통인데, 이건 아예…… 머릿속에 화약을 집어넣고 폭발시킨 것처럼 쾅! 흩어져 버린다.

놀라운 것은 십검의 위력뿐만이 아니다.

뭐니 뭐니 해도 가장 놀라운 것은 빠름이다.

살수들이 일수를 내뻗을 동안, 그는 무려 사검을 썼다. 또 거기서 그치지 않고 살수들이 부지불식간에 깜짝 놀라서 입을 쩍 벌리는 동안 또 한 번의 검을 쏟아냈다.

두 명이 찰나 만에 목숨을 잃었다.

그다음으로 뭔가를 깨닫듯이 퍼뜩 느껴진 것은 아니었는데, 죽음이 일어나고 보니 놀라운 게 있다.

루주의 왼손은 위에서 아래로 떨어졌다. 오른손은 우하에서 좌상으로 비켜 올렸다.

한 몸의 양손이 전혀 다른 곳에서 다른 곳으로 흘렀다.

실제로 시전해 보면 이 두 가지의 행동 흐름이 얼마나 기도 안 차는 움직임인지 알 것이다.

일단 진기를 쏟아붓기 힘들다. 일도양단(一刀兩斷) 같은 절정의 힘을 쏟아부을 수 없다. 무희들이 춤을 추듯이 아름다움을 그려내는 느릿한 움직임이라면 몰라도 싸움에서 사람을 살상하기에는 뭔가 부족한 움직임이다.

그런 움직임으로 살수 두 명을 죽였다.

나머지 세 명의 운명도 별반 다르지 않다. 찰나라는 차이는 있어도 죽음을 거스를 수는 없다.

번쩍!

루주의 신형이 빙그르 돌면서 새로 꺼낸 목검이 횡소천군(橫掃千軍)을 그려냈다.

투두두두둑!

가슴뼈가 갈라지는 소리가 자갈밭에서 자갈 구르는 소리처럼 요란하게 울렸다.

"이렇게……."

병조 수장은 너무 기가 막힌 상황에 말문이 막혔다.

살수들의 기습은 완벽했다. 루주가 등을 돌리는 순간까지 계산한 합공의 극치였다.

일시삼살(一嘶三殺)!

새가 한 번 우니 세 번의 죽음이 일어난다는 합격술이다.

이렇게 저렇게…… 수백 가지의 경우를 대입해 봐도 세 번의 죽음은 일어난다.

다섯 명 중에 세 명은 병기에 피를 묻힌다.

죽이는 것까지는 논하지 않는다. 치명적인 일격을 피해냈다? 좋다. 인정한다. 그래도 부상은 입어야 한다. 세 번이 아니라면 한 번이라도, 일 검이라도 피를 묻혔어야 한다.

루주는 그들을 한순간에 제압해 버렸다.

검치의 십검이 무적이라는 소리는 누차 들어왔지만 직접 견식하기는 처음이다.

이런 검…… 이런 검법…….

십검은 쾌검이다. 무서운 쾌검이다. 빠름으로는 당할 자가 없다. 너무 빨라서 변화조차도 필요없다. 환검(幻劍)의 오묘함조차도 장난처럼 뭉개 버리는 빠름이다.

더불어서 패검이다. 어떠한 중병도 산산조각내는 패검이다.

그리고 마지막으로…… 모두들 간과하고 있는 부분이 있다.

검치의 십검하면 이구동성으로 하는 말이 '빠르다'와 '강하다'이다.

어떤 검초도 맞상대할 수 없을 정도로 빠르다. 어떤 병기도 산산조각낼 정도로 강하다.

한마디로 상대할 수 없는 검이다.

거기에 하나를 덧붙여야 한다.

십검은 막을 수 없는 각도에서 쏟아져 들어온다.

정수리를 가격당하고, 옆구리를 찍히고, 가슴뼈를 갈렸다.

움직이지 못하는 죽인(竹人)을 세워놓고 가른 것처럼 정확하게 갈라냈다.

살수들이 그렇게 무능력한가?

죽은 자들은 일신을 보호하는 데는 귀재들이다.

살수는 '죽이는 자'라는 뜻이 아니다. 그것은 세상 사람들이 인식하는 것이고, 살수계에서 정의하는 살수는 '죽지 않는 방법을 수련한 자' 라는 뜻이다.

일신을 보호한 다음, 완벽한 기회를 잡아서 공격한다.

의뢰된 살수 청부치고 가벼운 것은 없다. 어떤 경우에는 절정 고수일 경우도 있다.

그런 자들을 정면에서 들이치면 성공보다는 실패할 가능성이 훨씬 높다.

뒤에서 쳐야 한다.

나는 살고 적은 죽어야 한다.

이런 방법들을 완벽하게 터득한 자들이다. 일격이 실패했을 때, 즉시 빠져나오는 방법을 안다. 빠져나오지 못하고 공격을 당할 경우에도 치명적인 요혈만은 맞지 말아야 한다. 어쩔 수 없이 요혈을 격중당해도 죽지만은 말아야 한다.

몸을 피하는 것이 아니라 적극적으로 대주는 것이다.

심장을 베이기 전에 선뜻 팔을 내밀어 버리는 '즉시 결단의 방법' 을 수련했다.

그런 자들이 간단하게 베였다.

몸을 내주어야 한다는 생각이 떠오르기도 전에 쳐왔다. 아니, 저들은 죽는 순간까지도 어떻게 죽는지 몰랐을 게다. 루주의 검이 보이지 않는 각도에서 꺾여 들어왔기 때문이다.

머릿속이 텅 울리는 순간 죽는다.

비명도 지를 틈이 없는데, 피하거나 적극적으로 몸을 내주는 것은 더욱 불가능하다.

쾌, 중, 환…… 모든 면을 갖췄다.

얄밉게, 무섭게, 소름 끼치게 완벽함을 갖췄다.

검치의 십검을 막을 수 있는 무공은 없다.

아니, 있기는 하다. 같은 방법으로 상대하면 된다. 지극하다 할 정도로 빠른 공격, 그리고 세상을 무너뜨릴 수 있는 패력을 동시에 구사하면 된다.

그런 무공이 무엇일까?

병조에는 그런 무공을 수련한 살수가 없다. 아니, 십간조에도 없다. 무식하게 힘으로 밀어붙이는 십간조장조차도 십검 앞에서는 종이호랑이가 될 것 같다.

루주를 상대하기 위해서는 십간조의 암습이 아니라 극고의 고수가 필요하다.

하지만 명령은 그들에게 떨어졌다. 그리고 사람을 죽이는 방법이 꼭 무공만 있는 것은 아니다. 무공 대신에 쓸 수 있는 것이 독이고, 차도살인(借刀殺人)이다. 그 외에도 많다. 약점을 보기만 하면 방법은 튀어나온다.

루주에게도 약점이 있다.

주설언이 약점이다. 그와 같이 있는 비연이도와 팽가연도 약점이다. 같이 있는 사람들, 한솥밥을 먹는 사람들, 웃으면서 이야기하는 모든 사람들이 약점이다.

살수가 되어서 도의, 인의를 따지는 놈은 접싯물에 코 박고 죽어야 한다.

그가 말했다.

"지금부터 급습은 포기한다. 어떠한 경우에도 급습은 논하지 마라. 무공의 무 자도 꺼내지 마라. 절호의 기회다, 아니다 일절 말하지 마라. 안 되니까."

"……"

침묵이 흘렀다.

이의제기는 없다. 죽은 자들 모두가 일다경 전만 해도 어깨를 나란히 하던 동료들이다. 자신들이 그들에 비해서 월등하다고 자부할 수도 없다.

저들이 죽었다면 자신들도 죽는다.

일시삼살로 안 된다면 여타의 무공으로도 가능성이 없다.

"일단 보고는 하겠습니다."

수하가 말했다.

말한 자는 다섯 명이 급습한 과정을 눈으로 직접 본 듯이 소상하게 기재했다. 그가 적은 글을 읽기만 하면 직접 싸움 구경을 한 것처럼 느껴질 정도다.

병조 수장은 잠시 망설였다.

이 글을 십간조장에게 보내면 파란이 일어난다. 조장은 보나 마나 힘으로 밀어붙일 게다. 십간조 백 명이 모두 전멸하는 한이 있어도 싸우고자 할 게다.

그런들 어쩌겠는가.

"보고해라."

"알겠습니다."

수하가 전서를 띄우려고 했다. 그때, 수장이 결심한 듯 한마디 더 했다.

"보고는 하되…… 죽은 자는 일곱 명이다. 나와 촌수(寸手), 저놈도 죽은 거야."

"수장!"

"그렇게 보고해라. 너희와 같이 움직여서는 저놈을 죽이지 못한다. 십간조장의 명을 받들다가는…… 우리는 죽었다. 살아도 다시 돌아가지 않겠다. 그럴 가능성이 거의 없지만…… 촌수, 결정해라."

"흐흐! 수장께서 그리 말씀하신다면…… 좋습니다. 저도 오늘 이 시간부로 사망입니다."

검흔이 한쪽 눈을 갈라 버린 애꾸가 흰 이를 드러내며 웃었다.

"좋아. 나와 저놈이 무슨 수를 써서든 루주 저놈만은 반드시 죽일 것이다. 너희들도 예측하지 못하는 방법으로, 우리 둘만의 독창적인 방법으로."

수하가 잠시 고민하는 듯하더니 이내 대답했다.

"알겠습니다. 급습 일곱 명에 일곱 명 전원 사망. 그렇게 보고하겠습니다."

그가 전서를 다시 적기 시작했다.

"이거…… 저렇게 강했나?"

"음!"

백인대는 신음했다.

루주는 분명히 취했다. 상당히 취했다. 그런 상태에서 급습을 받았는데 티끌만 한 상처도 입지 않고 급습자 다섯 명을 모두 죽였다. 단 일 초에 깨끗이.

누구도 그런 검을 상대하지는 못한다.

그들은 이제야 비로소 하북팽가의 팽효기가 이검에 무승부를 기록했다는 사실을 진실로 받아들였다.

루주는 근성의 싸움으로는 상대할 수 없다. 진짜 강한 고수가 상대해야 한다. 하늘 아래 적수가 없다고 자부하는 인물이 나서야만 어찌해 볼 수 있다.

"우리가 나서면 모두 전멸이야."

"종남파(終南派)의 태을분광검(太乙分光劍)은 어떨까?"

"저놈하고는 모르겠고…… 검치와는 겨뤄본 적이 있다고 들었어."

"결과는? 훗! 보나마나겠군. 누구였는데?"

"종남제일검 일검만사(一劍萬死)."

"옷! 그거…… 볼만했겠는데?"

"아니. 싱겁게 끝났데. 일초지적. 일검만사 사(死)."

"……"

대화가 이어지지 않았다.

그들은 십검을 봤다. 검치가 사용하는 십검이 아니라 그보다 한참 뒤떨어지는 공부이지만…… 이건 도무지 상대할 방법이 없다. 신법, 검법, 도법, 장법, 권법…… 온갖 무공을 떠올려봐도 일초지적도 안 되는 것 같다.

"두 명…… 우리 백인대에서 그나마 저놈과 붙을 수 있는 자는 두 명뿐이야."

백인대주, 그리고 부대주.

백인대주는 소림사(少林寺)의 기승(奇僧)이요, 부대주는 무당파(武當派)의 도인(道人)이다.

그들의 무공은 광대무변하다. 시작과 끝도 알 수 없다. 싸움에 임해서 오 초 이상 손을 써본 적도 없는 절대고수들이다.

대주와 부대주는 승패를 겨뤄본 적이 없다.

백인대도 둘의 비무를 몹시 고대하고 있기는 하지만, 좀처럼 싸우지 않는다.

대주를 뽑을 때도, 부대주는 일말의 망설임도 없이 양보해버렸다.

―공멸(共滅).

그 한마디로 둘의 무공은 정리된다.

그들이라면…… 루주와 싸울 수 있다.

"우리는 심부름이나 해야겠는걸."

"가자. 여기 있을 필요가 없겠어. 루주가 저 정도라면 십간조도 안 돼. 저놈에게 달려드는 건 세상 살기 싫으니 죽여달라는 소리와 마찬가지야. 십간조도 같은 생각을 할 테지만."

"제길!"

백인대 다섯 명은 허탈했다.

또 한 사람, 팽효기도 아주 크게 놀랐다.

루주가 저 정도였나? 아주 강하다. 자신을 뛰어넘고 있다. 이검을 부딪친 게 엊그제인데 벌써 사검이다. 그사이에 기연이라도 얻은 것인가.

'후후! 괜히 나섰군. 저 정도인 줄 알았다면 나설 필요가 없었는데.'

괜히 오지랖만 넓었다.

자신이 나서서 백인대를 막을 필요가 무엇인가. 그들이 덤벼봤자 전멸만 당했을 터인데.

그러고 보면 팽가연과의 결전에서는 손속에 사정을 많이 담은 것 같다. 그 싸움도 지켜봤지만, 지금처럼 섬뜩하지는 않았다. 지금처럼 눈부시지는 않았다.

그의 검은 어느 정도 상대할 수 있는 수준이었다.

그렇구나. 지금은 취했구나. 그래서 진신 무공이 쏟아져 나온 것이구나.

루주가 전력을 다한 검! 사검!

저 검이 오검으로 늘고, 육검으로 늘고, 그래서 십검이 되었을 때 어떤 형식으로 표출될 것인가.

생각만 해도 전신에 전율이 인다.

검치, 그는 어땠는가? 그의 무공은 얼마나 가공한가.

검치삼령을 이해하지 못했는데…… 그가 무공으로 세상을 억압한 것인가.

정말 세상에는 검치의 십검을 능가할 무학이 없는 것인가.

철혈적성도는 무적이다. 아직 자신이 완벽하게 깨우치지 못해서 그렇지 무적이다.

혼원벽력신공은 하늘이다. 팽가연이 가능성을 보여주고 있다.

검치의 십검을 막을 수 있는 무공은 많다. 인간의 재주가 옅어서 수련해 내지 못하고 있을 뿐이다.

살천루와 백인대는 루주의 무공을 보고 상심에 젖은 것 같다.

백인대는 철수했다. 곧 다시 올 테지만, 지금 당장은 물러갔다.

살천루는 재정비를 해야 한다. 다섯 명이 목숨을 잃고, 두 명은 잠적해 버렸다. 아마도 암습을 준비하는 모양이지만, 그들 마음대로 되지는 않을 것이다.

루주의 무공은 모두를 좌절시키기에 충분했다. 하지만 팽효기는 정반대로 투지를 느꼈다.

'네가 할 수 있다면 나도 할 수 있어.'

이검까지는 부딪쳐 봤다.

그 이상은 인간의 능력을 벗어난다. 동생들도 도와줄 수 없다. 하지만…… 인간이 펼쳐 낸 무공이니 수련할 자신은 있다.

'너도 사람, 나도 사람…… 고맙다. 루주. 덕분에 할 일이 생겼어. 아주 많이. 아주 아주 많이.'

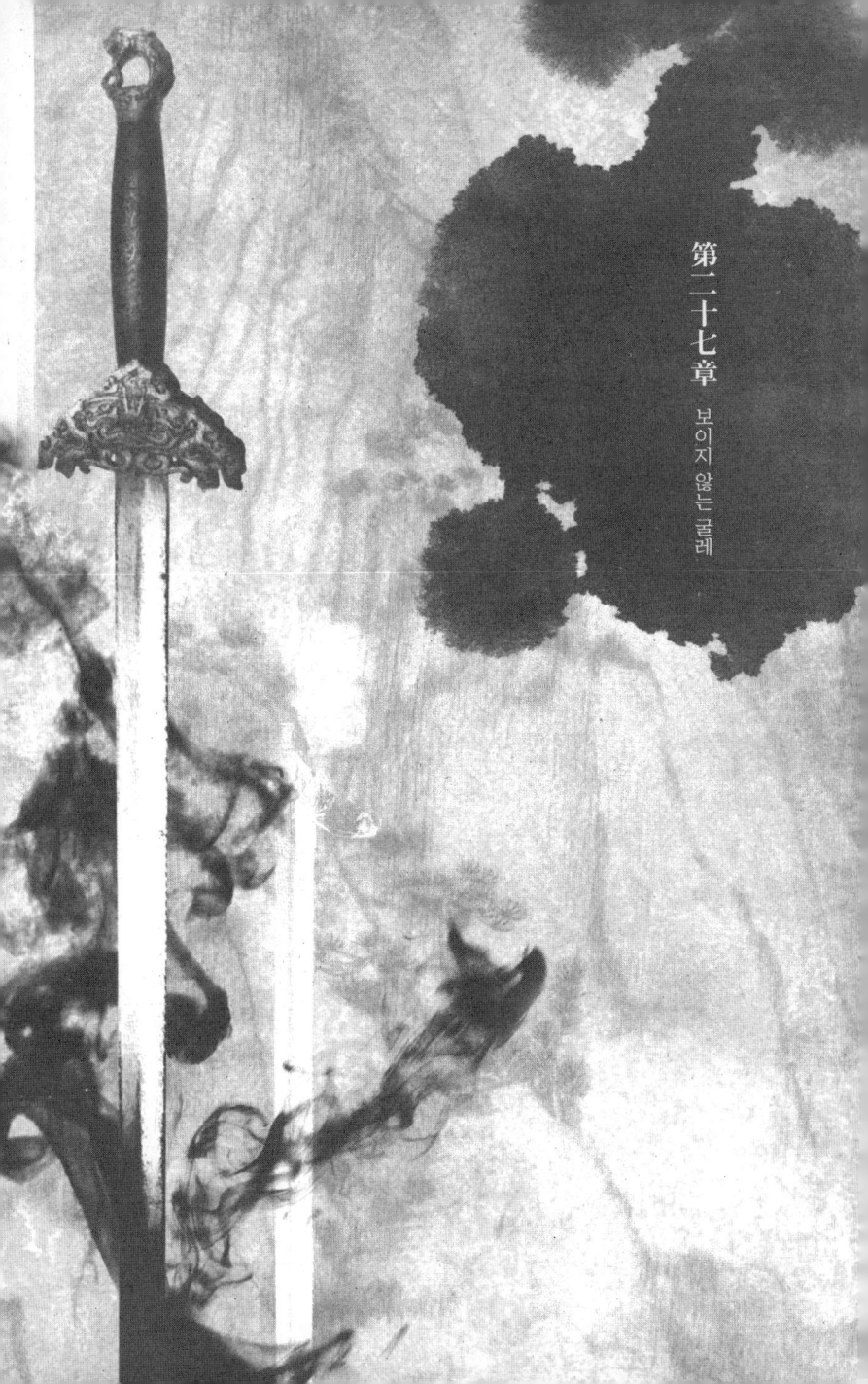

第二十七章 보이지 않는 굴레

1

　성녀! 절염색녀!

　전혀 어울릴 것 같지 않은 이 두 사람이 사실은 동일인물이다.

　참으로 답답한 노릇이다.

　어떻게 이럴 수 있느냐고 의문을 표시할 수 있지만, 이건 그리 어렵지 않다.

　세상일을 살펴보면 극에서 극으로 흐르는 경우가 종종 있다.

　악인이 마음으로 회개를 하면 어떤 성인보다도 성스러워진다. 악한 쪽으로 깊이 들어간 자일수록, 반대 방향으로 튕겨 나가는 성향도 강해진다.

사랑이 깊어지면 미움이 된다는 이치와도 같다.

사랑과 미움은 하나이다. 둘일 수 없다. 미움의 강도가 깊어지면, 그 속에는 그 깊이만큼의 사랑도 존재한다.

색녀가 성녀로 둔갑하는 경우는 이해할 수 있다.

그런 만큼 성녀가 다시 색녀로 둔갑하는 것도 이해해야 한다.

그러나 이러한 일이 주변에 있는 사람들을 곤혹스럽게 만든다.

명망있는 하북팽가의 안주인이 절염색녀라고 하면 만천하의 웃음거리가 된다. 비록 그녀가 지금은 성녀가 되어 있다고 해도 과거가 지워지는 것은 아니다.

팽가일로는 자신도 모르게 인상을 찡그렸다.

이미 짐작하고 있는 일, 차분히 대처해야 할 일, 가모의 깊은 부분을 캐내기 위해서는 치욕스럽지만 참고 넘어가야 할 일…… 모든 걸 이해하면서도 인상이 절로 쓰인다.

"뭐라고 했는가?"

"여의환승, 미염공자……."

"됐네."

"가모의 소문도 좋지 않습니다."

"건방지다!"

팽가일로가 소리를 빽 질렀다.

"죄송합니다. 정정하겠습니다. 가모님에 대한 소문도 좋지 않게 나고 있습니다."

"네놈들이 가모, 가모 할 분이 아냐!"

"알고 있습니다. 죄송합니다."

오촌 손자가 되는 무인이 고개를 숙였다.

팽가일로는 입이 썼다. 마음도 몹시 불편했다.

사실은 손자에게 성질 낼 일이 아니다. 가모의 과거가 대부분 알려진 지금, 과거와 같은 존경을 받기는 어렵다. 존경은커녕 멸시나 받지 않으면 다행이다.

그리고 이 일은 아직도 진행 중이다.

가모에 대한 소문이 어디까지 날지, 어디까지 여파가 미칠지는 아무도 모른다.

루주가 마차를 전복시켜서 태아를 사산케 했을 때, 팽가촌 무인들은 엄청나게 분노했다. 가주가 검치삼령의 제약을 받아서 풀어줬을 때는 억울함에 땅을 쳤다.

그런데 지금은 그 일이 그렇게 다행스러울 수 없다.

가모가 아이라도 가졌다면 어쩔 뻔했나. 가모가 낳은 아이도 팽가의 핏줄을 이어받은 것은 분명하지만, 절염색녀의 피도 이어받을 게 아니겠나.

두고두고 후환이 될 수 있었던 일이다.

사람 입으로 할 말은 아니지만, 그때 그 일이 천만다행이라 아니할 수 없다.

하북팽가에서 알고 있는 것은 이것만이 아니다.

이번에 많은 사마외도가 북경 땅을 밟고 있다.

지금 당장 하북팽가의 이름으로 처단해도 무방할 정도의 마인들이 가모라는 꽃에 취해서 하북으로 들어섰다.

하북팽가로서는 상당히 곤란한 일이지만, 그런 일이 벌어지고 말았다. 그런데 이번 일이 벌어진 최중심에 루주가 있다. 하오문이 은밀히 움직였다.

하북팽가는 그들이 움직였다는 정황을 여러 군데에서 포착했다.

루주는 도대체 어떤 인물인가?

어떤 때는 팽가촌에 도움이 되는가 싶은데, 그러면서도 끊임없이 팽가촌을 공격한다.

특정한 목적이 있다고 볼 수도 없는, 어떻게 보면 크게 쓸데도 없는 공격이다.

이번 공격도 루주의 입장에서 보면 아주 쓸데없다. 도대체 가모의 옛 사내들을 끌어들여서 무얼 어쩌겠다는 건가. 기껏해야 망신밖에 더 시키겠는가.

루주의 무공은 일취월장했다.

처음에는 팽가촌 무인이면 누구나 죽일 수 있는 미미한 존재였지만, 지금은 자신조차도 승부를 장담할 수 없는 거목이 되었다.

그런 거목치고는 싱거운 공격이지 않은가.

그런데 루주의 공격을 가만히 들여다보면 팽가촌에 대한 공격은 거의 없다. 아니, 전혀 없다. 하북팽가와 루주가 싸우기는 했지만, 그것도 자신들 쪽에서 먼저 공격했기 때문이다. 그가 먼저 공격해 온 적은 한 번도 없다.

그는 오로지 가모에 대한 공격으로 일관한다.

그와 가모 사이에 알지 못할 무엇인가가 있다.

지금 이 사건만 해도 그렇다.

그는 자신이 하오문을 움직여서 가모의 옛 사내들을 끌어들였다. 그리고는 다시 팽효기를 통해서 그들의 소재를 알려왔다. 거의 대부분 소재를 이미 파악하고 있는 상태라 특별할 것은 없다. 다만 그가 알려왔다는 게 중요하다.

어쩌라는 것인가?

"일단 입부터 틀어막아라. 헛소리 못하게 단속 단단히 해. 필요하다면 죽여도 좋다. 그렇다고 막무가내로 혈풍을 일으키라는 말은 아냐. 가급적이면 조용히…… 조용히 해결하도록."

"알겠습니다."

손자가 읍을 하고 물러났다.

그는 모두가 물러간 텅 빈 공간에서 고민을 거듭했다.

정말로 죽은 지자들이 아쉬운 때다. 너무 절실하게 그들이 필요하다. 그놈들이 살아 있었다면…… 그러고 보니 쌍겸구악이 죽인 건 무공도 모르는 몇몇 사람이 아니다. 팽가촌의 머리를 잘라 버려서 아무 생각도 못하게 만들었다.

"가모가 절염색녀라면…… 과거를 다시 파헤칠 필요가 있겠어. 금검문주의 누이…… 그것도 위장된 신분일 테고…… 무수검법은 진짜였는데…… 그럼 금검문주도 가모와? 허허허! 이거 하북팽가의 위신이 말이 아니군. 모든 걸 샅샅이 살펴봐야겠어."

뒷산 지자들도 그런 생각을 했던 것 같다.

금검문에 사람을 보냈다는 말도 얼핏 들은 기억이 난다. 그러니까 가모가 마차 급습을 받았을 때인데, 뒷산에서는 가모의 뿌리부터 살필 요량이었던 것 같다.

문득 어떤 생각이 든다.

'그 생각…… 가모의 뒤를 다시 살펴보겠다고 한 이후…… 몰살당했어. 쌍겸구악이 저들을 죽인 건…… 가모의 사주다. 이런! 가모가 정말 이런 짓을!'

점점 더 가모를 용서할 수 없는 지경에 이른다.

그가 이해할 수 없는 것은 팽가주의 태도다.

팽가주는 가모와 살을 섞고 사는 사람이다. 그러니 가모에 대해서 누구보다도 잘 안다. 어쩌면 오래전부터 가모의 본색을 알고 있었을 것이라는 생각도 든다.

그런데 왜 아무런 조처를 취하지 않은 것일까?

겨우 십족령으로 자신과 가모의 발을 묶어놓은 것이 최선일까?

츠으으으읏!

진동이 일어난다.

팽가촌에 그가 인지하지 못한 움직임이 발생했다.

그것은 또 누군가가 침입했다는 뜻이다. 그리고 그 방향은 어김없이 가모가 있는 후원 쪽이다.

'이제는 슬슬 지겨워지는군.'

생각 같아서는 침입자가 누가 되었든 말을 섞을 필요도 없이 당장 죽여 버리고 싶다. 하지만 사로잡아야 한다. 그리고 이번에는 가모를 도와서 일월륜마를 죽인 자가 누군지 꼬리를 잡아야 한다. 대충 짐작은 하고 있지만.

파앗!

그는 신형을 쏘아냈다.

"만초광마가 들어왔습니다."

가모는 대답도 없다. 얇은 쇠줄로 손톱을 다듬는 모습이 몹시 단아하다.

"통천오방진을 뚫을 수 있는 사람은 없습니다."

"……."

"계속 들어오고, 계속 잡힐 겁니다."

"들려?"

"……."

"잘 들어봐. 무슨 소리 안 들려?"

"무슨 소리……?"

"잘 들어봐. 새소리가 들리잖아. 참 아름답지 않아?"

"……."

팽효문은 할 말을 잃어버렸다.

가모는 천하태평이다. 지금 그녀를 향해서 올가미가 조여오고 있는데, 자신과는 아무런 상관도 없다는 듯 여유를 즐긴다. 그녀보다는 옆에서 지켜보고 있는 자신이 조마조마하다.

"죽여주겠지?"

"어렵습니다. 저번 일로 경계가 강화되었습니다."

"경계? 그런 건 보이지 않던데? 호호호! 하북팽가가 언제부터 경계를 했어? 그런 말로 날 우롱할 거야?"

보이지 않는 경계가 눈 뜨고 지켜보는 경계보다 더 무서운 법이다.

팽가촌 지하 밀실은 두 번이나 뚫렸다.

한 번은 외부에서 사람이 뚫고 들어와 백살겸을 꺼내 갔고, 또 한 번은 일월륜마가 자살을 가장한 타살을 당했다.

이 두 번의 사건으로 인해서 지하 밀실은 더 이상 안전한 곳이 아니게 되었다. 늘 경계하고 감시해야 할 곳, 팽가촌에서 가장 믿을 수 없는 곳이 되었다.

팽가오로는 만초광마를 그곳에 집어넣었다.

그건 무엇을 말하는가. 또 와보라는 조롱 아닌가. 자신있으면 오라는 선전포고다. 누가 되었든 오기만 하면 반드시 잡고 말겠다는 의지의 표현이다.

그리고 팽가오로는 이런 일을 비밀에 부치지도 않았다. 오히려 모두가 알게끔 공표까지 해버렸다.

통천오방진은 지하 밀실에도 통용된다.

밀실 근처에서는 팽가촌 무인들도 외인이 된다. 통천오방진의 감응에 감시를 받는다.

뚫고 들어갈 방도가 없다.

그런데 가모는 가라고 한다. 죽든 살든 알 바가 아니니 가서 네 몫을 하라고 한다.

팽효문이 말했다.

"내일 처리하겠습니다. 이번이 마지막이 될 것 같으니……
오늘은 제게 시간을 내주셔야겠습니다."

"호호호! 욕정에 눈이 멀어서 죽음도 불사하겠다? 내가 고
마워해야 하나?"

팽효문은 돌아섰다.

그가 품는 여자는 성녀가 아니다. 가모가 아니다. 절염색녀
일 뿐이다. 그리고 절염색녀의 동정이나 애정은 바라지 않는
다. 그저 깊은 쾌락만 있으면 된다.

그런데 자신이 왜 이렇게 정신을 차리지 못하는 거지?

겨우 색에 눈이 멀어서 칼을 놓아버릴 정도, 칼의 방향을 바
꿔 버릴 정도로 나약한 놈이었나.

그런 놈이었나 보지. 그러니 죽는다고 해도 아쉬울 건 없는
거야.

돌아서서 걷는 그의 볼이 실룩거렸다. 그래도 한때는 하북
팽가의 후기지수였는데. 하북팽가를 이어나갈 절대기재로 사
랑을 받는 몸이었는데.

"휴우!"

그는 깊은 한숨을 토해냈다.

'그때 그 실수…… 정말 하면 안 되는 거였어.'

동천오방진은 감응의 진이다.

팽가촌 전체 허공에 빽빽한 그물이 펼쳐져 있다고 생각하는

게 이해하기 편할 게다.

어떤 자든 팽가오로의 눈을 벗어나지 못한다.

어떤 자든 팽가오도의 감시망을 피하지 못한다.

가주가 십족령을 선포한 이후, 그들 열 사람은 잠도 거의 자지 않고 진에 매달렸다.

'안 돼.'

그는 웃었다.

한 번은 용케 빈틈을 이용했지만, 그것도 팽가오로를 지척에서 살필 수 있는 위치였기에 빈틈이라는 것도 찾아냈지만…… 일월륜마가 죽은 이후로는 그나마의 빈틈조차도 찾을 수 없다.

지하 밀실을 몰래 들어갔다가 나온다는 건 불가능하다.

그는 숨지 않고 걸었다.

저벅! 저벅! 저벅!

골목길을 돌아 뒷산 쪽으로 발길을 옮겼다.

지금쯤 자신이라는 존재는 팽가일로의 감응에 걸려들었을 것이다.

그래도 아직은 위험한 상태가 아니다. 팽가촌의 많은 무인들처럼 자신도 길을 가고 있을 뿐이다.

저벅! 저벅!

지하 밀실을 향해 걸어갔다.

밀실이라는 존재를 알고는 있지만 그 누구도 신경 쓰지 않는 곳.

죄인이 압송되어 오면 금족령이라도 내린 것처럼 일체 발걸음을 하지 않는 곳.

그가 그곳으로 향했다.

츠츠츠츠츠.

감응의 기가 움직인다.

그는 일로의 감응을 알지 못한다. 통천오방진을 알지 못하기 때문에 그들이 말하는 감응이 어떤 것인지 짐작조차 하지 못한다. 하지만 눈으로 보는 듯이 느끼고 있다는 것만은 안다.

걸었다. 걸었다. 계속 걸었다.

이미 돌아서기는 늦었다. 그의 발걸음이 지하 밀실을 향한다는 게 뚜렷해졌다.

쉭!

전면에 형제가 내려섰다.

쉭! 쉭쉭쉭!

뒤쪽으로 다른 형제들이 내려섰다.

그들은 착잡한 눈으로 팽효문을 쳐다봤다.

"너였냐?"

팽효문은 부인하지 않았다. 그냥 웃었다.

"왜? 왜!"

"가모에게는 아주 위험한 무기가 있다."

팽효문이 허리에 찬 칼을 풀어내면서 말했다.

"가모가 그 무기를 쓰면 아무도 저항하지 못한다. 나도, 지금 나를 힐문하는 너도. 어느 누구도 빠져나오지 못한다. 그리고…… 가모가 죽이라면 죽이는 존재가 된다. 변명이 될지는 모르겠지만 그렇게 해서 일월륜마를 죽였다."

팽효문이 풀어낸 칼을 발밑에 던졌다.

"효문! 어리석은 짓 마라!"

팽가오도가 고함쳤다.

"후후! 어리석은 짓은 이미 저질렀는데, 이제 와서 충고하면 어떻게 하나? 후후후!"

팽효문은 눈을 감았다.

"안 돼!"

팽가오도가 고함을 치며 달려들었다.

그러나 이미 늦었다. 그가 팽효문을 잡아챘을 때, 그는 심맥(心脈)을 끊고 쓰러지는 중이었다.

"이 바보야!"

그가 고함쳤지만 팽효문은 대답하지 않았다. 대답하려야 할 수 없는 몸이 되었다.

그들 뒤에서 팽가오로가 착잡한 표정으로 지켜보고 있었다.

2

가모는 위험한 여자다.

그녀 주변에서 끊임없이 죽음이 일어난다. 그리고 가모는 그런 죽음에서 책임을 회피할 수 없다.

그런데 묘한 상황이 생긴다.

실제로 일어난 사건과 가모를 연결시키면 중간에서 실이 딱 끊어진다. 분명히 가모와 연관되어 있기는 한데, 실질적인 증거나 증인이 전혀 없다.

팽효문은 가모의 사주를 받았다.

본인 스스로도 자진하기 전에 그런 사실을 털어놓았다. 가모에게 아주 위험한 무기가 있다고.

하지만…… 어떤 무기?

가모가 팽효문에게 일월륜마를 죽이라는 명령을 내렸다고 하자. 그래서 그가 실행에 옮겼다고 하자. 그가 죽기 전에 이런 사실을 모두 털어놓았다고 하자.

그것으로 가모를 징치할 수 있나?

모든 게 말과 추측뿐이다. 그것도 살아 있는 사람의 말은 없고, 모두 죽은 사람의 말뿐이다.

말로는 사람을 징치할 수 없다.

그 사람이 가모일 경우에는 더욱 그렇다.

일월륜마가 가모를 찾아왔다. 만초광마도 가모의 옛 남자, 가모를 만나려고 찾아왔다가 잡혔다.

그것이 가모의 죄일 수는 없다.

일월륜마와 만초광마가 팽가촌을 침입할 때, 가모는 십족령의 굴레에서 벗어나지 못했다. 거처에서 한 발짝도 나오지 않았다. 그녀가 그들을 부른 적도 없다.

사람은 죽어나가는데 징치할 사람은 없는 묘한 상황이 된 것이다.

하북팽가는 가모의 둘레에 이중, 삼중의 철조망을 둘렀다. 두 개의 통천오방진을 세부적으로 정리해서, 안쪽으로는 팽가오로가 맡고 바깥쪽은 팽가오도가 담당하기로 했다.

범위가 축소된 만큼 통천오방진의 감시력은 한결 강화된다.

열 사람이 항시 운기를 하고 있을 필요도 없다. 정중앙, 중방(中方)만 운기하고 있으면 된다. 다른 네 명도 맡은 자리를 떠날 수는 없지만, 긴장하고 있을 필요는 없다.

때로는 쉬고, 때로는 잔다.

맡은 자리가 고정불변인 것도 아니다. 중방은 누구와도 교체 가능하다. 통천오방진을 구성한 사람이라면 다른 사람들과 교감이 가능하니 누구라도 맡을 자격이 있다.

통천오방진은 하루 십이시진을 한시도 쉬지 않고 가동된다.

이것뿐만이 아니다. 팽가촌에는 이 두 개의 절진보다 더욱 무서운 철조망이 있다.

사람들의 눈이다.

이제는 팽가촌 사람들 모두가 성녀의 정체를 알게 되었다.

가주가 십족령을 받아들일 때만 해도 일부 사람들밖에 모르던 일이었지만, 한번 새기 시작한 소문을 어떻게 막겠는가.

소문을 흘러나왔고, 팽가촌 전체에 퍼졌다.

팽가촌 사람들뿐만 아니라, 팽가촌에서 잡역 하는 사람들까지 모두 알게 되었다.

그들은 또 누구에게 소문을 퍼트릴 것인가.

절염색녀의 정체가 하북 전체에 알려지는 것은 시간문제다.

상황이 이러니 그녀를 처다보는 눈도 곱지 못하다.

모두가 감시의 눈길을 보낸다. 모두가 존경 대신 멸시의 눈길을 보낸다. 모두가 그녀의 숨결이 몸에 닿는 것조차 꺼려서 말을 섞지 않는다.

"물 가져와."

대답이 들리지 않았다.

"물 가져와!"

큰 소리로 말했지만 역시 대답이 없다.

그녀는 피식 웃었다.

언제부터인가 곁에 사람이 없다. 찾아오는 사람도 없고, 머무는 사람도 없다. 그리고 이제는 시비조차도 떠나 버렸다. 아니, 시비를 빼가 버렸다.

당신은 시중받을 자격도 없다는 뜻이리라.

팽가촌에서 십족령을 받은 사람은 세 명이다.

팽가주와 그녀와 팽가의 둘째 자식인 팽효뢰.

첫째는 출타 중이라 요행히 빠졌고, 막내인 팽가연은 잔머리를 굴린 덕에 빠져나갔다.

세 명…… 하지만 실질적으로 십족령을 받은 사람은 자신뿐인 것 같다.

후원에 갇힌 이후, 가주와 팽효뢰를 보지 못했다.

그들이 찾아오지 않았고, 찾아오는 길도 막아버린 것 같다.

그나마 엊그제까지는 팽효문이 있었다. 시비도 있었다. 말

벗이 있었다. 그들에게 신경질을 부림으로써 아무것도 하는 일 없이 하루를 보내야 하는 무료함을 달랬다.

이젠 그나마도 없다.

바깥세상의 소식을 알려주는 사람이 있을 리 없다.

시비까지 빼갔다는 것은 무엇을 의미하는가. 팽효문을 그렇게 만든 데 대한 보복 조치가 아니던가.

팽효문은 죽었다. 돌아오지 않는다.

아깝지는 않다. 한때의 소일거리였을 뿐…… 그보다는 하루종일 한마디도 하지 않는다는 것…… 한마디도 할 수 없다는 것이 무척이나 지겹다.

'병신들…… 이제는 아예 뚫고 오지도 못하고.'

그래도 일월륜마는 지척까지라도 다가왔다. 몇 마디 말이라도 나눈 후에 잠혔다.

다른 놈들은 그 짓도 못한다.

'고사(枯死)시키겠다…… 이건가? 호호호!'

그녀는 적적함을 즐겼다.

지금은 이것밖에 할 것이 없다. 그 어떤 행동도 해서는 안 되는 시기다.

세상 사람들이 모두 쳐다보고 있지 않은가.

그들 대부분이 십족령에 갇혔으니 답답해서라도 무언가 하기를 바란다. 설마 절염색녀가 가만히 앉아서 수인(囚人)이나 다름없는 생활을 견뎌낼 거라고는 생각하지 않는다.

저들의 바람도 안다.

쌍겸구악이 움직였다. 이 부분이 가장 중요하다.

그녀와 사총의 관계가 무엇인지 가장 궁금할 게다.

사총의 일원인지, 아니면 사총의 사주를 받은 것인지, 계약 관계인지, 살수문처럼 청부를 한 것인지, 아니면 정말 순수하게 그녀와 쌍겸구악만의 개인적인 문제인지.

팽가촌에 잠입한 이유도 궁금할 게다.

절염색녀와 화화공자간의 사랑은 유명하다.

색녀와 색남의 사랑인지라 오래갈 것이라고 예상한 사람은 없다. 하지만 절세미녀와 절세미남의 사랑이라는 점에서 좋은 궁합이라고 생각한 사람도 많다.

화화공자는 조각 같은 얼굴을 지녔다.

흔히 하는 말로 사내는 얼굴 뜯어먹고 사는 게 아니라고 한다.

사내를 선택할 때는 얼굴 이외에도 주위 환경이나 재능, 특기 혹은 성격 같은 고려요소가 많다.

못생겨도 돈이 많은 사내.

못생겼지만 무공이 강한 사내.

못생겼지만 권력을 움켜쥔 사내.

얼굴이 잘생긴 것보다 훨씬 더 크고, 강하게 끌어당기는 요소가 너무 많다.

그러나 화화공자를 본 여인들은 그런 말을 하지 못한다.

이런 사내라면.

화화공자가 옷고름에 손만 올려놓아도 여인들은 무방비 상태가 되었다. 열기가 달아올라 달짝지근한 비음을 토해냈다. 신분이나 귀천을 막론하고 모든 여인들이 그랬다.

그녀는 화화공자와 오랜 기간 동안 함께 지냈다.

들리는 말로는 아이도 낳고 오순도순 잘 지냈다고 한다.

어쨌든 그 두 사람은 무림에서 사라졌다. 깊은 산속에서 봤다는 사람조차 없을 정도로 완벽하게 증발했다.

그리고 이 하북 땅에 나타난 것이다. 그것도 하북팽가의 안주인이라는 기가 막힌 신분으로.

그녀와 하북팽가.

아무리 생각해도 어울리지 않는다. 절염색녀의 과거 행적을 살펴보면 더욱 이해되지 않는다.

그녀는 인간이 누릴 수 있는 모든 향락을 즐겼다.

단순히 있으니 누린다는 식이 아니라 본인 스스로 찾아다니면서 만끽했다. 제아무리 마음에 드는 사내라도 그녀에게 향락을 선물하지 못하면 대번에 버림받는 신세가 되곤 했다.

오죽하면 그녀를 베면 붉은 피 대신 누런 황금물이 줄줄 흐를 것이라는 말까지 나돌 정도였다.

그런 행동은 화화공자를 만나서 종적을 끊기 전까지 계속되었다.

그런 여인이 하북팽가에…… 향락과는 완전히 동떨어진 세계에서 근검절약을 몸에 붙이고 산다?

어느 누구라도 그런 말은 믿지 않을 것이고, 그녀에게 어떤 목적이 있을 것이라는 점도 어렵지 않게 짐작할 게다.

모두가 바라는 것이 이런 것들이다.

움직여라! 어서 네 본색을 보여라!

"으흠!"

그녀는 두 팔을 쭉 뻗어 길게 기지개를 켰다.

할 일이 없다. 해야 할 것도 없다. 그리고…… 어떤 일도 해서는 안 될 때이다.

　　　　＊　　　　＊　　　　＊

그에게 붓과 종이가 건네졌다.

"죽은 형제들, 사촌들에게 조금이라도 미안한 마음이 있다면…… 적어라. 한 치도 거짓 없이, 처음부터 끝까지 상세하게 적어라. 날짜, 시간, 장소……."

팽효뢰는 부들부들 떨리는 손으로 붓을 쥐었다.

많은 사람이 죽었다.

팽효문이 죽었다. 가모의 사주를 받아서 일월륜마를 죽였고, 또 만초광마까지 죽이려다가 죽었다.

팽효문…… 그놈도 어머니의 장난감이었나? 아니, 어머니라니! 그 죽일 년의 노리개였나. 자신은 월아에게 끌리는 마음을 이기지 못해서 이런 일을 벌였지만, 그놈은 욕정 때문에…… 아무리 그래도 그렇지 어떻게 가모를…… 그 죽일 년을!

팽효문의 죽음은 아주 큰 충격이다.

쌍겸구악이 뒷산 지자들을 죽인 것보다 더 가슴 시리게 와 닿는 불행이다.

그는 하북팽가를 뒷받침할 동량이었다.

중원 무림이 알기에 하북팽가의 동량이라면 팽가오도를 손 꼽는다. 그들밖에는 알지 못한다. 하북팽가에 팽효문, 팽효기, 팽효뢰가 있다는 사실은 생각지 않는다.

하북팽가의 후기지수 하면 단연 팽가오도다.

하지만 하북팽가에 들어서면 말이 달라진다. 팽가오도는 진실한 후기지수가 되지 못한다. 그들 역시 후기지수가 될 그릇이긴 하지만 그들보다 뛰어난 사람들이 있다.

팽효문이 그런 무인 중의 한 명이다.

팽가주는 이런 절정의 청년 고수들을 무림에 내놓지 않았다.

아직은 아니다. 아직은 상처받을 때가 아니다. 아직은 명예를 탐할 때가 아니다.

득명(得名)은 서른에 얻어도 늦지 않다. 마흔에 얻은들 어떠한가. 중요한 것은 무공이지 득명이 아니다.

절정에 오른 사람은 자신이 선전하지 않아도 만인이 알아본다. 절정에 이르지도 못한 자들이나 팔부능선에 올랐다, 구부능선에 올랐다 하고 자랑질을 하는 것이다.

무공만 수련해라. 본인이 나서지 않아도 세상이 알아줄 게다.

그러나 하북팽가의 이름으로 공식적인 자리에 나설 후기지수는 필요했다.

팽가오도가 그런 역할을 맡았다.

팽효문, 팽가촌 안에서 꾸준하게, 착실하게, 세파에 휘둘리지 않고 은밀하게 보옥의 때를 벗겨내고 있었던 진정한 고수!

그런 자가 자진했다.

정식으로 맞겨뤘어도 결코 질 리 없는 일월륜마 같은 자들을 죽이기 위해서. 평소 같으면 눈 아래에 두고 생각지도 않았을 만초광마 같은 자를 죽이기 위해서.

아버지가 십족령을 발하지 않았다면, 아마도 그 일은 자신에게 맡겨졌을 것이다.

그는 호흡을 가다듬고 기억 속으로 달려갔다.

가모를 처음 만났을 때…… 그러니까 아버지의 부인인 가모가 아니라 자신을 위해주는 가모…… 아니다. 가모를 만나기 전에 쌍겸구악부터 만났다. 월아를 납치했을 때…….

팽효뢰는 월아를 납치한 사건부터 기재하기 시작했다.

홍독사의 수하들을 죽이고, 월담을 하고, 월아를 납치하면서 방화, 살인…….

그가 행한 일은 하류 잡배나 하는 짓이었다.

명문정파의 후손으로서 입에도 꺼내기 힘든 일들이 한 줄, 한 줄 글이 되어 써졌다.

팽가삼로는 묵묵히 지켜보기만 했다.

그가 행한 일을 이미 알고 있는 듯, 놀랍다거나 한심하다는 표정을 짓지 않았다.

팽효뢰에게는 그게 더 가슴 아프게 와 닿는다.

팽가삼로가 아무런 표정도 짓지 않는다는 건, 그를 이미 버렸다는 뜻이다. 그에게 일말의 기대조차 하지 않는다는 것…… 엄중한 처벌만 남은 상태다.

일로나 이로가 들어서면 동정에 호소할 수 있다. 사로가 들어서면 무인답게 죽을 기회를 달라고 말할 수 있다. 오로는 다정다감하게 위로를 해줄 게다.

삼로는 냉정하다.

사람들은 사로가 가장 냉정하고 잔혹하다지만 실은 삼로가 한결 더하다. 잘못이 없었을 때는 사로가 냉정하다. 하지만 잘못이 있다면 삼로가 얼마나 차가운 사람인지 여실히 알게 될 게다.

팽효뢰는 글쓰기를 마쳤다.

그가 할 말은 많지 않았다. 뒷산 지자들의 습격 사실을 알고도 모른 척한 것과 지하 밀실에 들어갔다가 빈손으로 나온 것 외에는 특별히 한 것도 없다.

이숙이 월아를 죽였다.

그녀가 같은 무인이었다면 조금 더 쉽게 대화를 풀어나갈 수 있었을 텐데. 그런 식으로 시작할 필요도 없었고, 어쩌면 좋은 사랑을 이룰 수도 있었을 텐데.

팽가삼로가 진술서를 가져가 읽었다.

"여기 적힌 일들이 모두 사실이냐?"

"그렇습니다."

"이런 일을 하면서 아무런 죄책감도 못 느꼈더냐?"

"느꼈습니다. 하지만……."

제가 할 수 있는 일이 아무것도 없었습니다.

팽효뢰는 목구멍까지 치밀어 오른 말을 꿀꺽 삼켜 버렸다.

어쩐지 변명처럼 들린다. 어쩐지 못나 보인다. 마지막까지 추한 모습을 보이는 것 같다.

자신이 누군가! 팽효뢰다! 가주의 핏줄이다!

팽가삼로는 그의 마음을 조금도 헤아리지 않았다. 그의 얼굴에는 여전히 냉소만 가득했다.

"우리가 이 일에 준한 벌을 내릴 것이다. 상당히 중한 벌일 텐데, 달게 받을 생각이 있느냐?"

"있습니다."

"알았다."

팽가삼로가 진술서를 들고 일어섰다. 그리고 마지막으로 한마디 했다.

"효문이는 죽었지만, 큰 실수를 했지만, 여전히 우리의 자식이다."

자진하라?

자진하면 실수가 묻히지만, 그렇지 않고 벌을 내릴 경우에는…….

'파문이 될 수도 있다는 말. 후후! 구차하게 살 것이냐, 팽가 핏줄로 죽을 것이냐…… 선택하라는 말씀이군. 셋째 할아버지…… 참 잔인하신 분.'

팽효뢰는 돌아서서 가는 삼로의 등을 쳐다봤다.

삼로는 한 번도 돌아보지 않았다.

덜컹!

문이 열리면서 팽가오로, 다섯 명의 원로가 들어섰다.

그들 등 뒤로 붉게 물든 노을이 포근하게 펼쳐졌다. 밥 짓는 연기도 자욱하게 번져갔다.

"음!"

팽가오로가 탁자 곁에 다가와 팽효뢰의 완맥을 움켜잡았다.

사실 확인을 할 필요도 없었다. 문을 열고 들어서자마자 방 안 가득히 들어찬 시기(尸氣)를 감지했다.

오로가 고개를 좌우로 흔들었다.

"그래도 명예는 아는 놈이……."

사로가 고개를 돌렸다.

팽효문에 이어서 팽효뢰까지…… 팽가촌의 젊은 기재들이 한 여인 때문에 속절없이 죽어간다. 무인이면 칼을 들고 싸우다 죽어야지, 앉은 자리에서 심맥을 끊고 죽는다.

하북팽가가 탄생한 이래 이토록 분통 터지는 일은 없었던 것 같다.

"가주님께는 뭐라 말하는고."

일로가 탄식했다.

"파문보다는 낫지 않습니까. 그래도 효뢰는 우리 자식으로 남았으니까요."

삼로가 애잔한 눈빛을 띠며 말했다.

팽효뢰를 죽음으로 압박한 그이지만, 정작 팽효뢰의 죽음 앞에서는 만감이 교차할 수밖에 없었다.

팽효뢰는 차기 가주에 가장 근접했던 청년이다.

팽효문도 있고, 팽효기도 있지만 팽효뢰의 인화성(人和性)이 가장 돋보였다.

가주가 어찌 무공만 강하다고 되는 것이던가. 일가를 파란 없이 이끌고, 발전시켜야 할 임무가 있지 않던가. 그런 인물이 될 것이라고 생각했거늘.

"그래. 우리 자식으로 남았으니 다행이지. 장례도 치러줄 수 있고. 쯧! 가주님께는 내가 말하겠네."

일로가 힘없는 걸음으로 나섰다.

"그렇습니까? 그렇게…… 갔군요."

가주는 딱 두 마디만 했다. 그리고 책으로 눈길을 돌렸다.

조용한 침묵.

책장도 넘어가지 않고, 눈동자도 움직이지 않는다. 촛불만 하늘하늘 타들어간다.

"휴우!"

일로는 긴 한숨을 토해내며 일어섰다.

가주 앞에서 어떤 위로도 할 수 없었다.

그래도 팽효뢰는 여전히 팽가의 자식이다? 그런 말로는 찢어지는 가주의 마음을 날랠 수 없었다.

찌는 듯한 여름밤이 깊어갔다.

사총은 지하에서 들끓고 있는 용암이다. 뜨겁게 끓어올라서
바늘만 한 구멍만 발견해도 거세게 분출한다. 마성(魔性)이 너
무 짙어서 분출하지 않고는 견디지 못한다.

마인들을 언제까지 억누를 수 있다고 생각하는가.

악명 높은 마인들을 모조리 제거하면 세상에서 마(魔)를 씻
어낼 수 있다고 생각하는가?

마는 사라지지 않는다.

루주는 이번 일에 사총이 개입했다고 확신했다.

이런 종류의 확신은 쌍겸구악이란 마인들을 어떤 식으로 평
가하느냐에 따라서 달라진다.

사총의 전초, 입구를 지키는 개, 심부름꾼, 방패막이…… 이
런 하찮은 말들 속에서 쌍겸구악이 사총에서 차지하는 진실한
위치를 찾아내야 한다.

모두들 쌍겸구악을 저평가했다.

가모와 쌍겸구악 간의 연관성을 의심하는 사람은 없다. 그
들은 분명히 어떤 관계에 있다. 이렇게 확실한 증거를 앞에 놓
고도 사총의 개입만은 생각하려고 하지 않는다.

첫째는 이번 일이 사총이 개입할 만한 큰일이 아니라는 것
이다.

쌍겸구악이 한 일은 겨우 계집 두 명 납치한 것뿐이다. 팽가

촌 뒷산 지자들을 죽인 것도 그런 과정에서 호가를 쫓다 보니 어쩔 수 없이 일어난 우연발생적인 행동이다.

치밀한 계획을 세워서 공격한 게 아니다.

둘째는 역시 쌍겸구악이라는 마인들에 대한 평가다.

사총이 튀어나올 만한 일이었다면 쌍겸구악 대신에 조금 더 비중있는 자, 무공이 강한 자, 영향력을 행사할 수 있는 자를 보냈을 것이라는 판단이다.

그렇게 사총에 대한 부분은 잊혀졌다.

루주도 그렇게 생각했다.

사총은 이미 무너졌다. 완전히 무너졌다. 주축을 이루던 자들은 거의 모두 죽었다. 살아남은 자들이라 봐야 손꼽을 정도, 겨우 한두 명뿐이다.

그들은 부림에 나타나는 즉시 척살당한다.

사총은 재기할 수 없다.

그런데…… 또 다른 사건이 일어났다. 백살겸이 탈출했다. 내부인이 도와주어서 탈출한 것이 아니라 외인이 팽가촌을 뚫고 들어와서 구해갔다.

루주는 여기서 확신했다.

사총이다! 그들이 뚫고 나오려고 한다!

천하에서 하북팽가를 침입하여 백살겸을 빼내갈 만한 고수는 흔하지 않다.

팽가촌을 뚫고 들어갈 남력과 무공, 보통 고수가 아니다. 사총 내에서도 상당한 위치에 있는 자다. 아무리 못났어도 쌍겸구악에 필적할 만한 자인 것만은 분명하다.

팽가의 밀실은 외부에 알려지지 않았다.

외인은 그런 곳이 있는지조차 알지 못한다. 뿐만 아니라 밀실로 들어가는 길이 지하 외길 통로라면 정말로 죽을 각오를 하고 문을 열어야 한다.

백살겸을 구해간 자가 그런 행동을 했다.

마인을 움직일 수 있는 것은 두 가지뿐이다.

이권과 명령!

백살겸은 그를 구해간 자에게 무엇을 주었을까? 자기보다 강한 자, 혹은 자기와 비슷한 자에게 줄 수 있는 게 무엇일까? 돈? 권력? 명예? 어느 것일까?

그런 쪽보다는 명령을 받았다는 쪽이 이해하기 쉽다.

사총의 명령을 받고 백살겸을 구해갔다. 즉, 백살겸은 그만한 가치가 있다.

생각했던 것보다는 쌍겸구악을 높이 평가해야 한다.

그러면 쌍겸구악은 얼마나 높은 위치를 차지한 것일까 하는 부분도 생각해 봐야 한다.

이 부분은 고심할 필요가 없을 것 같다.

그들의 무공은 사총이 건재했을 때나 지금이나 별로 나아진 것이 없다. 옛날에도 그 정도였고, 지금도 그렇다. 암기를 사용하는 흑마겸의 경우에도 예전 그대로의 것을 고집했다.

발전이 없다.

그렇다면 충성이다. 충성도가 높았기에 누군가가 그들을 총애한 것이다.

어쩌면 수하 규합이 어려웠을 수도 있다. 뜻대로 사총이 재건되지 않은 경우다.

하지만 그들은 움직이고 있다. 힘은 있다. 조직도 있다. 지금이라도 일어설 수 있다. 그런 상태에서 쌍겸구악을 총애한다는 건…… 사총이 무너졌을 때 보여주었던 충성심을 높이 산 것이리라.

이쯤에서 사총이 재기할 만한 힘을 비축했다는 사실은 인정해야 할 것 같다.

그들은 일을 벌일 단초를 찾고 있다.

단초…… 그게 무엇일까?

마인의 등장에는 이유가 없다. 장소가 따로 있을 수 없다. 어떠한 사건을 만들어서 등장한다는 것도 모순이다. 하지만 사총은 한 번 망해본 경험이 있기 때문에 같은 실수를 반복하지 않는다.

일어서기 전에 망했던 요인부터 제거한다.

검치! 검치를 잡아야 한다!

그렇다. 검치를 잡지 못하면 옛날처럼 다시 무너진다. 그를 이겨낼 방도, 그를 잡을 계획 또는 무공이 있어야 한다. 검치를 능가할 마인이 있어야 한다.

한데 이 부분에서 사총은 실패한 것 같다.

아직은 검치를 잡을 수 있는 자가 없다. 만약 그런 자가 준비되었다면 미적거릴 필요가 없이 당장 뛰쳐나왔을 게다. 검치를 잡을 수 있는데 무엇을 망설이겠는가.

검치의 십검을 능가할 무학을 찾지 못했다.

하지만 그들은 꿈틀댄다. 검치를 잡을 수 있는 무인은 없지만, 그를 제압할 만한 방법은 찾았다는 뜻이다.

그 방법이 어미에게 있다.

어미가 팽가촌에 머물고 있는 이유가 검치를 잡을 수 있는 방법과 직결된다.

그가 맹삼력을 늙은이에게 보낸 이유다.

그가 와야 한다. 와서 팽가촌을 보고, 어미를 보고, 사총이 무엇을 노리는지 찾아내야 한다.

그는 싸움의 당사자다. 무엇이 자신을 위태롭게 할 것인지 척 보면 알지 않겠나.

'올 때가 됐는데……'

맹삼력을 실컷 두들겨 팼다면, 그다음은 자신을 패기 위해서 한달음에 달려올 게다.

언제쯤 두들겨맞게 될까?

또 한 가지…… 기다리는 것이 더 있다.

어미와 사총은 불가분의 관계에 있다. 그게 어떤 관계이든 사총은 결코 놓지 않는다. 어미가 놓으려고 해도 이미 빠져나올 수 없는 늪에 빠졌다.

물론 어미는 이런 사실을 부인할 게다. 본인이 손을 놓고자 마음만 먹으면 놓을 수 있다고 생각할 게다.

사총이 어떤 곳인데 이용만 당하겠는가.

손을 잡는 것은 어미의 선택이었겠지만, 손을 놓는 것은 저들의 뜻에 의해서다. 아니다. 절대로 손을 놓지 못한다. 사총은 죽는 순간까지 손을 놓아주지 않을 것이기 때문이다.

지금, 어미는 움직일 수 없는 처지다.

모든 사람이 그녀를 악인으로 내몰고 있지만, 실질적으로 표면에 드러난 증거는 없다. 여러 사람이 그녀의 악행을 말하지만, '모함' 이라는 한마디에 묻혀 버린다.

마도나 사도 같으면 있을 수 없는 일이다.

그런 곳에서는 심증만 있어도 즉각 처단해 버린다.

하나 정도 문파에는 절차라는 게 있다. 심증이나 말만으로는 처단할 수 없고, 마땅한 증거가 있어야 한다.

어미는 증거를 만들지 않기 위해서 움직이지 않는다.

사총은 다르다. 어미의 입장 같은 것은 고려하지 않고 무조건 그들이 원하는 것을 얻으려고 할 게다. 자신들에게 도움이 된다면 어미의 안위쯤은 아랑곳하지 않는다.

그들이 먼저 움직일 것이다.

루주는 사총이 움직일 것이라고 확신했다. 그래서 맹삼력을 보내면서 늙은이가 올 때까지는 사총이 움직였다는 증거를 갖춰놓을 것이라고 자신했던 것이다.

사총은 언제 움직일까?

사총이 개입했다고 확신한 것은 오판인가?

"이 집을 비워줘야 해. 짐 꾸리자."

주설언에게 말했다. 하나 실은 팽가연과 비연이도가 들으라고 한 말이다.

"집을 비워줘요? 그럼 우리 떠나는 거예요?"

"좋아할 것 없어. 집을 비워주고 노숙한다는 이야기지."

"노숙요? 왜요?"

"홍독사에게 약속했어. 민폐 그만 끼치기로."

"그런 인간한테도 약속 같은 걸 해요? 뭐 하려요? 그 사람, 아주 못된 사람이에요. 그 사람한테 맞은 여자가 한둘인 줄 아세요? 기녀를 아예 노예처럼 부린다니까요."

주설언은 홍독사를 몹시 못마땅해했다.

그녀는 옷가지를 봇짐에 싸면서 연신 투덜거렸다.

"천요루를 돌려주니까 백골난망이니 어쩌니 떠들던 사람이 위험하다 싶으니까 싹 빠지는 거 봐요. 은혜를 배신으로 갚는 아주 못된 사람인데 집까지 비워주고…… 휴우! 어떤 때 보면 상공께서는 똑똑한 게 아니라 바보인 거 같아요."

그녀는 상공이라는 말을 힘주어 말했다.

요즘 들어와서 툭 하면 쓰는 말이다. '가가'라는 말도 자주 쓰는데, 뜻은 똑같다. 이제 그만 안사람으로 인정해 달라는 귀엽고도 가벼운 투정이다.

루주는 멀거니 그녀를 쳐다보다가 말했다.

"왜 내 옷만 싸는 거야?"

"전 이거 한 벌이면 돼요. 뭐 별로 움직이지도 않는 걸요. 상공께서는 늘 위험하니까. 싸우면 옷도 찢어지고. 아무래도 저보다는 많이 필요할 거예요."

"그럴 필요 없어. 한 벌이면 돼."

"미안하지만 이런 건 안사람 소관이에요. 참견하지 마세요."

"허!"

"왜요?"

"아니. 처음에는 순한 양 같았는데, 점점 사나워지는 것 같아서."

"그게 여자예요. 여자라면 모르는 게 없는 분께서 갑자기 순진한 척하시기는."

주설언이 입술을 삐죽 내밀면서 말했다.

루주는 입을 다물어 버렸다.

그녀는 아무래도 홍독사에게 집을 내주는 게 못마땅한 모양이다.

팽가연과 비연이도는 꾸릴 짐도 없었다.

그녀들은 후원에 머물면서도 행낭을 풀지 않았다. 필요한 것이 있으면 잠시 꺼내 쓰고 다시 집어넣었다.

언제든 떠날 준비가 되어 있는 사람들이다.

루주와 함께 있지만 마음속으로는 항상 십족령을 떨쳐 버리지 못하고 있다.

"드디어 움직일 모양이네요."

"오래 머물기 싫은 곳인데…… 술 냄새, 지분 냄새에 머리가 지끈거렸거든요. 휴우! 떠난다니 전 십 년 묵은 체증이 내려가는 것 같네요. 호호호!"

취취와 흠화는 떠나는 게 더 좋은 듯했다.

팽가연은 아무 소리도 하지 않았다.

아니다…… 그녀는 못 박혔다. 두 발이 땅에 박힌 듯 꼼짝도 하지 못했다. 몸을 사시나무 떨듯이 부들부들 떨면서 두 눈에는 물기까지 촉촉이 맺혔다.

"아씨?"

팽가연의 이상한 모습에 취취가 화들짝 놀라 달려왔다.

"비켯!"

팽가연의 음성에 가시가 돋았다.

아무도 그녀를 건드릴 수 없다. 그 누구도 가까이 다가설 수 없다. 지금은 그렇다. 무슨 일인가!

취취와 흠화는 그녀의 눈길을 따라 후원 한 구석을 쳐다봤다.

그곳에 아!

팽효뢰 자진.

팽효기가 남긴 밀마!

말로 전하지 못하고 밀마로 남겨야만 하는 슬픔이 고스란히 배어 있는 그림!

"앗!"

밀마를 해독한 홈화가 경악성을 토해냈다.

"아! 이를 어쩨! 어떻게 해! 아씨! 어떻게 해요. 아씨!"

취취는 어쩔 줄 모르고 발을 동동 굴렀다.

팽효뢰는 징계를 받아야 한다. 그가 저지른 죄는 어떠한 변명으로도 용서받을 수 없다.

십족령이 발효되었을 때, 가주를 비롯해서 모두가 연금당했을 때, 그리고 가주가 연금대상자로 팽효뢰를 딱 지목했을 때, 팽효뢰에 대한 처분도 어느 정도는 예상했었다.

자진! 자진! 자진은 아니다!

어찌 무인이 그 정도의 일로 목숨을 끊는단 말인가. 차라리 깨끗하게 벌을 받고 명예 회복을 위해서 칼을 다시 들어야 하는 게 아닌가. 당한 만큼 마인들을 향해서 칼을 들어야 하지 않은가 말이다.

"으흑! 흑! 흑! 흑흑!"

팽가연의 입에서 거친 숨소리가 들리더니, 기어이 호곡성이 터져 나오기 시작했다.

그녀는 울었다.

울음을 참으려고 했는데, 뱃속 저 밑바닥에서부터 새어 나오기 시작한 통곡이 걷잡을 수 없이 쏟아져 나왔다.

"어헉! 엉! 흑흑흑!"

그녀는 자신이 어떻게 우는지도 알지 못했다. 가슴을 쥐어짜면서 운다는 사실도 몰랐다.

슬프다. 자진한 오라버니가 불쌍하다. 자라면서 함께 했던 온갖 일들이 주마등처럼 스쳐 간다. 그런 일들을 두 번 다시 같이 할 수 없다니 미치도록 그립다.

"어어억! 어억!"

목이 콱 막혀서 울음도 나오지 않았다. 숨이 막혀서 제대로 울음도 토해지지 않는다.

누군가가 다가와 그녀를 보듬어 안았다.

넓은 가슴, 포근한 가슴, 아늑한 가슴.

루주다. 그가 다가와 그녀를 안았고, 머리를 감싸 쥐었다.

"어어엉!"

팽가연은 가슴에 얼굴을 묻고 통곡하기 시작했다.

가슴이 없었을 때는 그나마 참을 수 있었는데, 기댈 곳이 생기니 통곡이 펑펑 쏟아져 나온다.

"엉엉! 어어엉!"

루주는 아무 말 없이 가슴만 빌려주었다.

第二十八章 꿈틀거리는 사총

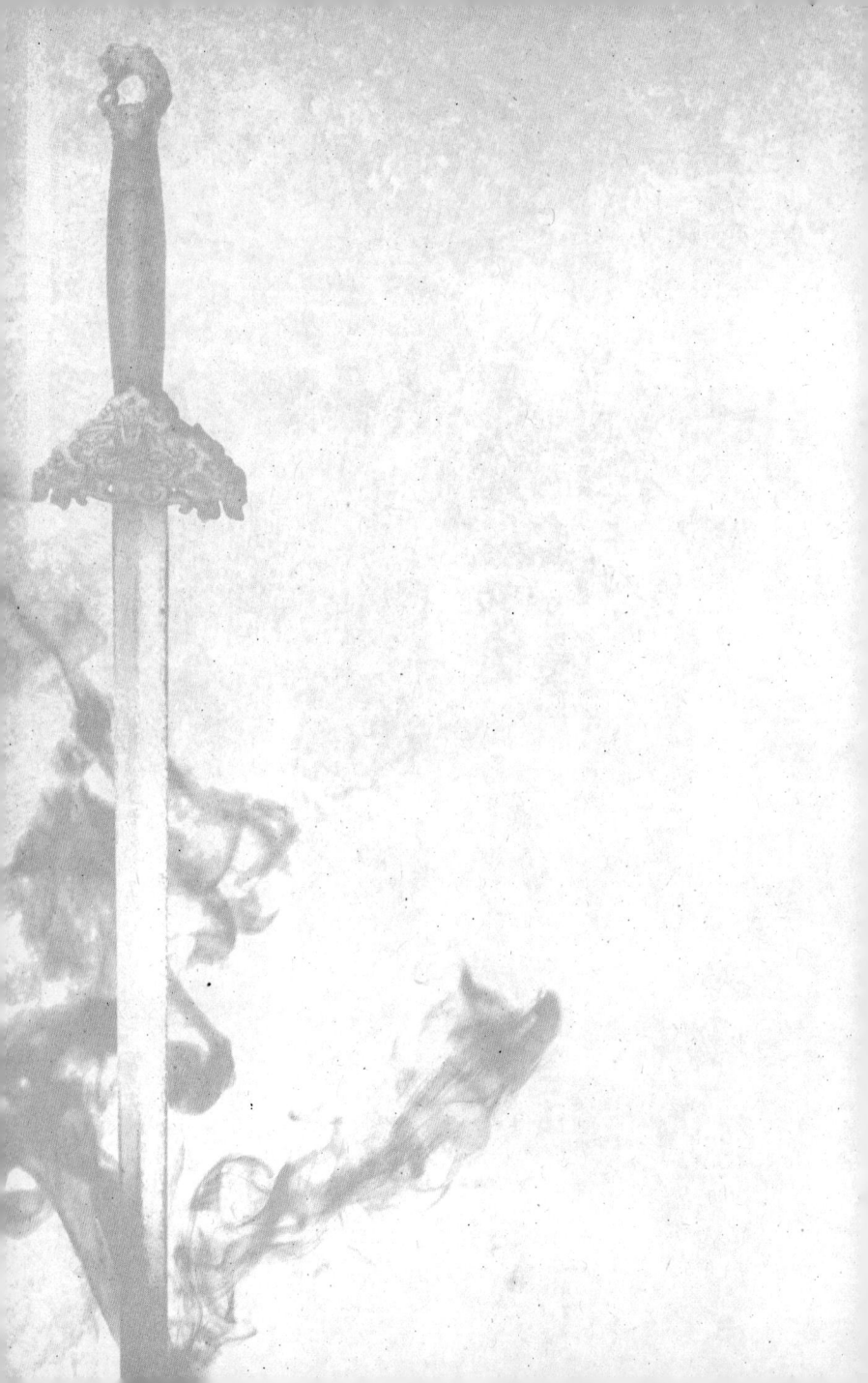

1

통천오방진이라는 절진이 펼쳐지면 하늘을 나는 새도 침입을 하지 못한다.

세상은 그런 사실을 모르고 있지만, 그는 안다.

"통천오방진이 두 개다. 한 개도 어려운데 두 개. 안으로 들어선다는 건 불가능하다."

"지하도 안 됩니까?"

"……"

"땅 파는 거라면…… 헤헤! 이놈이 감쪽같이…… 헤헤헤! 명만 내리시면 당장 들어갈 수 있는데. 헤헤! 아! 안 되는규요. 안된다면 할 수 없죠. 헤헤!"

전신에 비늘 같은 철갑을 뒤집어쓴 작은 괴인이 낄낄거리면서 말했다.

"지하도 안 된다면 하늘에서 떨구는 방법은 어떻습니까? 연을 이용하는 방법이 있습니다만."

"……."

그는 말하지 않았다.

눈으로 감시하는 형태라면 여러 가지 방법이 동원될 수 있다. 하지만 기감으로 감응하는 형태의 감시망에서는 쓸 수 있는 방법이 거의 없다.

땅을 파면 지축이 울린다. 하늘에 연을 띄우는 것은 더욱 무모하다. 그러면 하늘에 관심이 없던 사람도 쳐다보게 된다. 눈길을 다른 데로 돌리는 것이 아니라 더욱 끌어당기게 된다.

조용히, 은밀히 연통하는 것과는 거리가 멀다.

'사람밖에 없어.'

급할 건 없다. 설혹 급하더라도 서두르면 안 된다. 바쁠수록 돌아가라는 말도 있지 않은가.

"제가 안부나 전할까요?"

맨발에 낫을 꼭 껴안고 있던 자, 백살겸이 말했다.

그는 고개를 저었다.

백살겸의 천마소는 십 리 밖에 있는 사람에게도 소식을 전할 수 있는 명기(名技)다.

다른 때 같으면 벌써 소식을 전했을 게다. 하지만 팽가촌에 펼쳐진 것은 통천오방진이다. 천마소와는 극성이다. 기파로 전달되는 소리가 기파로 감응하는 절진에 걸려들지 않을 턱이 없다.

곁에 있는 사람들은 제각각 특이한 재주를 가지고 있다.

지응서(地膺鼠)와 백살겸이 지닌 무공이라면 이 세상 그 누구와도 소통할 수 있다. 이곳 팽가촌만 빼고.

'기회가 생길 거야.'

*　　　*　　　*

"절염색녀가 그렇게 잘해요?"

"뭘?"

"그 양반 능청 떨기는…… 아, 내가 뭘 묻는지 몰라서 그러슈? 그거 말이오. 듣자 하니 허리 한 번만 핵 돌리면 사내들이 꼼짝 못한다던데, 그 비기가 뭐유?"

"아, 그걸 왜 내게 묻나. 그렇게 궁금하면 직접 가서 물어보지."

구레나룻을 멋지게 기른 중년인이 능청을 떨었다.

"그렇게 재지만 말고 후딱 좀 말해보슈. 자, 자! 내 술 한 잔 받아드리리다."

"허허! 그것참…… 이런 이야기는 하면 안 되는데…… 그래도 지금은 하북팽가의 가모까지 되신 분을…… 그러니까 내가 그 아낙을 만났을 때는…… 아! 나도 모르게 아낙이라고 말해버렸네. 하하! 뭐 그때는 춘희(春嬉)였으니까."

"얼마짜리 춘희였소?"

"아아, 춘희라고 해서 길거리에서 돗자리 편 그런 춘희가 아니고…… 아무 놈하고 붙어먹긴 했어도 값은 꽤 나갔지. 봐서들 알겠지만 그런 데 굴러먹을 여자는 아니잖아?"

구레나룻을 기른 중년인은 가모가 아닌 길거리 여자의 모습을 적나라하게 설명했다.

"저 새끼!"

"참아."

"어떻게 참습니까!"

"가모가 절염색녀라는 건 이미 다 알려진 사실인데 뭘. 매춘부, 밀매음녀, 가창, 노류장화. 휴우! 내가 정말 이해하지 못할 건, 그만한 미모를 지닌 분이 왜 그런 짓을 하고 다녔냐는 거야. 천요루처럼 고급 기루에서 품위있게 놀면 안 되는 거였나?"

"그건 나중에 말합시다. 저 새끼, 내 가만있지 못하겠소."

구레나룻을 기른 사내가 침상에서 벌인 운우지락을 말하고 있었다. 절염색녀가 내지른 교성을 흉내까지 내가면서 마치 어젯밤에 벌인 정사처럼 설명해 나갔다.

팽가 무인들은 하북팽가의 명예가 더럽혀지는 것을 두고 보지 못했다. 뒤에서 수군거리는 소리조차 듣기 싫었다. 하물며 뚜렷하게 귀에 들려오는 소리는 정말 참기 힘들다.

처음에 그를 말리던 무인도 이번에는 잡지 않았다.

탁!

팽가 무인이 자리를 박차고 일어섰다.

"오! 하북팽가. 가모는 잘 계신가? 하하! 한때 이 몸이 그쪽
가모와 정분이 있던 사이라. 안부 전하면 반가워할 텐데. 하하
하! 어떻게 만남 한 번 주선해 주실 수 없으신가?"

구레나룻의 사내, 미염공자는 손으로 구레나룻을 쓰다듬으
며 능글맞게 말했다.

팽가 무인은 분노에 차서 일어설 때와는 다르게 냉심(冷心)
을 유지했다.

이자들은 바보가 아니다.

하북 땅에서 하북을 호령하고 있는 팽가에게 단신으로 도전
할 만큼 무모하지 않다.

이들이 거침없이 대드는 데는 이유가 있다.

이들은 어제저녁 회합을 가졌다. 같은 목적으로 하북 땅을
밟은 사람들끼리 연합했다. 정사마를 떠나서 가모와 동침했던
사내들끼리 뜻을 합쳤다.

홀로 하북팽가와 싸우는 것은 자살 행위다. 저 잘났다고 혼
자서 팽가촌에 들어간 자들의 종말을 봤지 않은가. 그들은 흔
적도 남기지 않고 실종되었다.

그렇게 되고 싶은가? 아니면 여기까지 와서 절염색녀의 얼
굴도 보지 않고 물러설 텐가.

둘 다 하기 싫다.

그래서 그들은 서로 힘을 모았다. 세력을 모으면 정도 무림

의 공격 대상이 된다는 점을 알고 있기 때문에 싸움이 일어날 때만 화다닥 모였다가 흩어지는 일시적인 형태의 집단 체계를 갖췄다.

이들의 움직임은 이미 파악되고 있는 터이다.

지금, 이들은 어젯밤에 토의했던 대로 움직이고 있다. 미염 공자가 시선을 잡아당긴다. 일부러 시비를 건다. 아니, 시비를 걸어오게 유도한다.

하북팽가가 먼저 시비를 걸어오게 한 다음, 싸움을 벌인다.

물론 지는 것은 생각하지 않는다. 이기는 것만 생각한다. 그러니 시비를 걸어오는 놈도 만만해야 한다. 하북팽가의 이름을 걸머지는 놈이 아니라 이제 막 입문한 놈이면 더 좋다.

어떤 놈이든 하북팽가의 혈족이다. 잘난 놈이나 못난 놈이나 똑같은 팽씨다.

그러니 가급적 못난 놈을 골라서 시비를 건 다음에, 제압한다.

한마디로 인질을 확보하자는 심산이다.

막무가내로 납치하면 하북팽가와 전쟁을 선포하는 것이나 다름없으니 그건 안 되고, 일대일의 싸움이 딱 좋다. 그것도 팽가 쪽에서 먼저 걸어온 싸움이어야 한다.

그러면 제압하여 인질로 삼아도 이유가 된다. 그리고 싸움의 정당성을 이유로 하북팽가에 정식 항의한다.

하북팽가로서는 당장 때려죽이고 싶지만 이목을 고려해서 협상에 응해야 한다.

정도 문파 놈들은 이런 허례허식 때문에 망할 게다.

협상을 한다고 해도 이쪽에서 원하는 것은 별로 없다. 가모와 면담? 가모의 자유? 팽가 무인들에게 가모와 자고 싶다는 말은 하지 못하고…… 그저 면담 정도 요구할 생각이다. 하북까지 왔는데 얼굴이라도 보고 가야 하지 않겠나.

시비를 유도한 사람은 미염공자다. 하지만 그와 싸움을 벌이면 이런저런 이유를 들어서 당장 소매를 걷어붙이고 달려들 마인 놈이 적어도 다섯 명은 된다.

육 대 일의 싸움이다.

사촌이 한 명 더 있기는 하다. 자신과 마찬가지로 이 모든 사실을 알고 있으며, 싸움이 어떻게 진행될지, 그리고 그 역시 싸움에 휘말릴 것이라는 사실을 인지하면서 앉아 있다.

결국 육 대 이의 싸움이 된다.

이들 생각대로 사로잡힌다면 하북팽가는 개망신당한다.

하북 땅에서 마인들에게 사로잡힌 수모를 어디에다 하소연한단 말인가. 그럴 바에는 차라리 싸우다가 죽는 게 낫다. 자진이라도 하는 게 낫다.

스릉!

그는 그럴 생각으로 도를 뽑았다.

"미염공자, 더러운 주둥이를 베어주지."

"흐흐! 흐흐흐흐……!"

미염공자가 웃었다.

이제 갓 약관을 넘었음 직한 새파란 애송이가 자신을 베겠

단다.

　강호에서 굴러먹은 게 삼십 년이다. 강산이 세 번이나 변할 세월이다. 그동안 수많은 놈들에게 죽인다는 말을 들었지만, 머리에 피도 안 마른 놈에게 듣기는 처음이다.

　"능력 있으면 죽이는 게 당연하고, 능력 없으면 개망신당하는 거고. 흐흐흐! 꼬마, 너는 어느 쪽일까?"

　쒜엑!

　오호단문도가 펼쳐졌다.

　긋고, 베고, 찌르고…… 정형화된 초식들이 순식간에 십여 초나 펼쳐졌다.

　"크크큭!"

　미염공자는 여유 있게 피했다.

　하북팽가의 도법은 무림일절이다. 번갯불이 스쳐 가는 동안 이면 목숨 열은 끊어놓는다. 하지만 팽가 무인이라고 모두가 그런 도법을 펼칠 수 있는 건 아니다.

　"꼬마야, 너 확실히 어미 젖 좀 더 먹고 와야겠다."

　쉬잇!

　미염공자의 신형이 미풍처럼 흔들거렸다.

　산유보(山遊步)!

　느리지만 많은 변화를 내포하고 있다. 예단을 하고 쳐나가면 즉시 변화한다.

　쒜레레렉!

　오호단문도가 맹렬한 기세로 미풍을 덮쳐 갔다.

순간, 미염공자는 신형을 옆으로 틀었다.

팽가 무인의 오호단문도는 워낙 유연성이 없다. 정형화된 초식을 그대로 쓰고 있다.

옆에서 봐도 초식의 흐름이 환히 읽혔다.

더군다나 미염공자가 펼치고 있는 신법은 유연성이 지극히 뛰어난 산유보다.

그가 오호단문도의 영향권에서 벗어나는 건 아주 쉬워 보였다.

스르릇!

미염공자는 오호단문도를 피해서 옆으로 비켜서면서 일지(一指)를 찔러갔다.

이런 애송이를 죽이는 건 시간문제다. 사로잡는 것도 아주 쉽다. 목표를 제대로 골랐다. 한데 그 순간,

파라라라락!

팽가 무인의 유엽도가 바람에 휘날리는 종이처럼 날카로운 소리를 흘렸다.

'이 소리는!'

미염공자는 깜짝 놀랐다.

팽가 무인이 사용하는 도는 유엽도다. 버드나무처럼 유연하게 도형(刀形)을 지녔지만, 엄연히 쇠로 만든 강도다. 한데 얇디얇은 면도(綿刀)에서나 들릴 법한 소리가 터졌다.

칼을 제대로 쓰는 자다!

'헉!'

미염공자는 깜짝 놀라서 물러서려고 했다.

촤악!

잘생긴 용모, 멋지게 기른 구레나룻!

붉은 피가 솟구치면서 머리 하나가 둥실 떠오른다.

육신은 아직도 죽음을 인정하기 싫은 듯 마구 뒤뚱거린다. 손도 허우적거리고, 두 발은 연신 뒤로 쿵쿵 거칠게 물러선다.

툭! 떼구르르르!

바닥으로 굴러떨어진 머리가 배추처럼 굴러갔다.

"이!"

미염공자와 주거니 받거니 말을 나누던 상인이 이를 악물었다가 금세 풀었다.

"매염상인(賣焰商人). 너도 싸우고 싶은 건가!"

팽가 무인이 피 묻은 도를 상인에게 겨눴다.

상인은 그럴 리 있겠느냐는 듯 두 팔을 살짝 들어 보였다.

됐다. 난 안 한다.

"한마디만 더 가모에 대해서 주둥이를 놀리면…… 가차없이 죽인다. 가모에 대해서, 가모의 과거에 대해서 한마디도 하지 마라. 이건 죽음의 경고다!"

팽가 무인이 활활 불타는 눈으로 말했다.

＊　　　＊　　　＊

'후후! 이거군.'

그는 틈을 발견해 냈다.

하북 땅에 이상한 놈들이 들어와 있다.

가모를 한 번이라도 더 안아보고 싶다는 놈들이다.

정말 이상하지 않은가? 원래 계집은 몇 번 안아보면 천하절색도 다 그렇고 그런 여자로 보이는 법이다. 원래 사람이 다 똑같지 않은가. 더욱이 그녀를 찾아온 놈들은 그 방면에서는 난다 긴다 하는 난봉쟁이들이다.

그런 인간들이 한 여인을 잊지 못해?

절염색녀가 다시없는 미녀인 것만은 분명하지만, 벌써 세월이 십여 년이나 흘렀다. 세월만큼 그녀도 늙었다.

그런 점을 분간하지 못할 그들이 아니거늘.

하룻밤의 운우지락을 즐기기 위해서 목숨을 건 놈이 벌써 여럿이다. 일월륜마, 만초광마…… 단신으로 팽가촌에 뛰어든 자들이 열 손가락을 넘어섰다.

도대체 세상에 미친 것도 아니고 이게 무슨 일인지.

그런데 그런 미친 일 속에서 팽가촌의 허점을 찾아냈다. 통천오방진을 뚫고 들어갈 수 있는 방법이 나왔다.

그가 말했다.

"팽가 쪽에서 죽음의 경고를 선포했더군. 후후후! 죽여라. 죽일 수 있는 만큼 죽여라. 하북팽가의 경고가 얼마나 무서운 시 여실히 보여줘라. 저 난봉꾼들한테. 하하하!"

"저놈들을 죽인다고 뭐가 달라지겠습니까?"

지웅서가 눈을 데룩데룩 굴리며 말했다.

"성하(省廈)님 말씀은 서로 맛만 보게 하지 말고 전면전을 붙이자는 거지. 이쪽 놈들을 마구 죽이면 이놈들이 가만히 있겠어? 어떻게든 반격을 하려고 들 거 아냐. 그럼 팽가 놈들이 또 가만히 있지 않을 것이고. 키키!"

백살겸이 두 눈에 화광을 번뜩이며 말했다.

그에게 하북팽가는 해결할 게 많은 문파다. 무엇보다도 흑마겸의 죽음에 대한 빚만은 반드시 청산해야 한다.

흑마겸을 죽인 사람은 루주다. 그래서 루주도 죽일 생각이다. 자신이 죽이지 못하면 쓰레기 잡배 같은 놈들에게 청부를 해서라도 죽일 예정이다.

그놈을 죽이는 데 자존심 같은 건 없다.

더불어서 하북팽가도 원수다. 다리 하나를 잘라낸 원한은 구천에서도 잊지 못한다.

총단으로 돌아갈 수 있음에도 불구하고 평소 데면데면하던 성하 밑으로 들어온 이유도 복수 때문이다.

총단으로 돌아가도 복수는 한다. 하지만 늦다. 기다려야 한다.

성하 밑에 있으면 지금처럼 당장 복수할 길이 보인다. 어쩌면 자신이 직접 손을 쓸 수도 있다. 어떻게든 기회만 엿본다. 아마도 조만간 그 기회란 것이 올 것 같지만.

"죽고 죽이다 보면 방어막이 뚫린다?"

지웅서가 웃으면서 말했다.

"잘 죽여. 우리가 죽인 게 들통 나면 오히려 역효과야. 팽가 도법에 대해서 아는 거 있어?"

"이거 왜 이러시나. 다른 건 몰라도 왕자사도는 알아. 위에서 아래로 빗겨 들어가고 그다음은 그냥 쭉 일직선, 빠져나올 때는 약간 위로 쳐들리는 듯하다가 밑으로 쫙!"

지웅서가 왕자사도의 도흔(刀痕)을 말했다.

그들에게는 하북에 몰려든 난봉꾼들이 언제든 죽일 수 있는 허수아비처럼 보였다.

2

"그년…… 반드시 내 손으로 죽이고 말겠어요."

팽가연의 두 눈에서 화염이 이글이글 타올랐다.

그녀뿐만이 아니다. 비연이도 역시 팽효뢰의 자진 소식에는 상당한 충격을 받은 것 같다.

세 여인은 얼마나 울었는지 두 눈이 벌겋게 부어올랐다.

루주는 묵묵히 듣기만 했다.

"그년만 아니었으면 그렇게 죽을 사람이 아니에요. 평생 무공만 수련했던 분인데…… 오도독!"

팽가연이 얼마나 세게 이빨을 갈았는지, 옆에서도 이빨 갈리는 소리가 똑똑히 들렸다.

"하나만 물어볼게요. 그때 그년 왜 공격한 거예요?"

"……."

"마차를 전복시킬 때 말이에요. 전 그년이 그렇게 나쁜 년인 줄도 모르고…… 죄송해요. 그런데 그때 그 일이 얼마나 다행인지 모르겠어요. 그년이 아이를 낳았다고 생각하면…… 어휴! 치가 다 떨려요. 또 아이만 해도 그래요. 그게 제 아버지 아이인지 어떻게 알아요? 워낙 화냥년인데."

부스럭!

루주가 행낭에서 마른 종이에 싼 떡을 꺼내 펼쳤다.

바짝 마른 떡이 돌처럼 딱딱하게 굳어 있다.

루주는 그런 떡을 잘게 쪼개서 입에 넣었다.

오몰 오몰…… 볼이 씰룩거린다. 입안에서 떡이 굴러간다.

주설언도 마른 떡을 쪼개서 입안에 넣고 녹였다.

저녁 대용이다.

루주가 집을 비워주고 노숙한다고 말은 했지만 정말로 완전한 노숙을 할 줄은 몰랐다. 아무것도 없는 텅 빈 들판에 마른천 한 장 깔아놓고 하늘을 보며 앉아 있다.

이렇게 밤을 새울 요량이다.

"그때 오라버니를 이용한 건 핑계라는 거 다 알아요. 그년이 절염색녀라는 거 그때 알았던 거예요? 그래서 공격한 거죠? 천요루를 운용하고 계셨으니까 그쪽 세계에 대한 소문은 환했을 거고…… 저희가 모르는 다른 사연이 있죠?"

팽가연은 한마디라도 듣고 싶어 했다.

루주는 침묵만 지켰다. 아니, 입안 가득히 떡을 넣고 녹여 먹는 데만 신경을 쏟았다. 팽가연의 말은 듣지 않았다. 한 귀로 듣고 한 귀로 흘려버리는 듯했다.

주설언이 흠화의 옷깃을 살며시 잡아끌었다.

흠화가 돌아본다.

'왜?'

주설언은 루주의 눈치를 살짝 보며 고갯짓을 했다.

'따라와.'

"흡!"

흠화는 너무 놀라서 두 손으로 자신의 입을 틀어막았다.

"사연이 길어요."

"저, 정말…… 그게 정말…… 이에요?"

흠화는 도저히 믿을 수 없다는 표정이다.

"많은 사연이 있고, 일이 복잡하게 얽혀 있지만…… 지금은 그것밖에 말할 수 없어요. 아씨께서 너무 그년, 그년 하시기에 듣기가 좀 그래서."

"아, 알았어요. 제가 말할게요. 그런데 그 말 정말이죠?"

주설언은 고개를 끄덕였다.

루주가 절염색녀의 친자식이다.

이건 놀랄 만한 일이 아니다. 루주를 아는 사람이 많지 않으니 놀랄 사람도 몇 되지 않는다.

절염색녀에게 아이가 있다.

이건 굉장히 놀라운 일이다. 더군다나 그 아이가 장성하여 천요루주가 되었다면 더 크게 놀랄 것이다.

사람들은 뭐라고 할까? 역시 피는 속일 수 없다고 할 게다. 어미는 화냥년, 자식은 계집 등이나 처먹는 기루 루주. 아주 제대로 된 썩은 집안이다.

"그런데 왜 루주가 그년…… 아니, 가모를……?"

"지금은 아무 소리도 못해요. 저도 모르는 게 많으니까 더 말할 게 없고요."

"그럼 아씨의 복수도……."

"그건 걱정 마세요. 루주는 아씨가 자신에게 온 뜻을 알고 있어요. 가주께서 십족령을 선포한 이유도 짐작하고요. 루주는 도움을 주실 거예요."

"하지만 그건 가모께 칼을 들이대는 건데……."

"한 가지만은 분명히 말할 수 있어요. 아씨께서 가모께 복수의 칼을 든다고 해도 루주는 상관하지 않을 거예요. 실제로 루주의 피붙이나 다름없는 호가가 복수의 검을 들었어요. 월아의 복수를 해야만 되겠다고. 루주는 웃었어요."

흠화는 루주에게 말 못할 사연이 많다는 걸 짐작했다.

아무리 호래자식이라도 어미를 공격하는 자식은 없다. 자식을 공격하는 어미도 없다.

가모와 루주는 그 같은 상식을 깨고 서로를 공격한다.

여기에는 남들이 한마디로 단정할 수 없는 깊은 사연이 담겨 있으리라. 두 사람이 이렇게까지 할 때는 정말로 피눈물 나는 과거가 남겨져 있을 게다.

한두 마디로 풀어낼 수 없는 사연.

"더 이상 말하긴 곤란하겠죠?"

"실은 저도 잘 몰라요."

주설언은 정말 모르는 듯했다.

흠화는 퍼뜩 팽가연을 쳐다봤다.

그녀는 계속 말하고 있다. 루주에게서 당장 한마디라도 듣고 싶어서 직설적으로 말하기도 하고, 돌려서 우회적으로 말하기도 한다. 그 어느 쪽이나 '그년'을 죽이겠다는 말이다.

"아!"

흠화는 탄식을 토해내며 팽가연에게 갔다.

"뭐, 뭣!"

팽가연은 얼음처럼 얼어붙었다.

루주가…… 가모의 아들?

그렇다면 두 사람은 아비, 어미가 모두 다르지만 오누이인 셈이다.

아니, 그런 점은 중요하지 않다. 루주에게는 가모가 친어미일 텐데, 그 앞에서 '그년' 소리를 입에 달고 살았다. 그리고 죽인다는 말도 수십 번은 반복했다.

그 말을 듣는 그의 심정은 어땠을까?

물론 그에게도 심상치 않은 사연이 있다. 그렇기에 마자를 이용하여 급습까지 한 게다.

팽가연은 이런저런 생각들이 후다닥 떠올랐다가 사라졌다.

갑자기 머릿속이 텅 빈다.

아무것도 생각나는 게 없다. 지금 당장 무엇을 해야 할지 모르겠다. 누가 적이고, 누가 아군인지도 구분되지 않는다. 죽여야 할 자와 살려야 할 자의 구분도 없어진다.

그녀는 한동안 멍하니 서 있었다.

그녀는 루주에게 걸어갔다.

그는 목검을 준비할 모양이다. 주변에서 적당한 크기의 나무를 골라와 한편에 쌓아놓았다.

팽가연이 그 곁에 앉으며 말했다.

"이야기 좀 해요."

루주가 고개를 들어 딱딱하게 경직된 그녀의 얼굴을 쳐다봤다.

"많이 놀랐나 보군."

별것 아니라는 듯이 말한다.

"네. 놀랐어요."

"알지 못했으면 좋았을 뻔했소."

"어떻게 그럴 수 있어요. 그럴 수는 없죠."

"안다고 해도 달라질 건 없소."

"왜 진작 말하지 않았어요?"

"좋은 이야기도 아니고…… 굳이 털어놓을 이야깃거리도 없고…… 또 소저가 생각한 것 이상으로 복잡한 문제가 얽혀 있소. 가모 문제는 그렇게 간단한 게 아니오."

"어머니를 가모라고 부르나요?"

"……."

루주의 얼굴에 복잡한 빛이 떠올랐다.

애증이라기에는 너무 찬 표정이다. 남남이라기에는 진한 갈등이 들어 있다.

팽가연은 루주가 가모의 아들이라는 것을 아는 순간부터 묘한 느낌이 들었다.

마치 잃어버린 형제를 찾은 느낌이랄까?

지난 십여 년간, 가모는 더없이 좋은 어머니였다. 의모는 어머니가 없는 자리를 빼곡히 채워주었다. 비록 지금은 원수가 되어버렸지만, 얼마 전까지만 해도 좋은 어머니였다.

루주는 절염새녀의 자식이 아니라 성녀의 자식으로 보인다.

자신이 사랑을 받고 자라는 동안, 혼자서 고독을 씹으면서 복수심을 불태우는 모습이 그려진다.

정작 불쌍한 사람은 이 사람이다.

하지만 지금은 그런 감정에 연연할 때가 아니다. 루주와 반드시 긋고 지나갈 선이 있다.

그녀는 마음을 냉정하게 고쳐 잡고 말했다.

"그년을 죽여도 되나요?"

일부러 '그년'이라는 말을 힘주어 말했다.

"마음대로."

"마음대로요? 눈앞에서 죽여도 된다고요?"

"그게 어미의 운명이라면……."

루주의 입에서 처음으로 어미라는 말이 나왔다.

절염색녀가 루주의 생모라는 사실은 들었지만, 막상 루주가 어미라는 소리를 하니 정말로 가모가 루주의 생모구나 하는 사실이 실감있게 다가온다.

"다시 한 번 물어요. 정말 그년을 죽여도 돼요?"

이번에는 '그년'을 말하면서 껄끄럽다는 느낌이 들었다.

조금 전까지만 해도 서슴없이 말했는데, 이번에는 어쩐지 모래알을 씹는 것처럼 겉돈다.

루주는 피식 웃었다.

"이미 그럴 마음으로 떠난 사람이 있소. 사람을 죽이는 쪽으로 보면 아마도 그 사람이 소저보다 나을 거요."

"호가요?"

"그 사람은 청성파의 제일기재였소. 금제당하기 전의 그가 얼마나 강했는지는 아무도 모를 거요."

"금제요? 그 사람도 금제를 당했다고요?"

팽가연이 믿을 수 없다는 표정을 지었다.

호가는 많은 절기를 자유자재로 사용한다.

그녀가 직접 두 눈으로 지켜본 무공만 해도 불기화령혼에 경마귀공에…… 충실한 진기가 없으면 펼칠 수 없는 공부들이다.

그런데 그 상태가 금제를 당한 상태란 말인가? 그렇다면 금제가 풀린 그는 얼마나 강하다는 건가?

"어, 어떤 금제를 당했는데요?"

"내공의 절반이 억눌려 있소."

"저, 절반!"

입이 딱 벌어진다.

그렇게 강한 고수였나? 지금이 절반이라면…… 내공이 완전히 풀린 상태는 그야말로 펄펄 난다는 거 아닌가.

"그 내공…… 풀릴 가능성이 있나요?"

"청성파에는 생각지도 못한 비기들이 많소. 도문(道門)이라 금단술(金丹術)에도 능하고. 자신의 생명을 돌보지 않는다면…… 풀어낼 거요. 아마도 지금쯤 풀었는지도 모르겠고."

"그럼 가모는 죽겠군요."

진기가 완전히 풀린 호가는 초절정고수 반열에 오른다. 청성파의 장문인이나 그에 버금가는 초절정고수의 등장이라고 생각해도 무방할 정도다.

하북팽가에서 누가 그를 막을 수 있을까? 얼핏 떠오르는 사람이 없다.

아버지는 막을 수 있다.

그녀는 혼원벽력신공의 절대적인 극도(極刀)를 믿는다.

그 외에는 떠오르는 사람이 없다.

그는 팽가촌을 뚫고 들어갈 것이고, 가모를 죽이리라. 그런데, 루주가 뜻밖의 소리를 했다.

"가모를 얕보지 마시오. 가모에게 무수검법만 있다고 생각하면 큰 오산이지. 그 정도의 셈법밖에 없다면 무림에서 그렇게 살지도 않았을 거요. 그 양반."

'그 양반······.'

팽가연은 루주의 마음을 조금은 엿본 듯한 느낌이 들었다.

그 양반······ 애증의 표현이지 않은가. 죽기를 바라면서도, 또 죽지 않기를 바라는 모순이 한마디에 담겨 있다.

그녀는 가모에 대해서는 더 이상 캐물을 수 없었다.

"한 가지만 더요. 가모에게 아직도 볼일이 남은 거예요?"

루주는 고개를 끄덕였다.

"저처럼······ 복수인가요?"

이번에는 고개를 저었다. 그리고 말했다.

"사총. 어미가 사총과 손을 잡은 것 같소. 그것만 아니라면 지금이라도 훌훌 털어버리고 싶은데······ 사총과 손을 잡았다면······ 모자간의 정리로 토닥거릴 수위는 넘지 않았나 싶소."

"사총······ 설마요."

사총을 생각하지 않은 건 아니다. 쌍겸구악이 등장했을 때부터 사총을 생각했다. 하지만 그 쌍겸구악이 개인적으로 무림에 나섰다는 판단으로 돌아섰다. 그들의 행적을 캐봤지만 사총이 개입한 흔적은 어디에서도 엿보이지 않았다.

루주가 말했다.

"후후! 이건 심증이 아니라 확신이오. 곧 알게 되겠지. 지금도 그렇지 않기를 바라는 마음이 간절하지만······ 아마도 사로는 예감하고 있는 듯했소."

'그래서!'

팽효기가 지켜보고 있다. 팽가촌과 루주를 연결하고 있다.

솔직히 그런 광경을 봤을 때, 이렇게까지 해야 하나 하는 마음이 들기도 했다.

어미의 과거 때문이라면 너무 과한 조치다.

그런데 그게 사총이라면…… 이제야 이해가 된다. 아버지가 왜 십족령까지 발효시키면서 자신을 스스로 가둬 버렸는지, 왜 간단하게 가모를 정리하지 못하는지…… 모든 게 이해된다.

그녀는 묻고 싶은 게 많았다. 하지만 아무것도 묻지 못했다.

루주가 목검을 깎기 시작했다.

사각! 사각! 사각!

루주는 마음이 아팠다.

세상에는 낳은 정도 있지만 기른 정도 있는 법이다. 두 개 중에서 더 좋은 하나를 고를 수 있을까? 흔히들 핏줄만큼 강한 것은 없다고 하지만 기른 정 역시 무시하지 못한다.

가모는 십여 년 동안이나 헌신적으로 이들 남매를 보살폈다.

하북팽가에 몸을 투신한 이래, 오늘 절염색녀라는 과거가 발각되기 전까지 성녀라는 극존경을 받으면서 살아왔다.

그 행동이 가식이든 진실이든 그것은 중요하지 않다. 어느 한 사람에게도 흠잡히는 행동을 하지 않았다는 게 중요하다.

지난 십여 년 동안 절염색녀는 성녀였다.

그런데 그 모든 공(功)은 모두 사라지고 과(過)만 남았다.

성녀로서 행동했던 아름다운 부분은 싹 지워지고 그들이 보지도 않은 절염색녀의 행동만 거론된다.

그럴 수밖에 없는 것이…… 가모는 팽가촌에 칼을 찔렀다.

쌍겸구악을 이용해서 팽가촌 사람들을 학살했다. 무인 한두 명 죽인 게 아니라 무공도 모르는 사람들을 처형하듯이 때려 죽였다. 팽효뢰를 이용했고, 팽효문에게 오욕을 뒤집어씌웠다.

이런 일련의 행동들은 그녀를 단숨에 악녀로 둔갑시킨다.

의모로 들어와서 전처의 소생들을 금은보옥처럼 아꼈지만…… 지금에 와서 듣는 소리는 '그년' 이다.

어미는 어찌 그런 인생을 사는 것인가.

한 사람의 가슴에 칼을 꽂았으면 된 것이지, 어찌 또 다른 사람들의 가슴을 찔러대는가.

자신은 임신한 어미의 마차를 전복시켰다. 아이를 유산시켰다.

팽가연은 어미를 죽이려고 한다. 어떤 일이 있어도 세상에서 반드시 사라져야 할 악녀라고 생각한다.

무엇이 다른가.

직접 복수하겠다고 그의 곁을 떠나간 호가와 다를 게 무엇인가.

모두가 똑같다.

가모를 아는 사람이라면 모두가 그녀를 죽이려고 한다.

하북에 몰려든 팔난봉꾼들은 다른가? 그들의 가슴에는 정말로 애욕만 들어 있겠나? 어쩌면 그녀를 죽여 버림으로써 들끓는 애욕을 씻어내겠다는 마음은 없을까?

어미는 이 세상에서 가장 외로운 사람이다.

그런데도 그녀는 지금 이 순간에도 죽음을 향해 달려간다. 천복을 누리고 죽는 죽음이 아니라 칼에 맞아 죽는 죽음을 향해서 들소처럼 치달린다.

그에게는 그녀를 향한 칼날을 거둘 만한 힘이 없다. 명분도 없고, 정의도 아니다.

친모, 혈육…… 그래서 애잔한 마음은 진하지만 '휴우!' 한 숨만 쉴 뿐이다.

'어쩔 수 없어. 너무 많은 일을 벌이셨어.'

어미는 죽는다. 다만 조금이라도 편히 죽기를 바란다. 지금은 이것만이 희망이다.

그는 슬픔을 드러내지 않으려고 목검을 깎았다.

사각! 사각! 사각……!

3

죽음의 경고는 삽시간에 번졌다.

저녁은 죽음의 시간이 되었다. 어두운 밤만 지나고 나면 한두 구의 시신이 어김없이 발견되었다.

죽은 자들을 애통해하는 사람은 없었다.

그들은 눈앞에서 죽어도 안타깝지 않은 호색광들이다. 하북에 들어와서도 크고 작은 겁탈 사건을 일으킨 사고뭉치들이다. 더불어서 공포의 대상이기도 했다.

그들은 칼을 맞고 죽었다.

칼에 찔린 게 아니라 넓고 크게 베였다. 들어오고 나가는 자국이 뚜렷해서 강도(鋼刀)에 당한 게 확실하다.

"드디어 팽가가…… 그렇지?"

"그럼 그렇지. 언제까지 보고만 있을 리 없다고 생각했어. 사실 너무 늦게 칼을 뺐지 뭐."

"갑자기 쓰레기 같은 놈들이 들끓어서 신경 쓰였는데 잘됐네."

"눈치 볼 것 없이 싹 쓸어버리면 안 되나? 하루에 한두 명씩 죽여서 어느 세월에 다 청소해?"

"팽가도 입장이 있는 거 아니겠어. 기다려 보자고. 잘 해결해 주실 거야. 그분들이 언제 실망시키는 거 봤어?"

사람들은 이번 죽음을 오히려 고소해했다. 쌍수를 번쩍 쳐들고 반겼다.

절염색녀를 찾아서 하북에 들어온 무인들은 결정을 내려야만 했다. 물러갈 것인가, 아니면 저항할 것인가. 물러나기에는 너무 아쉽고, 저항하기에는 너무 크고 거대하다.

하북팽가는 혼자가 아니다.

그들을 일개 촌락의 무인집단쯤으로 매도하면 큰코다친다.

하북팽가가 지닌 잠재력도 상당히 크지만, 그보다 더 큰 것은 그들 뒤에 버티고 있는 중원 정도 무림이다. 구파일방, 오대세가…… 그들이 있다.

그들 모두를 상대한다는 각오로 싸워야 한다.

하북팽가에서 통문(通文) 한 장만 돌려도 전 무리의 공적으로 낙인찍히는 아주 불공정한 싸움이다.

그들이 하북팽가와 싸우면서 그토록 명분을 찾고자 하는 이유가 여기에 있다.

싸움의 정당성!

그들은 한 명, 두 명 한 곳으로 모여들었다.

그들이 좋아하는 여인들이 있는 곳이다. 절색의 미녀들에게서 애교 넘치는 시중을 들을 수 있는 곳이다. 그러면서 자신들만의 이야기도 나눌 수 있는 곳이다.

천요루!

비로 그곳이 호색광들의 집합처가 되었다.

*　　　*　　　*

확실히 누군가가 개입했다.

호색광들의 죽음은 하북팽가에서 일으킨 것이 아니다. 그럼에도 팽가가 일으킨 것처럼 조작되었다.

도혼…… 왕자사도의 도혼이 뚜렷하게 각인된 시신들.

도혼을 자세히 살펴보면 왕자사도의 흔적이 아님을 명확하게 알 수 있다. 하지만 그런 점들을 일반인에게 설명하기는 매우 어렵다. 겨우 무인들을 설득할 수 있을 뿐이다.

하북팽가는 누명을 썼다.

루주는 이번 일과 무관하다. 살천루와 백인대도 개입하지 않았다. 그들 중간에 팽효기가 있기 때문에 이쪽저쪽 사정을 환히 꿰뚫어 볼 수 있다.

하북팽가조차도 모르는 제삼의 인물이 개입했다.

"사총이란 말인가."

"역시 그들밖에는…… 흠! 도대체 가모는 어디까지 개입한 건지."

"그러나저러나 저들을 저대로 내버려 두면 안 될 것 같습니다. 이미 세력이 되어가고 있어요. 시간을 조금 더 주면 아예 방파를 만들 기세입니다."

"지금은 밖으로 나가서는 안 되네. 통천오방진을 지켜야 해."

"그건 알지만…… 답답해서 하는 소리지요."

팽가오로는 찡그려진 인상을 풀지 못했다.

하나에만 집중해도 모자랄 판에 호색광들까지 난리다.

루주…… 그가 야속하다. 여러 경로를 통해서 파악해 본 바로는 이번 호색광들의 운집에는 그도 한몫 톡톡히 했다. 하오문을 움직인 것이 그이니, 그가 전적으로 한 일이라고 해도 무방하다.

왜 이런 짓을 한단 말인가.

별로 힘도 쓰지 못하는 저들을 끌어모아서 무엇을 하겠다고. 기껏해야 절염색녀의 과거를 밝히는 것뿐인데, 그 짓을 하려고 저들까지 불러 모았단 말인가.

좌우지간 일은 해결해야 한다.

호색광들을 내버려 두면 정말로 거대한 세력이 된다. 저들 개개인이 낮지 않은 무공을 지니고 있으니 하북팽가에 견줄만한 방파를 만드는 것도 기우만은 아니다.

하북 땅에서, 팽가의 코앞에서 마인들이 방파를 만든다.

결코 좌시할 수 없는 일이다.

"팽가오도를 보내지요. 여긴 우리만으로도 충분하지 않습니까?"

"흠!"

"그래야 할 것 같습니다."

신중한 삼로도 오로의 뜻에 동의했다.

일로가 어쩔 수 없다는 듯 말했다.

"그럼세. 팽가오도를 주축으로 해서…… 이번에는 효(曉) 자(字) 돌림 아이들이 해결하는 게 좋겠어."

"그게 좋겠습니다. 그 아이들도 이제 슬슬 무림에 두각을 나타내야 할 때이니."

"오도에게 그리 준비하라고 이르게."

"그러죠."

오로가 웃으면서 일어섰다.

*　　　*　　　*

통천오방진 한 개!

저것만으로도 무적이다. 들어가는 즉시 발각될 것이며, 팽가오로의 합공을 견뎌내야 한다.

"시작하지."

그가 말했다.

"흐흐! 그럼 저부터. 아무래도 전 조금 시간이 걸리니까. 앞으로 반 각 후면 되겠습니다만."

지웅서가 손가락에 조도(爪刀)를 끼우면서 말했다.

"통천오방진은 감응의 공부다. 보이지 않는 그물. 의심치 마라."

"히히! 그런 말씀은 어린애들에게나 하시고…… 그럼 저는 이만."

쑤우우웃!

지웅서가 땅속으로 푹 꺼졌다.

반 각 후, 백살겸은 팽가촌이 환히 내려다보이는 언덕에서 진기를 끌어올렸다.

"시작합니다."

"시작해."

―가아아아아……

소리없는 울림, 천마소가 팽가촌을 향해 뻗어나갔다.

모르는 사람은 어떤 뜻도 알아들을 수 없는 울림이다. 하지만 가모는 알아듣는다.

—앞으로 한 달, 기한은 한 달뿐이다. 한 달이 경과하면······.

파파파파팟!
팽가오로의 포위망이 그를 향해 좁혀온다.
느낀다. 일로를 중심으로 사로가 팽이처럼 빙글빙글 돌면서
쏟아져 온다.
"됐다!"
성하가 그의 허리에 손을 얹었다.
'빌어먹을!'
혼자서는 신법도 제대로 펼치지 못하는 몸.
간신히 움직일 수는 있지만 싸우는 건 무리다. 달리는 것도
안 된다. 모든 점에서 타인의 도움을 받아야만 살 수 있는 형
편없는 몸이 되었다.
이런 건 차츰 나아질 게다.
언젠가는 외발로도 움직일 수 있는 때가 올 것이다. 의족을
자유자재로 쓸 수 있는 때가 반드시 온다.
슈우우웃!
성하가 번개같이 달려나갔다.
'웃!'
그는 속으로 깜짝 놀랐다.
자신과 비등한 정도라고 여겼던 성하의 무공이 이 정도였

나? 이 정도라면…… 정상적인 몸이었어도 상대가 되지 않는다. 자신 같은 놈은 일 초나 이 초 만에 나가떨어졌을 게다. 역시 성하는 아무나 되는 게 아니다.

더욱 놀라운 점은…… 그만한 무공을 지닌 성하가 몸을 피한다는 것이다.

팽가오로의 합공이 훨씬 강하다는 뜻이다.

도대체 아무것도 아닌 것 같은 팽가오로에게 어떤 힘이 있는 것일까? 저들의 진정한 공부는 무엇인가.

흑마겸과 함께 팽가촌을 후비고 다녔다. 거침없이 치고 다녔다. 그 얼마나 겁없는 짓이었던가.

쒜에에에엑!

팽가오로가 끈질기게 따라붙었다. 웬만하면 포기할 법도 한데, 악착같이 따라온다.

성하는 이것까지도 계산했다.

저들은 제삼자의 개입을 눈치챘을 게다. 그리고 그들이 사총이라는 점도 눈치챘다. 그렇기에 살짝 미끼만 던져도 덥석 물 것이라고 예견했다.

딱 그대로 되었다.

성하의 예측은 항상 정확하다.

백살겸은 성하에게 쳐들려 가면서 뒤쫓아 오는 팽가오로를 지켜봤다.

'후후! 너희들…… 언젠가는 반드시 내 손으로…….'

그 시간, 지웅서는 땅속으로 해서 가모가 감금된 후원까지 왔다.

툭! 후두둑!

땅이 힘없이 부서지면서 파란 하늘이 보인다.

지웅서는 뚫린 구멍으로 머리를 빠끔히 내밀었다.

가모는 미리 와 있었다.

천마소를 듣는 순간, 지웅서까지 온 것을 예측했고, 그가 나올 법한 곳에 미리 와서 기다리고 있었다.

'역시 여우라니까. 키키!'

그러나 그의 웃음은 가모를 보는 순간 뚝 그쳤다.

그는 가모의 아름다운 얼굴을 황홀한 듯 쳐다봤다. 나이가 많은 여자인 줄 알았는데…… 너무 아름답다. 그녀를 보니 이 세상의 모든 여자들이 얼마나 추한지 알겠다.

"아!"

그는 탄식을 토해냈다.

가모가 방긋 웃으면서 말했다.

"왜? 왜 온 거야? 귀여운 두더지."

"두, 두더지. 헤……."

그는 두더지 하는 말도 고마웠다. 가모가 자신을 귀여워해 주니 얼마나 좋은지 모르겠다. 잘하면 그녀의 품에 한 번쯤 안겨볼 수도 있을 것 같다.

가모가 말했다.

"왜 왔어? 시간이 없다고."

"아! 검치…… 검치가 오고 있다는 말을 하려고…… 그래서 시간이 없다고. 한 달밖에는……."

그는 자신이 무슨 말을 하는지도 모를 정도로 더듬거렸다.

그리고 일순, 눈앞에 안개가 싹 걷히며 냉랭한 표정을 짓고 있는 가모가 보였다.

"겨우 그 정도로 날 곤란하게 한 거야? 미련한 작자들 같으니라고. 검치가 오든 말든."

그녀가 뒤돌아섰다.

'무, 무서운 마공…… 사, 사, 사라…… 사라천요공(紗羅天妖功)!'

그는 비로소 자신이 어떤 일을 당했는지 깨달았다.

방금 전…… 그는 가모가 목숨을 달라고 하면 서슴없이 주었을 것이다. 일말의 망설임도 없이.

『십검애사』 5권에 계속…

마법사
무림기행

魔法師 武林紀行

김도형 퓨전 판타지 소설

**신예 김도형이 그려내는 퓨전 장르의 변혁!
무림을 무대로 펼쳐지는 마법사의 전설!**

무림에서 거지 소년으로 되살아난 마법사 브린.
더 이상 떨어질 곳도 없는 깊은 나락에서 마법사의 인생은 새로이 시작된다!

내 비록 시작은 이 꼴이나 그 끝은 창대하리니!

**짓밟혀도 되살아나는 잡초 같은 생명력!
고난 속에서 빛을 발하는 날카로운 기재!**

**무협과 판타지를 넘나드는
마법사 브린의 모험을 기대하라!**

Book Publishing CHUNGEORAM

유행이 아닌 자유추구 -
WWW.chungeoram.com

귀환인 歸還人

김동신 퓨전 판타지 소설

모든 마수의 왕 베히모스.

그의 유일한 전인 파괴의 마공작 베르키.
마계를 피로 물들이고 공포로 군림했던 그가
드디어… 꿈에 그리던 한국으로 돌아왔다.

"친구들아,
나 권태령이 드디어 돌아왔어!"

피로 물들었던 마계의 나날을 잊고
가족과도 같은 친구들과 지내는 생활,
그 일상을 방해하는 자들은 결코 용서치 않는다!

살기가 휘몰아치는 황금안을 깨우지 말라!
오감을 조여오는 강렬한 퓨전 판타지의 귀환!

Book Publishing CHUNGEORAM

유행이 아닌 자유추구 -
WWW. chungeoram.com

THE KNIGHTS OF SQUARE

아더왕과 각탁의 기사

홍정훈 판타지 장편 소설

『비상하는 매』의 신선함, 『더 로그』의 치열함,
『월야환담』의 생동감.

그 모든 장점을 하나로 뭉쳐 만든 홍정훈식 판타지 팩션!

아더왕과 원탁의 기사.

전설의 검 엑스칼리버의 가호 아래 역사에 길이 남을 대왕국을 건설한
위대한 왕과 그의 충직한 기사들.

"…난 왜 이리 조건이 가혹해?!"

그 역사의 한복판에 나타난 이질적 존재, 요타!
수도사 킬워드의 신분을 빌려 아트릭스의 영주가 되어 천재적인 지략과 위압적인 신위를 휘두르며
아더왕이 다스리는 브리타니아에 정면으로 반기를 든다!

전설과 같이 시공을 뛰어넘어
새로운 아더왕의 이야기가 우리 앞에 나타난다!

Book Publishing CHUNGEORAM

유행이 아닌 자유추구 -
WWW.chungeoram.com